লেখক পরিচিতি

মনোরঞ্জন ব্যাপারী এই সময়ের একজন বিতর্কিত লেখক। তাঁর জন্ম পঞ্চাশের মধ্যভাগে তত্‌কালীন পূর্ব পাকিস্থানের বরিশাল জেলায়। তিন বছর বয়সে উদ্বাস্তু হয়ে পরিবারের সঙ্গে এপার বাংলায় চলে আসেন তিনি। ঠাঁই হয় বাঁকুড়া জেলার শিরোমনিপুর ক্যাম্পে। দণ্ডকারণ্যে না যেতে চাওয়ার কারনে সমস্ত সরকারি সাহায্য বন্ধ হয়ে যাবার ফলে ফের একবার স্থানচ্যুত হন তাঁরা। আসতে হয় দক্ষিন ২৪ পরগনার ঘোলা দোলতলা রিফিউজি ক্যাম্পে। সেখানে ৬৯ সাল পর্যন্ত ছিলেন। যেখান থেকে মনোরঞ্জন বাইরের জগতে বের হয়ে পড়েন ১৪ বছর বয়সে। জীবন ধারনের জন্য গরু ছাগল চড়ানো, চায়ের দোকানের গেলাস ধোয়া থেকে শুরু করে মুটে মজুরি রিকশা চালানো এমন নানা ধরনের শ্রমের কাজ করেন। আজও সেই শ্রমের কাজের সঙ্গেই যুক্ত আছেন।

জীবনের এক পর্বে তিনি জড়িয়ে পড়েছিলেন নকশাল আন্দোলনের সঙ্গে। তখন জেল হয় তাঁর। জেলে বসে নিজের উদ্যোগে মাটিতে কাঠির আঁচড়ে শেখেন বাংলা বর্নমালা। ২৬ মাস পরে জেল থেকে ছাড়া পেয়ে কলকাতায় এসে পেটের তাড়নায় আবার রিকশা চালানো শুরু করেন। এই সময় ঘটনাচক্রে মহাশ্বেতা দেবীর সংস্পর্শে এসে সাহিত্য চর্চার শুরু হয়। প্রথম লেখালেখি শুরু করেন মহাশ্বতা দেবী সম্পাদিত পত্রিকা বর্তিকাতে।

এরপর কিছু বছরের জন্য তিনি ছত্তীসগঢ়ে গিয়ে শ্রমিক নেতা শংকর গুহ নিয়োগীর আন্দোলনেও যোগ দেন। তিনি আততায়ীর গুলিতে নিহত হবার পর মনোরঞ্জন আবার কলকাতায় ফিরে আসেন এবং মুক বধিরদের জন্য স্থাপিত হেলেন কেলার বধির বিদ্যালয়ে রাঁধুনি হিসাবে কাজে যোগ দেন। সেই কাজের ফাঁকে ফাঁকে চালিয়ে যেতে থাকেন লেখালেখি।

এ যাবত মোট তেরোখানা উপন্যাস ও শতাধিক গল্প নিয়ে – মোট সতেরখানা বই প্রকাশিত হয়েছে তাঁর। পেয়েছেন পশ্চিমবঙ্গ বাংলা আকাদেমি, ২৪ ঘন্টা অনন্য সম্মান, গেটওয়ে লিটফেস্ট রাইটার অব দ্যা ইয়ার [মুম্বাই], দি হিন্দু এওয়ার্ড [চেন্নাই], রবীন্দ্র স্মৃতি পুরস্কার [ক্যালকাটা ইউনিভার্সিটি] সহ অনেক পুরস্কার।

অমানুষিক

মনোরঞ্জন ব্যাপারী

eka

eka

First published in Bengali as *Amanushik* in 2020 by Eka, an imprint of Westland Publications Private Limited

Published in Bengali as *Amanushik* in 2023 by Eka, an imprint of Westland Books, a division of Nasadiya Technologies Private Limited

No. 269/2B, First Floor, 'Irai Arul', Vimalraj Street, Nethaji Nagar, Alapakkam Main Road, Maduravoyal, Chennai 600095

Westland, the Westland logo, Eka and the Eka logo are the trademarks of Nasadiya Technologies Private Limited, or its affiliates.

ISBN: 978-93-57762-29-8

10 9 8 7 6 5 4 3 2 1

This is a work of fiction. Names, characters, organisations, places, events and incidents are either products of the author's imagination or used fictitiously.

Typeset by *i*cues
Printed at Saurabh Printers Pvt. Ltd. Greater Noida.

ভূমিকা

মনোরঞ্জন ব্যাপারী-র 'অমানুষিক' উপন্যাসটি আমাদের পচে-গলে যাওয়া সমাজের উপর এক তীব্র কষাঘাত। সমাজের এলিট শ্রেণী/ সম্প্রদায়ের কপটতা, ভণ্ডামির মুখোশ তিনি উন্মোচন করেছেন তীক্ষ্ণভাবে। আমাদের দৈনন্দিন জীবনের অভিজ্ঞতার সাথে মনোরঞ্জনবাবুর বর্ণনা কোথায় যেন মিলে যায়; পাঠক পড়তে পড়তে নিজেকে লেখাটির সাথে একাত্ম বোধ করে।

মৃত্যুদণ্ডপ্রাপ্ত বন্দির অপেক্ষা করার মুহূর্তগুলো নিপুণভাবে তিনি তুলে ধরেছেন। মৃত্যুদণ্ড বিরোধী দর্শনের কথা উপন্যাসের নানা পর্বে বিধৃত। সমাজ, রাষ্ট্র ও রাজনীতি- এই ত্রিমাত্রিক সম্পর্ক, উপন্যাসে অসাধারণ রচনাশৈলীর মাধ্যমে তুলে ধরা হয়েছে। আবার, আইন বিচার ব্যবস্থার মাধ্যমে গলদ আছে, তাকে মর্মস্পর্শী ভাষায় তুলে ধরেছেন তিনি। জনমতের কারণে, সমবেত বিবেকের কারণে যেমন রাষ্ট্রনায়করা মৃত্যুদণ্ড রদের জন্য আন্দোলন করতে সাহস পায় না বা ঝুঁকি নেয় না, তেমনি বিচারব্যবস্থায় প্রায়শই জনমতের চাপের কাছে নতি স্বীকার করে- এই পর্যবেক্ষণ, অমানুষিক উপন্যাসে চমৎকারভাবে তুলে ধরা হয়েছে।

এক কথায় এই উপন্যাসটি সামাজিক অবক্ষয়ের, রাজনৈতিক ব্যাভিচারের বিরুদ্ধে যেন এক দর্পণ; তেমনি উপন্যাসটি মৃত্যুদণ্ড বিরোধী মতবাদ গড়ে তোলার ক্ষেত্রে অনুঘটকের কাজ করবে বলে আমার বিশ্বাস। উপন্যাসটি বহুল পঠিত হবে- এ প্রত্যয় আমার আছে।

সুজাত ভদ্র

এই উপন্যাসে বর্ণিত ঘটনাক্রম এবং স্থান কাল পাত্র সবই কাল্পনিক। বাস্তবের সাথে এর কোনো মিল নেই। কোন ব্যক্তি বিশেষ নয়, লেখার মধ্য দিয়ে আমি আক্রমণ করেছি অন্ধ বিচার ব্যবস্থা এবং অমানবিক মৃত্যুদণ্ডের বিরুদ্ধে।

লেখক

১

এখন রাত নেমেছে সমগ্র চরাচরে। কালো কুৎসিত কবন্ধ রাতের শরীরে হিংস্র হায়নার মত ওত পেতে আছে মধ্যযুগীয় রক্ততৃষ্ণা। তীক্ষ্ণ বর্শা ফলকের মত তার দাঁত নখ। ছিঁড়ে নিতে চাইছে কারও তরতাজা কলিজা। অযুত অন্ধকার রাহুগ্রাসে গিলে নিয়েছে কবে, কোন সহস্রাব্দে প্রসব হওয়া শিশু সূর্যকে। তার আর কোন নবজন্ম নেই। সূর্য মানে আগুন, সূর্য মানে আলো, সূর্য মানে উত্তাপ, সূর্য মানে সত্য, সূর্য মানে প্রতিবাদ। মরে গেছে সূর্য। আলো উত্তাপ আগুনের শত্রুরা সূর্যকে গুম করে খুন করে দিয়েছে নিশ্চিত। এখন দিগন্ত ঘিরে কালো কুটিল অমানিশার প্রেতনৃত্য। এই অমানিশা আকার প্রকার অবয়বহীন। এই অন্ধ অমানিশার কোন দয়া মায়া স্নেহ মমতা ভালোবাসা নেই। এই অন্ধকার ক্ষমা জানে না। এই অন্ধকার ন্যায় অন্যায় সুবিচার অবিচার পাপপুণ্য সব কিছুর মধ্যবর্তী বিভেদরেখা অনায়াসে মুছে দেয়।

এখন কোথাও কোন শব্দ নেই। মহাবিশ্বের স্থাবর জঙ্গম অম্বর ছায়াপথ তারামণ্ডল কী এক অভিসম্পাত ভয়ে স্তব্ধ। কোথাও কোন মহাবৃক্ষের পাতা নড়ছে না। কোন উল্কা খসে পড়ছে না মহাকাশ থেকে। যেন বিশ্ব প্রকৃতির যাবতীয় সক্রিয়তার উপর আরোপিত হয়েছে মনুষ্য জগতের আইন মোতাবেক কার্ফু বা একশো চুয়াল্লিশ ধারার নিষেধাজ্ঞা।

এই কিছুক্ষণ আগে উড়ে যাওয়া একখণ্ড পরিব্রাজক মেঘ ঝর ঝর কেঁদে গেছে খানিক। ভেজা মাটিতে কেমন অনাত্মীয় ঘ্রাণ। আকাশের আর এক কোণে, আর একখানা মেঘ আর একবার কাঁদবে বলে গুম মেরে আছে। এ কান্না অনর্থক অপ্রভাবকারী এবং বিবমিষা কারক। কেন না রাতের শরীরে এখন ঘন অন্ধকার ওত পেতে আছে। যে অন্ধকারের আত্মা নেই পরমাত্মা নেই। অনুতাপ অনুশোচনা অপরাধবোধ নেই। এই অন্ধকার আততায়ীর অবলম্বন। এই অন্ধকার জবাবদিহির দায় থেকে মুক্ত।

অন্ধকারের সঙ্গে একাত্ম হয়ে, গভীর নিবিড় আলিঙ্গনে জড়িয়ে, সীমাহীন অহংকারে আকাশে মাথা তুলেছে তারই এক দোসর। রাষ্ট্রীক দর্প দম্ভ ক্ষমতার প্রতীক, জেলখানার এই দেওয়ালকে যে ভাষায় বর্ণনা দেওয়া হোক না কেন, তবু তার বীভৎস নির্দ্দয়তার যথার্থ ছবি পাওয়া যাবে না। পৃথিবী থেকে বিচ্ছিন্ন করা ছোট্ট এক ভূখণ্ডে ভয়াল অন্ধকার, এই আকাশ ছোঁয়া দেওয়ালটা, আরও ঘন এবং আক্রমক করে তুলতে সাহায্য করেছে। আজ এই রাতে ওই দেওয়াল যেন লক্ষ লক্ষ বুকের উপর অনড় দাঁড়িয়ে গেছে।

পরিবেশ বড় অনুকূল অপকৃত্য সংঘটিত করার পক্ষে। কোথাও কোন তর্জনি উঁচু হয়নি। দৃঢ় মুষ্টিবদ্ধ হাত ওঠেনি সমুদ্রগর্জনে। কাঁপা কাঁপা, নরম কোমল শিশুতুল্য যে দু-একটি হাত বাইপাসে বাস থামাবার মুদ্রায় আন্দোলিত হয় আর বাস চালক ইচ্ছাকৃত অদেখায় এগিয়ে যায় সেইভাবে সব কিছু মসৃণভাবে এগিয়ে গেছে। আর কোথাও কোন বাধা নেই। বড় স্বস্তির নিশ্বাস পড়েছে আয়োজকদের। এবার সব কিছু সমাধা করে ফেলা যাবে। দেশ সমাজ বিচার ব্যবস্থা এবার তৃপ্ত হবে। এমন একটা তৃপ্তি দানের ব্যবস্থা বড়ই দরকার হয়ে পড়েছিল। হবে, আজই তা হয়ে যাবে।

আজ এই বৃষ্টিভেজা নিশুতি রাতে মহা আমোদের বস্তুটি তৈয়ার আছে। একদম ফিট। কোরবানির উটের মত টিপে টিপে পরখ করে রাজবৈদ্য বলে দিয়েছে- "বধযোগ্য আছে। কাজ সেরে নেওয়ায় কোন বাধা নেই।" হবে কী হবে না সকল উৎকণ্ঠার অবসান। বধে বাধা নেই। মহানন্দে জাগো-। এই রাত মহোৎসবের। এই রাত মহা উল্লাসের। এই রাত নবরসের অন্যতম বীভৎস রসের শত ধারায় অবগাহনের। আর কিছুক্ষণ...। আর কিছুক্ষণ পরেই স্মৃতির কোঠায় আজীবন ধরে রাখার মত উপাদান পাওয়া যাবে। বংশধরদের কাছে, অলস মধ্যাহ্নের কোন এক গল্পদাদুর আসরে আহ্লাদি গলায় বলা যাবে- "জানিস, একবার না একটা ফাঁসি হয়েছিল..." ...দড়িতে এতক্ষণ অভিজ্ঞ জল্লাদ নিশ্চয় ঘি-কলা মাখাচ্ছে। টিক টিক টিক ঘড়ির কাঁটায় নরমেধ যজ্ঞের পূর্ণাহুতির সময় এগিয়ে এল বলে-।

বাহান্ন বিঘে জমি ঘিরে গড়ে তোলা জেলখানার দাম্ভিক প্রাচীর। তাকে ঘিরে পাক খাচ্ছে হাজারখানেক ছায়া ছায়া যন্ত্র মানুষ। মুখগুলো তাদের ভাবলেশহীন কঠিন কঠোর। তারা নিয়মতান্ত্রিক যান্ত্রিকতায় পরিক্রমণরত। তাদের পায়ে দর্প দম্ভ ঔদ্ধত্যের কর্কশ খট খট- নৈশ নিঃস্তব্ধতার বুকে বড় বিশ্রী শব্দ ছড়িয়ে দেয়। আর

তারপর দূরতম গ্রহপুঞ্জের কোথায় কোন নাম না জানা পাখি ডুকরে কেঁদে ওঠে৷ কখন যেন পাখি মায়ের চোখ ঘুমে জড়িয়ে এসেছিল সেই অসতর্ক মুহূর্তে তার বাচ্চাকে গিলে নিয়েছে হয়তো কোন অজগর৷ ক্রোধে ক্ষোভে দুঃখে অক্ষমতায় তাই তার গলায় আর্ত হাহাকার৷

ছায়া মানুষদের একজন হাতের কবজি ঘুরিয়ে বারবার রেডিয়াম জ্বলা ঘড়ির দিকে তাকায়৷ তারপর ফিসফিস করে আর এক ছায়া মানুষকে বলে- "সময় প্রায় হয়ে এল৷ আর দশ মিনিট৷" দশ মিনিট৷ এখনও দশ মিনিট৷ যে দমচাপা প্রতীক্ষায় চোদ্দ বছর গড়িয়ে গেছে এখন এই অন্তিম মুহূর্তের দশ মিনিট যেন তার তুলনায় দীর্ঘ, প্রলম্বিত, অন্তহীন৷ টান টান উত্তেজনার চরম সীমান্তে এসে যায়৷ অবশ আস্বাদ রহিত এখন মন প্রাণ শরীর চাইছে দ্রুত নিষ্পত্তি৷ ঝুলিয়ে দাও৷ শেষ করে ফেলো অনুষ্ঠান৷ বলিবর্দ ঘাড়ে খাঁড়া খেলেই আরক্ষার অক্টোপাস থেকে মুক্তি৷ তারপরেই তো ঘরে ফিরে স্নান হালকা ভোজন আর কোল বালিশ জড়িয়ে ঘুম৷

চোদ্দ বছর, চোদ্দটা বছর৷ একটা যাবজ্জীবন সাজার কাল৷ এতকাল একলা একটা অন্ধকার ঘরে কাটিয়ে মৃত্যুদণ্ড প্রাপ্ত অর্জুনও বুঝি হাঁপিয়ে উঠেছে৷ বুঝি সেও বন্ধনদশা থেকে চিরমুক্তি চাইছে৷ তাই তার কোন হা-হুতাশ, বুক কাঁপানো দীর্ঘশ্বাস আলুথালু কাতর কান্না নেই৷ থাকলে ভালো হত৷ বড় ভালো হত৷ নৈঃশব্দ খান-খান হয়ে ভাঙত৷ গাছপালার পাতা নড়ত৷ এবং তাতে প্রতিশোধি আত্মারা বড় আরাম পেত৷ কী সাহস৷ বামন হয়ে চাঁদে হাত৷ মৃত্যু যথেষ্ট নয়, না, না, নয়৷ আজীবন জেলখানায় অন্ধকারে ফেলে রাখা, তাও যথেষ্ট নয়৷ কঠোর, আরও কষ্টকর, কোন মৃত্যু ওর প্রাপ্য৷ আগে ওর হাত পা পুরুষাঙ্গ কেটে নেওয়া হোক৷ গেলে দেওয়া হোক দুটো চোখ৷ তারপর ফেলে রাখা হোক শহরের কোন চৌরাস্তায়৷ একটু একটু করে, ধীরে ধীরে যন্ত্রণায় শয়তানটা দগ্ধে দগ্ধে মরতে থাকুক৷

হল না-৷ তার কিছুই হল না৷ মানুষ মারার যত রকম পদ্ধতি আছে, তার মধ্যে সব চেয়ে সহজ, কম কষ্টদায়ক এবং স্বল্প ব্যয়ে ফাঁসির মত সাজা আর আছে কী না সন্দেহ৷ এখন অন্তত মরণভয়ে যদি মুখে রক্ত তুলে, বুকে কিল মেরে, মাথার চুল ছিঁড়ে কিছুক্ষণও অর্জুন কাঁদে, কাতরতায় হাহাকার করে- বড় ভালো হয়৷

কিন্তু না৷ কিছুতেই সে কাঁদছে না৷ শেষবারের মত প্রাণভিক্ষায় আলুথালু হচ্ছে না৷ তাই জয়ের উল্লাসে যেন ঠিক পরিপূর্ণ আস্বাদন আসছে না৷ মনের তলদেশে কী যেন একটা অভাব অনুভূত হচ্ছে৷ যেমনটা হয় বিয়ে বাড়ির

শেষপাতে আইসক্রীম না পড়লে। কোপ্তা কোর্মা কাবাব কালিয়ার স্বাদ তখন ফিকে মনে হয়।

আজ বাংলা চোদ্দ শো চোদ্দ সন- ইংরাজির চৌদ্দই আগষ্ট। কোন এক চৌদ্দই আগষ্ট অর্জুনের জন্মদিনও। চৌদ্দ বছর নির্জন কারাবাসের পর আজই সে ফাঁসিতে ঝুলতে যাচ্ছে এক চৌদ্দ বছরের কিশোরীকে শ্বাসরোধ করে হত্যা এবং ধর্ষণের অপরাধের অভিযোগে। সারা রাজ্যের পত্র-পত্রিকার পাঠক, দূরদর্শনের দৃশ্যভুক দর্শক, যাদের একটা বড় অংশ বলা চলে প্রধান অংশ, ধনে মানে শিক্ষায় ক্ষমতায় মধ্যমবর্গীয় জন-সমুদায় আজ বড়ই আহ্লাদিত। বহুদিন পরে, এতদিনে আজ একটা নির্মল উত্তেজনা নিরুপদ্রব ন্যায় পাওয়া গেছে। অনেক ধরনের অনেক পরাভবের পর এই বীভৎস বিজয় হীনমন্য আবেগাতুর মধ্যবিত্ত মনের পক্ষে একটা হারবাল ক্যাপসুলের সমতুল বলবর্ধক কাজ করবে। শ্রেণি জিঘাংসার জমে ওঠা বাষ্প আর কিছুটা সময় পরে প্রেশার কুকারের সেফটিভাল্ব থেকে নির্গত বাষ্পের মত নির্গত হয়ে যাবে; অর্জুন নামক এক চাষাভুষো গাঁইয়ার ম্যানিলা রজ্জুতে ঝুলে পড়ার সাথে সাথে। রাষ্ট্রের স্বার্থে, এই মধ্যবিত্ত ক্রোধ প্রশমন করার দরকার আছে।

কিন্তু-। ওই একটা কিন্তুই সবাইকে বিব্রত করছে। কাঁদছে না কেন শালা শুয়োরের বাচ্চাটা। দেওয়ালে মাথা ঠুকে ঠুকে কেন রক্তাক্ত হয়ে যাচ্ছে না। মৃত্যুর ভয়ে কেন বার বার অজ্ঞান হয়ে পড়ছে না। কেন বুক চাপড়ে বলছে না, বাবু গো তোমাদের পায়ে ধরছি। আর কোনোদিন এমন অন্যায় করব না। এবারের মত মাফ করে দাও। না বুঝে বড় অপরাধ করে ফেলেছি, এমন করলে ওর মৃত্যুটা আরও অনেক বেশি উপভোগ্য হয়ে উঠত। এখন যেন মৃত্যুপথযাত্রী অর্জুন, তুচ্ছ তাচ্ছিল্য অবহেলায় শুধু মৃত্যুকেই নয়, মৃত্যুদণ্ডের পক্ষে ওকালতকারী রক্ত পিপাসু প্রতিহিংসাপরায়ণ প্রবৃত্তির মাথায় পদাঘাত করে চলে যাচ্ছে। একটা প্রশ্ন একটা সন্দেহ একটা অমীমাংসিত বিতর্ক ছড়িয়ে দিয়ে যাচ্ছে। এত অকুতো, এত সাহসী এত নিশ্চিন্ত কি কোন অপরাধী হয়? হতে পারে? মাত্র তিন পা দূরে দোদুল ফাঁসির দড়ি দেখেও কি কোন অপরাধী এত দৃঢ় অবিচলিত চিত্তে থাকতে পারে? অপরাধ বিজ্ঞান কী বলে? অর্জুন কোন মতাদর্শে সমর্পিত প্রাণ মহান বিপ্লবী বা সন্ত্রাসবাদী দলের সদস্য নয়, যারা জীবন মৃত্যু পায়ের ভৃত্য ভেবে গান গায়- হাসি হাসি পড়বে ফাঁসি। ও নিতান্তই এক আদর্শহীন ভ্রষ্ট-নষ্ট অন্নদাস। তবু সে এই মানসিক শক্তি পাচ্ছে কোথা থেকে?

আজ শনিবার। কাল রবিবার এবং সেই পনেরোই আগষ্ট। যে তারিখে বৃদ্ধ রাজা সুযোগ্য পুত্রের হাতে রাজ্য সমর্পণ করে বানপ্রস্থে চলে গেছেন। প্রতি বছর এই দিনে রাজ্য জুড়ে সোল্লাসে বর্ণাঢ্য বিবিধ বিচিত্রানুষ্ঠানের মধ্য দিয়ে ক্ষমতা হস্তান্তরের জন্য আনন্দ উৎসব করা হয়। এই দিন রাজকীয় দুটি ঘোষণা করায় সমস্ত রাজ কর্মচারী এবং অভিজাত সম্প্রদায় সারারাত নাইট ক্লাবে সুস্বাদু মদিরা পান এবং নগ্ন নর্তকির নৃত্য গীত হাস্য লাস্য মদির কটাক্ষে নিশি জাগরণ করে। যত প্রমোটার দালাল কুসীদজীবী তস্কর রাজনেতা এই দিন সুবেশ পোষাকে রাজপথে নেমে আসে। মোড়ে মোড়ে পতাকা উত্তোলন এবং বক্তৃতা দান করে। সমস্ত বারাঙ্গনা গৃহবধূর সাজসজ্জায় হোটেলে ক্যাবারে সিনেমা হলে বা কোন বিনোদন কেন্দ্রে মানুষের মনোরঞ্জন করে। কাল তাই হবে। প্রতি বছরের মত কালও উদ্দাম আনন্দ ধারা বইবে দেশ জুড়ে। তার আগে, আজ এই রাতে বীভৎস রসের খোরাক একেবারে মাগনা পাওয়া উপরি রোজগারের মত সন্তোষদায়ক। যা ব্যাঙ্কে রাখা আসল আমানতের সুদের মত সুখবর্ধক।

কিন্তু যত গোলমাল এক জায়গায়। সুদ ষোলআনা মজা আনল কই।- "বল। বল রে শুয়োরের বাচ্চা, 'আমি অপরাধী।' বল 'আমি জয়ন্তী পাণ্ডেকে খুন করেছি।' কাঁদ, ক্ষমা চা। যদি না বলিস তো কমপক্ষে মরণভয়ে কাপড়ে চোপড়ে হাগ-মোত। বার বার জল খা। ঘেমে নেয়ে ওঠ। বিছানায় শুয়ে এপাশ-ওপাশ কর। কিছু কর, কিছু একটা কর রে। ওরকমভাবে চোখে হাত চাপা দিয়ে চিৎ শুয়ে নির্লিপ্ত হয়ে থাকিস না। দেখ আমরা ক্লোজ সার্কিট টিভির উপর চোখ রেখে কেমন বসে আছি। যাবার আগে আমাদের একটু আনন্দ দিয়ে যা।"

এখন অবশ্য আর শোয়া নেই অর্জুন। তবে সারারাত সে ওই রকমই শোয়া ছিল। ডান হাত মাথার নিচে বাঁ হাত চোখের উপর। সকালের দিকে সামান্য জ্বর জ্বর হয়েছিল। খুব সামান্যই গা-গরম। তবু রাজবৈদ্য ওষুধ দিয়েছিল। খায়নি অর্জুন। ওষুধ আর কী হবে। ক-ঘন্টা পরে সব সেরে যখন যাবেই। এখন অবশ্য জ্বর জ্বর ভাবটা নেই আর। ঠিক সন্ধ্যা ছ'টায় ওকে আনুষ্ঠানিকভাবে ইংরাজি আদেশনামা পড়ে শোনানো হয়। পরে বাংলায় অনুবাদ করে আদেশনামার মর্মার্থ বুঝিয়ে বলা হয়। তবে তার কোন দরকার ছিল না। দু'দিন আগেই অর্জুন জেনে গিয়েছিল রাষ্ট্রপতি প্রাণভিক্ষার আবেদন খারিজ করে দিয়েছে।

অফিসার সরকারিভাবে জানিয়ে যায়- "এই রাত তোমার জীবনের শেষ রাত। ভোরবেলায় সূর্য ওঠার আগেই তোমাকে গলায় ফাঁসির দড়ি পরিয়ে বধ করা হবে।

প্রস্তুত থেকো মরার জন্য।" সে কথা শুনে একটু হেসেছিল অর্জুন। সে হাসিতে, অক্ষমতা ছিল, বিদ্রুপ ছিল, বাতাসে নিভে যাওয়া মোমবাতির শেষ ধোঁয়া ছিল।

হাসির কারণ খোঁজার চেষ্টায় অফিসার বলেছিল- "কিছু বলবে?"

"আর আমার বলার কী আছে। সব বলাবলির তো শেষ। যা বলার তা আপনি তো বলেই দিলেন।"

"আমাদের কোন দোষ নেই। যে অপরাধ তুমি করেছো, আমি বলতে চাইছি যে অপরাধের অভিযোগের ভিত্তিতে তোমার বিচার হয়েছে। সাক্ষ্য প্রমাণ অনুসারে মহা মহামান্য আদালত তোমাকে দোষী সাব্যস্ত করে এই সাজা দিয়েছেন। এরপর তোমার জন্য উচ্চ-আদালতে পুনর্বিচারের যে আবেদন জানানো হয়েছিল তাতে উচ্চ-আদালত নিম্ন আদালতের রায়ই বহাল রাখেন। নিয়মানুসারে রাষ্ট্রের কাছে যে প্রানভিক্ষার আবেদন জানানো হয়ে থাকে তা করা হয়। সেখানেও ওই রায় অপরিবর্তনীয় থাকে। এখন আমাদের কাছে নির্দেশ এসেছে যথশীঘ্র সম্ভব দণ্ড কার্যকর করার জন্য। এবার বলো আমরা কী করতে পারি।"

"দণ্ড কার্যকর করতে পারেন।"

"অন্য কিছু তো করার মত অবস্থা আমাদের হাতে নেই। উপরওয়ালার নির্দেশ না মেনে।"

-"সে আমি জানি।"

বক্তা, যিনি কারাগারের একজন বড় মাপের অফিসার। এক মুহূর্ত চুপ করে থেকে ফের মুখ খোলেন। অফিসার খোলস খুলে হয়ে যান অমল উপদেশক- "বুঝলে অর্জুন, কোন দুঃখ কোরো না। আমাদের এই জীবনটা হচ্ছে একটা বৃত্তের মতো। যেখান থেকে এর শুরু সেইখানে এসে শেষ। এই পথ পরিক্রমা করে দেখেছো নিশ্চয় কারও কারও মাতৃ জঠরেই শেষ হয়ে যায়। আবার কারও বা শেষ করতে লেগে যায় আশি একশো বছর। কিন্তু সব কথার শেষ হচ্ছে, কেউ মৃত্যুর চোখকে ফাঁকি দিতে পারে না। জীবজন্তু, গাছপালা, এমন কী পাহাড় সাগর কোন কিছুই অবিনাশী নয়। কালে কালে সব কিছুরই ক্ষয় হয় ধ্বংস হয়। কাজেই কোন দুঃখ কোরো না। তুমি এটাকে মঙ্গলময় ঈশ্বরের ইচ্ছা বলেই মেনে নাও। তিনি পরম করুণাময়, কারও অহিত করেন না। তাঁর কাজের ব্যাখ্যা খোঁজা মর্তধামের তুচ্ছ জীবের পক্ষে অসম্ভব। লক্ষ লক্ষ জ্ঞানী সাধু মহাপুরুষ যা পারেনি তুমি আমি কী করে পারব। কে বলতে পারে হয়তো তোমার মৃত্যুর মধ্য দিয়ে বিশ্ব জগতের কোন মঙ্গলই করতে চাইছেন। তোমার নিশ্চয় জানা আছে পুরাণ

কাহিনীর দধীচি মুনির কথা। যার হাড় দিয়ে বজ্র অস্ত্রের নির্মাণ হয়। সেই অস্ত্রে দেবতারা স্বর্গের এবং দেবতাদের চরম শত্রু অসুরদের মেরে তাড়ায়। ভেবে দেখো যদি দধিচির অসময়ে মৃত্যু না হত তাহলে কি বজ্রের নির্মাণ হত? কাজেই কারও প্রতি কোন অভিযোগ না তুলে এটাকে ঈশ্বরের ইচ্ছা বলে মেনে নাও। দেখবে মনে অনেক শান্তি পাবে।"

অর্জুন এখন আর এত সব জ্ঞানমার্গ ভক্তিমার্গের কথা শুনতে চায় না। কথা তো নয় যেন কোন স্বয়ংক্রিয় মেশিনের অনর্গল শব্দ। অর্থহীন অনাবশ্যক এবং বিরক্তি উদ্রেককারী। সে পিছন ফিরে সেলের মেঝেয় চিৎ হয়ে শুয়ে পড়ে। কিন্তু অফিসার যে কথা বলার উদ্দেশ্যে এতসব ভূমিকা জুড়েছে তা না বলে কিছুতে থামতে পারছে না।

তাই আবার বলে- "দেখো অর্জুন, মানুষকে বলা হয় অমৃতের সন্তান। কেন না মানুষ, একমাত্র মানুষই পারে তার কর্মের মধ্য দিয়ে অনিবার্য মরণকে অতিক্রম করে যেতে। যার ফলে সে পারে বহু বহু বছর মানুষের স্মৃতিতে ইতিহাসে উপকথায় অমর হয়ে যেতে। আমি বলি কী, অর্জুন তুমি তেমন হয়ে যাও। মৃত্যুর পরেই মানুষের মনে কিংবদন্তির নায়ক হয়ে চিরকাল বেঁচে থাকো।"

পিছন ফিরে শুয়ে শুয়েই বলে অর্জুন- "যা যা বললেন, আমি তো তেমন হয়েই গিয়েছি। গত পাঁচ ছয় মাস ধরে রেডিও টিভি খবরের কাগজে আমার কথা যতবার বলা লেখা হয়েছে, নোবেল বিজয়ী অমর্ত্য সেনকে নিয়ে এত লেখা হয়েছে কী না সন্দেহ। আজ দেশের যত লোক আমার নাম জানে তত লোক শংকরাচার্য্যের নাম জানে কী না তা নিয়ে বিতর্ক হতে পারে। দুশো একশো বছরে আর কী লোক আমার কথা ভুলতে পারবে?"

আমতা আমতা করেন অফিসার। - "ইয়ে, তোমার কথা অবশ্য ঠিক। কিন্তু তোমার নাম মনে রাখাটা তো নিন্দাজনক। গান্ধীকে যেমন লোকে ভোলেনি নাথুরামকেও মনে রেখেছে। দুটো মনে রাখা দু রকম না? রত্নাকর আর বাল্মিকী দুটো নামই তো অমর। কিন্তু শেষ নাম প্রথম নামকে ছাপিয়ে যায়নি? আমার ইচ্ছা তুমি তোমার অতীতকে ছাপিয়ে যাও। মহান হয়ে ওঠো। প্রশংসায় সবাই তোমার নাম বলুক। মনে রাখুক।"

-"কী করে?"

-"যদি তুমি তোমার দুটি কিডনি দু-জনকে দান করে-। না, কিডনি আর নেওয়া যাবে না। আগে হলে হতো, এখন আর সময় নেই। তবে চোখ- যদি তোমার চোখ দুটো দান করে যাও, তোমার চোখ পেয়ে যদি কোন- ধরো সে কোন বিজ্ঞানী। সেই বিজ্ঞানী দৃষ্টি ফিরে পেয়ে এমন কোন কিছু আবিষ্কার করে ফেলল যাতে জগতে চমৎকৃত হয়ে উঠল। তখন তো তার সাথে তোমার নামও-"

-"দিয়ে গেলাম।"

-"এ্যাঁ !"

-"যা যা দরকার নিয়ে নেবেন। সব দিয়ে গেলাম। যদি এ্যানাটমি নিয়ে পড়া ছাত্রদের আমার বডিটা কাজে লাগে দেবেন। আর এ দিয়ে আমি কী করব। কোথায় কী সই করতে হবে করে দেব। এবার যান আমি একটু ঘুমাবো।"

ঠিক সাড়ে সাতটায় অর্জুনকে খেতে দেওয়া হয়। ভাত, মুগডাল, আর আলু পোস্তর তরকারী। তারপর রাজবৈদ্য দাবনায় ইনজেকশান করে দেয় ঘুমের ওষুধের কড়া ডোজ। কড়া কিন্তু এত কড়া নয় যে ঘুমঘোরে অপরাধীর প্রাণপাখি ফুরুৎ করে উড়ে পালায়। সে মৃত্যু বড় নরম বড় আমেজ মাখা। ধীরে ধীরে চোখের পাতা বুজে আসবে, পাতার উপর ভেসে উঠবে রামধনুর সাত রঙ। শরীরটা ভারহীন হতে হতে পেঁজা তুলোর মত হালকা হয়ে যাবে। নেতিয়ে পড়বে। না না না এত সহজে এত আরামের মৃত্যু অর্জুনকে উপহার দেওয়া যাবে না। একজন খুনি বা একজন সাধারণ ধর্ষক সে তো নয়। সে নির্মমভাবে ধর্ষণ করেছে বিত্তবানের সমস্ত বিত্তের অহংকার ক্ষমতা দর্প দম্ভ অস্তিত্বকে।

আমাদের এই সুবিশাল দেশ; যে দেশের শিল্প সাহিত্য কৃষ্টি সংস্কৃতি চারুকলা নৃত্য সঙ্গীত আধ্যাত্মিকতা ক্রীড়া রাষ্ট্র পরিচালনা সব কিছু নিয়ন্ত্রিত হয় লক্ষ্মীদেবীর বরপুত্রদের হাতে। সেই সর্বশক্তিমান এক বিত্তবানের ঘরের দিকে থাবা বাড়িয়েছে দীনহীন নগণ্য এক যুবক। একে যন্ত্রণাদায়ক দৃষ্টান্তমূলক মৃত্যু না দিলে আগামীতে এমনই কোন দরিদ্র নিকৃষ্ট মানুষ গোকুলে বেড়ে উঠতে পারে। অতএব একে নির্মমভাবে মারো। মারবার আগে প্রচারে মাধ্যম সারা দেশে সে বার্তা ছড়িয়ে দিক। মৃত্যু এক পাশবিক উল্লাসের প্রদর্শিত হোক।

হয়েছে। সারা রাজ্য আশাতীত উত্তাল উন্মত্ত। প্রচার মাধ্যম খুবই দায়িত্ব নিয়ে সফলতার সাথে কাজটি সম্পন্ন করেছে। প্রত্যেকটা মানুষ উত্তেজনায় টগবগ করে ফুটছে। যে উত্তেজনা ক্রিকেটে বিশ্বকাপ জেতার চেয়ে শত সহস্রগুণ বেশি। জন ভাবাবেগ এখন পরিষ্কার একটা সিদ্ধান্তের দিকে ঝুঁকিয়ে দেওয়া গেছে, মৃত্যু চাই।

অন্য কোন সাজা নয় আমরা মৃত্যুই চাই। ছোট ছোট বালিকারাও মৃত্যুর পক্ষে দু আঙুলে যোনি চিহ্ন দেখিয়ে সুকুমার হাসিতে ক্যামেরার সামনে পোজ দিয়ে আদুর গলায় বায়না করছে- "কাকু আমরা ফাঁসি দেখতে চাই।" হত্যা মৃত্যু ধ্বংস আর কোন শিশুর হৃদয় ভীত ভারাক্রান্ত করে না। আজকের শিশু অনেক পরিণত। ওরা টিভিতে সিনেমায় জঘন্য খুন-খারাপি, অবাধ যৌনতা দেখতে দেখতে বড় হয়। ওরা জানে আজকের পৃথিবীতে চলছে পারমাণবিক যুগ। যাতে চোখের পলক ফেলার আগে লক্ষ লক্ষ প্রাণ বিনষ্ট হয়। মুহূর্তে মানচিত্র থেকে একটা গোটা মহাদেশ উবে যায়। সেই মারণযজ্ঞের তুলনায় দু-দশটা মৃত্যু, গান গাইবার আগে গলা খাঁকারির মতই তুচ্ছ, ফালতু, নস্যি।

ঘুম আসেনি অর্জুনের এই রাতে। আসার কথাও নয়। শুয়ে শুয়ে কারাগারের পেটা ঘন্টায় প্রত্যেকটা আওয়াজ শুনছে সে। তিনটে বাজতেই উঠে পড়েছে শয্যা থেকে। কনডেম সেল পাহারার দুই সেপাই এক ডেপুটি জেলার, যাদের কাজ বন্দিকে সর্বক্ষণ চোখে চোখে রাখা, তারা ছুটে এসেছে।

-"কী হল অর্জুন, কী হল?"

অবিচলভাবে অর্জুন বলে- "সময় তো হয়ে এল। এবার জলটল দিন আর কী। স্নানটানগুলো সেরে নিই।"

সেপাই দুজনার অন্তরাত্মায় হু হু বাতাস লাগে। মৃত্যু পথযাত্রীর অসহায়তা ছুঁয়ে ছুঁয়ে যায় তাদের। কেন না তারা দরিদ্র পরিবারের সন্তান এবং যতখানি বিত্ত শিক্ষা আর সামাজিক প্রতিষ্ঠা থাকলে মনুষ্যত্ব মরে যায় তাদের তা নেই। কিন্তু ডেপুটি জেলার বড় অস্বস্তিতে পড়েন। বন্দি যেন অনায়াসে অবজ্ঞায় মৃত্যু সংক্রান্ত যত কর্মকাণ্ড, দাও প্যাঁচ, ধ্যান ধারণাকে ধুলিস্যাৎ করে দিয়ে যাচ্ছে। যেভাবে মরার জন্য ব্যস্ততা দেখাচ্ছে মনে হচ্ছে যেন ফাঁসিকাঠে চড়তে নয়, ভোরের ট্রেনে কোন দূর দেশে ভ্রমণে যাবে। যেখানে তার বিরহী প্রেয়সী পথ চেয়ে বসে আছে। এত সহজভাবে যে মৃত্যুকে বরণ করে নেয়, মৃত্যুদণ্ড তার কাছে দণ্ড কতটা সেটাই ভেবে ডেপুটি জেনারেল নাকাল হয়। এবং বলে- "তোমার মনের মধ্যে এখন কিছু হচ্ছে না?"

-"কী?"

-"কোন অনুতাপ?"

-"যদি হ্যাঁ বলি আপনি কি খুশী হবেন?" পাল্টা এই প্রশ্নে বড় বিব্রত হল ডেপুটি জেলার। অস্তিত্বে কোথায় যেন কালাজ্বরের কাঁপুনি দেওয়া শীত শীত

অসুস্থতা বোধ জন্মায়। অর্জুন এখন আর কোন সাধারন বন্দি নয়। সময়ের ঘাত প্রতিঘাতে সে সম্পূর্ণ অজানিতভাবে সমাজের একটা বিশেষ শ্রেণির প্রতিনিধি স্থানীয় হয়ে উঠেছে। আর তারই বিপরীত শ্রেণির প্রতিনিধিত্ব বর্তেছে ডেপুটি জেলারের কাঁধে। দুই মেরুতে বসবাসকারী এই দুই শ্রেণির শিক্ষা সংস্কৃতি মনন চিন্তন চিরকালই পরস্পর বিরোধী। আজ একটা মৃত্যুকে উপলক্ষ করে দুটো শ্রেণি যেন মুখোমুখি যুদ্ধ ময়দানে দাঁড়িয়ে গেছে। এই শ্রেণি সংগ্রামে সার্বিক জয়ের আশাবাদী শ্রেণির পক্ষে অর্জুনের অনুতাপ রহিত নির্ভয় মৃত্যু কাম্য নয়। তারা চায় মরবার আগে অনুশোচনায় আতঙ্কে কুঁকড়ে যাওয়া অর্জুনকে টেনে হিঁচড়ে বধ্যভূমিতে নিয়ে যেতে। প্রতিহিংসা প্রবৃত্তির পক্ষে সেটা বড় তৃপ্তিদায়ক, সন্তোষজনক।

ডেপুটি জেলার বলেন- "আমার খুশি অখুশির কথা নয়। একটা মানুষকে মেরে ফেলা কোন মতেই আমি আর সমর্থন করি না। ব্যক্তিগতভাবে আমি মৃত্যুদণ্ডের ঘোর বিরোধী। কোন মানুষ যদি ক্রোধে বা লোভে, তাৎক্ষণিক ভ্রমে, কোন জঘন্য কাণ্ড করে থাকে, কোনমতেই তার সমাধান আর একটা হত্যা হতে পারে না। হত্যায় যদি এমন গ্যারান্টি থাকতো যে ওই অপরাধীর মৃত্যুদণ্ড দিলে আর কখনও কোন ওই ধরণের অপরাধ ঘটবে না, তাহলে অবশ্যই আমি মৃত্যুদণ্ডের পক্ষে থাকতাম। কিন্তু তা যে হয় না তার বড় প্রমাণ মহাত্মা গান্ধীর হত্যাকারীর ফাঁসি হওয়ার পরেও ইন্দিরা হত্যা হয়েছে। ইন্দিরা হত্যার আসামিকে মৃত্যুদণ্ড দেওয়া সত্ত্বেও রাজীব রক্ষা পায়নি। এক নাবালিকা কিশোরীকে ধর্ষণ ও হত্যার অপরাধে বিল্লা রঙ্গার ফাঁসি হবার পরেও জয়ন্তী পাণ্ডে হত্যা হয়েছে। তোমার ফাঁসির হুকুম হবার পরেও ঠিক ওই একই অপরাধ ঘটে চলেছে। কাজেই ওটা রোধ করতে হলে-"

-"জল চাই। একটু জল।"

-"ও হ্যাঁ, জল। চুনিলাল সেলের সামনে আর এক বালতি জল দাও। - আমি যেন কী বলছিলাম?"

-"কিছুই বলেননি আপনি।"

মগ ভরে গায়ে মাথায় ঠাণ্ডা জল ঢালে অর্জুন। কাল থেকে ওর পরিধানে নতুন পাজামা পাঞ্জাবি। সেই ভেজা কাপড় চোপড় নিয়ে চোখ বুজে স্তব করতে বসে। জানা যায় না কোন দেবতার কাছে সে কী প্রার্থনা জানায় তারপর বলে- "ব্যাস আমার কাজ শেষ। এবার আপনাদের যা করার তা করতে পারেন।" কিছুক্ষণ

থেমে সে ফের বলে- "আর দেরী না করে তাড়াতাড়ি কাজটা সেরে ফেলুন। তারপর আপনাদেরও ছুটি আমাদেরও ছুটি।"

ডেপুটি জেলার বলেন- "বিশ্বাস করো অর্জুন আমি মৃত্যুদণ্ডের বিরুদ্ধে। কিন্তু তারপরেও আমাকে সম্পূর্ণ অনিচ্ছা সত্ত্বেও চাকরির জন্য ব্যাপারটায় অংশগ্রহণ করতে হয়েছে। আমি অনুতপ্ত, ভীষণ দুঃখিত বিশ্বাস করো-।"

-"বিশ্বাস করলাম।"

ডেপুটি জেলার হাত ঘড়ির দিকে তাকায়, এখনও দশ মিনিট বাকি আছে। শুধু ডেপুটি জেলারই নয়, রাজ্য জুড়ে এই রাতে যে যেখানে জেগে আছে সবারই চোখ ঘড়ির কাঁটার দিকে নিবদ্ধ। সাংবাদিক, মানবাধিকার রক্ষার স্বেচ্ছাকর্মী, সাধারণ নাগরিক সবাই সময় গুনছে। এ এক সুঃসহ সময়ের চোরা স্রোত বয়ে চলেছে মনন চিন্তন বুদ্ধি বিবেচনা দয়া ধর্ম মানবিকতাকে আবর্তন করে। চোরাস্রোতের ঘূর্ণাবর্ত ঘুলিয়ে দিচ্ছে সব ধরণের পক্ষ বিপক্ষ। ও পক্ষের যে কণ্ঠ সক্রোধে চা দোকানে, মোড়ের জটলায়, ঘরোয়া আলোচনায়, আস্ফালন করছে সে জানে না তার গলার স্বর গর্জন ভাষা এপক্ষ থেকে ধার করা কুড়িয়ে নেওয়া দানে পাওয়া। এ পক্ষে যে গলা রাজপথে, রাজদ্বারে মানবতার মন্দিরে মাথা খুঁড়ছে কাঁদছে মিনতি জানাচ্ছে তা আসলে ও পক্ষের কাছ থেকে ছোঁয়াচে রোগের মত সংক্রামিত হয়েছে। বাবুবাড়ির যে কাজের মেয়েটা ট্রেনের কামরায় তারই মত আর একজনকে বলেছিল- "জানিস দিদি, হারামিটার ফাঁসি হবে," সে আসলে তার নিজের ভাবনার ভাষায় তার নিজস্ব অবস্থানের পক্ষে ছিল না। বাবুবাড়ির ভাবনা ভাষায় আক্রান্ত হয়ে সে গিয়েছিল কলতলায় বাসন মাজতে মাজতে। তাদেরই আনন্দ উল্লাস বয়ে নিয়ে চলেছে সে। মারুতির যে আরোহী কিল মেরে কফির কাপ উল্টে দিয়ে বলেছিল- "কোন সভ্য দেশে মৃত্যুদণ্ড থাকা উচিৎ নয়, যে সব দেশে এখনও মৃত্যুদণ্ড হয় আমি তাদের বর্বর বলেই মনে করি।" সে অজান্তে চলে গিয়েছিল তার শ্রেণি চরিত্রের বাইরে।

আজ আর কেউ কোথাও নিরপেক্ষ নেই। অর্জুন নামক এক বন্দির বাঁচা এবং মরার প্রশ্নে প্রত্যেকেই কোন না কোন পক্ষে পৌঁছে গেছে। ওর অপরাধ, অর্থাৎ যে অপরাধের অভিযোগে ওর বিচার করা হয়েছে তা প্রচার মাধ্যম বিরলের মধ্যে বিরলতম বলে প্রচার চালিয়ে জনগনকে যথেষ্ট প্রভাবিত করতে পেরেছে। গুজরাটে গর্ভবতী রমণীকে গণধর্ষণ করে তারপর তার পেট চিরে বাচ্চা বের করে এনে আগুনে ছুঁড়ে ফেলা, অর্জুনের অপরাধ নাকি তার চেয়েও ঘৃণিত নিন্দনীয়

ক্ষমার অযোগ্য। কেননা নিহত সেই অসংখ্য রমণীদের বাস ছিল দরিদ্র কোন এক বস্তিতে। এবং তাদের যা করা হয়েছে, কোন নিছক কামুকতা নয়, সেটা একটা ধর্মীয় বিপ্লব। ধর্মীয় পুনরুজ্জীবনের জন্য ওটা আবশ্যিক ছিল।

আমাদের এই মহান দেশে ধর্মীয় আচার অনুষ্ঠানের নামে যা করা হোক সেটা কখনোই কোন অপরাধ নয়। ধর্মের নামে হাজার হাজার বিধবা অনাথ অবলাকে স্বামীর চিতার আগুনে পোড়ানো হয়েছে। মা কালীর সামনে হাড়িকাঠে ফেলে বলি দেওয়া হয়েছে অগুনতি শিশু বালক যুবককে। ধর্মের নামে কত কিশোরীকে বাপের বয়সি বুড়োর ভোগের সামগ্রী বানানো হয়েছে। কাজেই গুজরাটের ভিন্ন সম্প্রদায়ের গরীব মেয়েগুলোকে যা যা করা হয়েছে যা দেশে হর্ষমন্দর আকুল হয়ে কেঁদেছে, তা আসলে এক ধর্মযুদ্ধ। এবং কোন কারণেই পাপ অন্যায় অপরাধ নয়।

মণিপুরের মিলিটারিরা সুন্দরী এক যুবতী মেয়েকে পৈশাচিক ধর্ষণের পর ছিন্নভিন্ন যোনিতে রাইফেলের নল ঢুকিয়ে গুলি চালিয়ে দলবদ্ধ ধর্ষণের সব প্রমাণ রক্তের স্রোতে ধুয়ে দিলে যেভাবে মনোরমাকে হত্যা করেছে, অর্জুনের অপরাধের তুলনায় সেটাও কোন বড় অপরাধ নয়। কারণ ওটা মণিপুরের একদল উশৃঙ্খল অবাধ্য মানুষের আমাদের মহান সরকারের বিরুদ্ধে সঞ্চালিত বিদ্রোহ দমনের জন্য রাষ্ট্রীয় অভিযানের অঙ্গ। জননী আর জন্মভূমি হচ্ছে স্বর্গাদপি গরীয়সী। সারে যাঁহা সে আচ্ছা সেই দেশ মাতৃকার জন্য অসম সাহসী দেশভক্ত যোদ্ধারা যাই করুক না কেন সেটা তাদের সারে যাঁহাসে আচ্ছা দেশপ্রেম বলেই বিবেচনা করতে হবে। শীত, গ্রীষ্ম, বর্ষায়, ঠাণ্ডা গরম ঝড় বাদলে গুটি কয়েক টাকার বিনিময়ে স্বজন সংসার পরিত্যাগ করে দূর দেশে যারা স্বদেশের সার্বভৌম অখণ্ডতা রক্ষার জন্য লড়াই করছে তাদের ওসব ছোটখাটো ভুল ক্ষমা না করে দিলে সেনাবাহিনীতে অসন্তোষ আনুগত্যহীনতা দেখা দিতে পারে। মনে রাখা দরকার বেচারারা কত কত দিন বউয়ের মুখ দেখে না। কাছে শোয়া তো দূরের কথা, এমন অবস্থায় তাদের দ্বারা কৃত ওই কর্মটা কোন অপরাধ বলে গণ্য করাটাই অপরাধ।

একটা অপরাধ সত্য সত্যি অপরাধ কী না তা মূর্খ জনগণের পক্ষে বুঝে ওঠা খুবই কঠিন ব্যাপার। এই কারণে ভ্রান্তি আসে। ভ্রান্তি থেকে আসে ক্ষোভ। ক্ষোভ থেকে রাগ। রাগ থেকে আসে মহান ন্যায়পরায়ণ বিচার ব্যবস্থার প্রতি অবিশ্বাস আস্থাহীনতা। এটা এই দেশের পক্ষে একটা সমস্যা। এই সমস্যার জন্য দায়ী মূলত

তাদের মূর্খতা। মূর্খতার জন্য দায়ী অশিক্ষা। সবাই নয়, কেউ কেউ বলে যে এই অশিক্ষার জন্য নাকি দায়ী তাদের দারিদ্র, অর্থহীনতা।

এই সময় এদেশের জনসংখ্যা দেড়শো কোটি। কোনভাবেই তাদের সবাইকে সচ্ছল বানিয়ে দেওয়া যায় না। এই না দেওয়ার পিছনে অনেক কারণ। তবে এদের মধ্যে কিছু সংখ্যক নিশ্চয় চেষ্টা করলে কোন না কোনভাবে ধনার্জন করে অবস্থাপন্ন হয়ে যেতে পারে। রাজনীতির আখড়ায় নাম লিখিয়ে তেমন যে হওয়া যায় ইতিমধ্যে তার কিছু প্রমাণ পাওয়া গেছে। সে যাই হোক, যখন সে ধনবান হয়ে যাবে এবং ধনের বলে ধনী শ্রেণির শিক্ষায় শিক্ষিত হয়ে উঠবে, এবং ধন আরও যে সব আনুষঙ্গ জোগান দেয় হাতের নাগালে পেয়ে, উপভোগ করে নিজেই বুঝে যাবে যে, যদি কোন ভদ্রলোক তার বড়ির ঝি মেয়েটিকে ধর্ষণ, বলাৎকার বা ভোগ করে, মেরে পাখার হুকে ঝুলিয়ে দেয় সেটা এদেশীয় বিচার ব্যবস্থায় হত্যা বলে গণ্য করা হয় না। সেটা আসলে একটা সাধারণ আত্মহত্যার কেস মাত্র। উদাহরণ, যোধপুর পার্কের রানিবালার কেস। সাম্প্রতিক কালে সবচেয়ে আলোচ্য এই কেসে রানিবালাকে অবশ্য হুকে ঝোলানো হয়নি, ছাদ থেকে ঠেলে নিচে ফেলা হয়েছিল। মৃতার মৃত্যুকালীন জবানবন্দি এবং পাশের বাড়ির ছাদে কাপড় মেলতে আসা আর একটি ঝি মেয়ের সাক্ষ্য, কিছুতেই প্রমাণ হয় না যে রানিবালাকে হত্যা করা হয়েছে। দুঁদে উকিল কোর্টে প্রমাণ করে ছাড়ে যে রানিবালা আসলে এক মনোরোগী। সে কল্পনায় নিজেকে এই বাড়ির মালকিন ভেবে বসেছিল। কল্পনা থেকে বাস্তবের ধরাতলে অবতরণই তার আত্মহত্যার কারণ। এবং মৃত্যুকালীনের বিবৃতি আসলে প্রতিশোধ পরায়ণতা থেকে উৎসারিত পাগলের প্রলাপ।

ওটা অতি তুচ্ছ ঘটনা। আমাদের এই দেশে কোন ধনবানই কখনও কোন গুরুতর অপরাধ করে না। যা করে তা কোনমতে অপরাধ নয়। যদি তা হতো তবে বড় রাজা বিদায় নেবার পর থেকে আজতক যত অপরাধ ধনবানদের দ্বারা সংগঠিত হয়েছে, কয়েক হাজার ফাঁসিতে ঝুলতো আর না হয় যাবজ্জীবন জেলখানায় বন্ধ পড়ে থাকতো।

ফাঁসিতে ঝুলবে অর্জুন। কারণ সে দরিদ্র। দ্বিতীয়তঃ সে যা করেছে তা সব দিক দিয়েই চরম শাস্তিযোগ্য অপরাধ। চাকর বাকর ড্রাইভার দারোয়ান, যাদের হাজার হাজার বছর ধরে শেখানো হয়েছে তোমরা মালিকের কাছে সর্বদা বাধ্য অনুগত থাকবে। মালিকের পায়ে সদা প্রণত থাকা অবশ্যই বাধ্যতামূলক বলে

জানবে৷ যা তিনি আজ্ঞা করেন বিনা দ্বিধায় সেই কাজ করবে৷ এটাই একজন ভালো চাকরের লক্ষণ৷ এমন চাকরকে নিয়ে গল্প কবিতা এমন কী সিনেমাও হয়৷ আমরা সেই চাকরকে চাকর শ্রেষ্ঠ বলে গুণ গাই৷ কিন্তু অর্জুন তা করেনি৷ সে বিপরীতে গিয়ে মালিকের মান সম্মান বিনষ্টকারী ক্রিয়ায় সাহস দেখিয়েছে৷ এখন আর একে না মেরে ফেলে কোন অন্য উপায় নেই৷

এ বড়ই সাংঘাতিক প্রবণতা৷ যা চাকর সমূহের মধ্যে একবার সংক্রামিত হয়ে গেলে চরম সর্বনাশ হতে আর বাকি থাকবে না৷ চাকর বাকর ড্রাইভার দারোয়ান ছাড়া যাদের জীবন অচল, পর নির্ভর সেই সব বিত্তবান- যাদের বিহনে দেশ অচল, তারা তা হলে অবিশ্বাস আর আতঙ্ক বুকে বয়ে কী করে স্বাভাবিকভাবে বেঁচে থাকবে৷ কাকে ভরসা করবে ! সব সময় মনে হবে এই বুঝি আমার উপর হামলে পড়ল কেউ৷ সেই হৃত সাহস পুনরুদ্ধারের জন্যই অর্জুনকে বধ করা দরকার৷ ওর মৃত্যুর মধ্য দিয়ে, চাকর বাকর ড্রাইভার দারোয়ান শ্রেণির মানুষের কাছে একটা বার্তা প্রেরণ করা যাবে- সাবধান৷ দেখে নাও, যে আমাদের ঘরের দিকে হাত বাড়ায় তার পরিণতি কী ভীষণ হয়৷ অতএব সমঝে চলো৷ না হলে মরবে-৷

ওই শ্রেণির কারও যদি ধর্ষণ করার প্রবৃত্তি থেকে থাকে এবং কিছুতেই নিজেকে ওই ইচ্ছা থেকে নিবৃত্তি করতে না পারে, সাধারণ কিছু শর্ত সাপেক্ষে আমাদের এই মহান দেশ তাদের ইচ্ছাপূরণের ছাড়পত্র দিয়ে থাকে৷ তারপর সে ট্রেনের কামরায় তল্লাশির নামে, থানা লকআপে জিজ্ঞাসাবাদের নামে- সীমান্ত সংলগ্ন কোন গ্রামে চোরা চালান রোধের নামে বা উপদ্রুত কোন অঞ্চলে জঙ্গি দমনের নামে দরিদ্র দুর্বল কাউকে শিকার বানালে সেটাকে দেশ দয়া ক্ষমার চোখে দেখবে৷ কোনমতেই তাকে সাধারণ এক ধর্ষকের পর্যায়ে ফেলে অপরাধের বিচার করা হবে না৷ কারণ সে আর যাইহোক ধনী শ্রেণির পরম মঙ্গলাকাঙ্খী রাষ্ট্রের রক্ষার্থে স্বশ্রেণির দরিদ্র মানুষকেই গুলিতে ঝাঁঝরা করে দেবার মত দাস৷ তাই সে ধর্ষক হলেও অপরাধী নয়৷

ডেপুটি জেলার মনে মনে একটু দুর্বলতা বোধ করেন৷ এই রাত আঁধারে অর্জুনের সামনে দাঁড়িয়ে বুকের ভিতর ধ্বস নামে৷ সাথে সাথে তার মনে পড়ে যায় জেল সুপারের নির্দেশ- অপরাধীর প্রতি যেন কোন দুর্বলতা প্রকাশ না পায়৷ যদি তেমন বোধ করেন, সেই মেয়েটার মুখটা মনে করবেন৷ যাকে ও গলায় ফাঁস দিয়ে খুন করেছে৷ মেয়েটার শরীরে বাইশটা আঘাতের চিহ্ন পাওয়া গেছে৷ ভাবতে চেষ্টা করবেন তার যন্ত্রণার কথা৷

সেই কিশোরী, যার বয়েস বলা হয়েছে মাত্র চৌদ্দ। আসলে সে তার চেয়ে কিছুটা বড়, যাকে যুবতি বলাই যথার্থ। কিন্তু কিশোরী কন্যাকে হত্যা ধর্ষণ জনমানসে তুমুল আলোড়ন তুমুল বিক্ষোভ তুলতে পারে, বিবেচনা করে তদন্তকারী অফিসার জয়ন্তী পাণ্ডের বয়েস অনেক কমিয়ে লিখেছিলেন। তিনি যা সত্য তা চাননি। চেয়েছিলেন- কেসটায় অভিযুক্ত অর্জুনের কঠোর থেকে কঠোরতম সাজা হোক। তাহলে তার সব কৃতিত্ব বর্তাবে তদন্তকারী অফিসারের উপর। আর তা হলে প্রমোশনের সিঁড়িটা সহজেই টপকে যাওয়া যাবে। তাই বিপক্ষে কাঁচা খেলোয়াড় পেয়ে কেসটাকে যত রকমভাবে আঁটোসাঁটো নিশ্ছিদ্র আর ক্রোধ উদ্রেককারী করা যায়, তার চেষ্টায় কোন ত্রুটি বা ফাঁকি রাখেননি।

মেয়েটার বয়েস প্রমাণ স্বরূপ একখানা বার্থ সার্টিফিকেট জমা করতে হয়েছিল কোর্টে। সেটা এমন কিছু কঠিন ব্যাপার নয়। যে দেশে পি. এইচ. দি.র মত পবিত্র ডিগ্রি পর্যন্ত জাল পাওয়া যায়, সে দেশে একটা বার্থ সার্টিফিকেট তো জলভাতের মত সস্তা। 'এমন দেশটি কোথাও খুঁজে পাবে নাকো তুমি।' এ এমন এক দেশ যে দেশের শৈল্পিক উৎকর্ষতা এত উচ্চাঙ্গের যে নকলকে আর নকল বলে চেনাই যায় না। নকলই এখন আসলকে তার আসন থেকে ঠেলে ফেলে দিয়েছে। অনেক সময় সামরিক বাহিনীর যে অফিসার দেশ রক্ষার জন্য সাহসিকতার পুরস্কার নেয় সে কিন্তু আসলে বিদেশী গুপ্তচর বাহিনীর এজেন্ট। আবার কখনও যে সমাজসেবার জন্য সর্বজন বন্দিত আসলে তিনি একজন ঘৃণ্য ব্যবসায়ী। যে রোগীর সাধারণ রোগকে অসাধারণ বানিয়ে দশ রকমের পরীক্ষা, পঞ্চাশ রকমের ওষুধ আর তার দাম নিয়েই তৃপ্ত থাকে। সুযোগ সুবিধা পেলে রোগীর কিডনি পর্যন্ত কেটে নিয়ে বিক্রি করে দেয়। দেখা গেছে যে প্রফেসর সৎ সম্ভ্রান্ত এবং ছাত্র দরদী বলে পরিচিত, তিনি টাকা পেলে পরীক্ষার আগেই প্রশ্নপত্র ফাঁস করে দিয়ে আরও ছাত্র দরদী হয়ে যেতে আপত্তি করেন না। কাজেই তদন্তকারী অফিসারকে বাইশ বছরের মেয়েকে চোদ্দ প্রমাণ করতে অসুবিধা হয়নি।

ডেপুটি জেলার এখন অদেখা সেই মেয়েটার মুখ মনে মনে ভাববার চেষ্টা করলেন। কিন্তু কিছুতেই সফল হতে পারলেন না। উপায়ন্তর না পেয়ে সে যে অঞ্চলের মেয়ে সেই অভিজাত অত্যাধুনিক অঞ্চলের, তার মত আর কোন মেয়ের মুখ মনে পড়ে কী না তারই প্রয়াস করতে গিয়ে টের পেলেন, সেই সব পল্লীর সুউচ্চ ভবন থেকে এক-দু জন নয়, শত সহস্র শরীর সামনে এসে

দাঁড়িয়েছে। কুড়ি তিরিশ চল্লিশ পঞ্চাশ। মেয়ে বলে আমাকে দেখ, মা বলে আমাকে দেখ।

সত্যিই দুধ ঘি মাখনের অকৃপণ উদারতায় শরীরগুলো তাদের দেখবার মতই। দেখাচ্ছেও তারা বেশ লোলুপ করে, তাদের দেখাবার মত যা যা আছে। মনে হচ্ছে তাদের শরীর শুধুমাত্র যেন তাদের নয়, সিংহ শিকারের কাম চেতনা উসকে দিয়ে কীভাবে নিজস্ব অভিষ্ট চরিতার্থ করে নিতে হয়, অভিজ্ঞজনের কাছ থেকে তা তারা শিখেছে।

আমাদের দেশের নাম ভারত। জনৈক বেশ্যার পুত্রের নাম অনুসারে আসমুদ্র হিমাচলব্যাপি বিশাল এই ভূখণ্ডের একম মহিমাময় নাম পরিচিতি। বেশ্যাবৃত্তি সেই কালে এবং এই কালেও কোন নিন্দনীয় বৃত্তি নয়। এ দেশের সর্ব শ্রেষ্ঠ উৎসব দুর্গোৎসবে বেশ্যার দ্বার মৃত্তিকার প্রয়োজন হয়। বেশ্যা এ দেশে এত মহান এত সম্মানীয়। মডেলিং বা সিনেমায় অঙ্গ প্রদর্শন নামভেদে সেই শরীরেরই বিকিকিনি।

অতীতকালে এ দেশে অভিজাত পরিবারের কন্যাদের অভিজ্ঞ বেশ্যার তত্ত্বাবধানে নৃত্য গীত হাস্যলাস্য, চৌষট্টি কলায় পারদর্শিনী করবার প্রথা ছিল। বর্তমান কালে সেই দায়িত্ব পালন করছে সিনেমা টিভি এবং পত্র পত্রিকা। নারীরা অতি অল্প আয়াসে ঘরে বসেই সেই প্রাচীন শিক্ষায় শিক্ষিত হতে পারছে।

অল্প বয়স্ক ডেপুটি জেলার তাদের দিকে তাকালেন। এমন সূক্ষ্ম তন্তু দিয়ে তাদের পরিধেয় বস্ত্র নির্মিত যা শরিরের প্রতিটা বাঁক ভাঁজ রেখা এত স্পষ্ট হয়ে ফুটে আছে যে, পোষাকটা এমন রঙ্গিন না হলে শরীরে কোন পোষাক আছে তা বোঝাই দুষ্কর হতো। কারও বা স্তন যুগল প্লাস্টিক সার্জারির সাহায্যে দৃঢ় উন্নত উদ্ধত এবং উন্মুক্ত করে রাখা। কারও পেলব তলপেটের সুগভীর নাভি প্রকাশ্য ও প্ররোচনাময়। এ সবাই যেন তাদের যা কিছু গোপন যা কিছু আপন সব কিছু প্রদর্শনের জন্য দিক দিশাহারা হয়ে আছে।

এরা বেপরোয়া রকমের নিঃসংকোচ। এরা বেজায় রকম নির্ভয়। এরা এদের অভিভাবক শিক্ষক এবং প্রতিবেশীদের কাছ থেকে জেনেছে যে লজ্জা নামক পদার্থটা আসলে এক কুসংস্কার। যাকে পরিত্যাগ না করলে ক্লাবে ক্লাশে পার্টিতে পরিচিত জনের কাছে আধুনিক প্রতিপন্ন হওয়া যায় না। আধুনিক হবার তাড়নায় এরা লজ্জিত হতে চায় না। নির্লজ্জ প্রমাণ করার জন্য যা বন্ধ ঘরে করার কথা তা লাখ লোকের সামনে সেরে নেয়।

এরা কাউকে ভয় পায় না, কারণ এরা সেই তথ্য জানে যে এই দেশে পঞ্চাশ সালের দুর্ভিক্ষে না খেতে পেয়ে তিরিশ লক্ষ লোক প্রাণ হারিয়েছিল। সেই মন্বন্তরের কালে জমিদারদের গোলায় হাজার হাজার মণ ধান মজুদ ছিল। দোকানের শোকেসে সাজানো ছিল শত রকমের খাবার। না খাওয়া মানুষ ফ্যান চেয়ে চেয়ে মরে গেছে তবু কেড়ে খাওয়ার মত শক্তি সাহস দেখাতে পারেনি। সেই ভীরুতা কাপুরুষতা সুপ্তাকারে মানুষের অবচেতন মনের গভীরে আজও রয়ে গেছে। ওটা যাবার নয়। জিনগত বৈশিষ্টে তা চিরকালই থাকবে। যে বাঘের হাত নেই দাঁত নেই তাকে দেখে ভয় কীসের? তাই তারা নিরুদ্বেগ নিশ্চিন্ত। তাই তারা শরীর মেলে মানুষের সামনে উড়ে বেড়াতে দ্বিধা করে না। ওরা জানে আমি যতই উত্তেজক পোষাক পরি যতই কামনা উদ্রেককারী অঙ্গভঙ্গি করি, কেউ আমার কোন ক্ষতি করার মত নেই। কারণ ওরা শুধু যা পারে তা হল, হা-হুতাশ আর হস্ত মৈথুন করতে।

তবে অর্জুনের ঘটনা কী করে ঘটল? ঘটল, কারণ ওটা ব্যতিক্রমী ব্যাপার। যে জেলে মানুষটা গভীর সমুদ্রে ইলিশ ধরার জাল পাতে, কদাচ কখনও সে জালে হাঙ্গর কুমিরও আটকা পড়ে যায়। কিচ্ছু করার নেই, জাল না পাতলে জেলের প্রয়োজন মেটে না। আর আটকা যখন পড়েছে সেটা কুমিরের কপাল। এখন তো একটাই পথ আছে কুমিরটাকে মেরে ফেলা। যেন আর কোন কুমির জালে পড়বার মত সাহস বা বোকামি না করে।

কিন্তু এখন এই সব মেয়েদের মুখ বুক নাভি উরু নিতম্ব মনে পড়ে যাওয়ায় ডেপুটি জেলার কিছুতেই অর্জুনের উপর ক্রোধে জ্বলে উঠতে পারলেন না। নিজের শরীরের মধ্যেই কাম রিপুর কামড় জ্বলুনি অনুভব করলেন। যে জ্বলুনি তাকে কত স্বপ্নে কল্পনায় কত মেয়েকে ধর্ষণ করিয়ে ছেড়েছে। তাই এখন অর্জুনের উপর কেমন যেন একটা সহমর্মিতা সহানুভূতি টের পাচ্ছেন।

বুঝে উঠতে পারছেন না তিনি, যখন অর্জুনকে এই কেসে গ্রেপ্তার করা হয়েছিল তখন সে ছিল মাত্র কুড়ি বাইশ বছরের এক যুবক। যা বুদ্ধি বৃত্তি পরিপক্ক হয়ে ওঠার পক্ষে নেহাতই কম। সেই অপরিপক্ক বয়সে কী ভাবে কেমন করে সে এই কেসে জড়িয়ে যায়। জড়িয়ে যায় না জড়িয়ে দেওয়া হয় তা আজও অনুদ্‌ঘাটিত রহস্য। প্রত্যক্ষদর্শী কেউই নেই। কেউ জানে না ঠিক কী অবস্থায় কার দ্বারা অপরাধটি সংঘটিত হয়েছে। অর্জুনকে সাজা দেওয়া হয়েছে পারিপার্শ্বিক কিছু

তথ্য প্রমাণের উপর নির্ভর করে। এইসব সাক্ষ্য প্রমাণের শতকরা আশি শতাংশ ভুল হবার সম্ভাবনা থেকেই যায়।

তর্কের খাতিরে যদি ধরেও নেওয়া হয় যে সত্যিই অর্জুনের দ্বারাই অপকর্মটি সাধিত হয়েছে, তবু সেই সময়কার সামগ্রিক পরিস্থিতি তত্ত্ব তথ্য অবজ্ঞাত থাকায় কিছুতেই বোঝা সম্ভব নয় এর জন্য সে নিজে ব্যক্তিগতভাবে কতখানি দায়ী আর কতটা বা দায়ী পারিপার্শ্বিক অবস্থা। যে নিজের হাতে কোন খুন জখম ধর্ষণ বা ডাকাতি চুরির মত অপকর্ম করে সবাই তাকে দেখে। দেখতে পায় না- সেই ব্যক্তি, সমাজ, সময় এবং পরিস্থিতিটাকে, যা মানুষের গোত্রান্তর ঘটিয়ে অপরাধী বানিয়ে দেয়।

প্রায় সব মানুষের জীবনেই কোন না কোন সময় এমন পরিস্থিতি এসে যেতে পারে যা তাকে দিয়ে এমন সব অসম্ভব কাজ করিয়ে নেয়, যা সেই বিশেষ অবস্থাটা না থাকলে তার দ্বারা কখনোই করা সম্ভব হতো না। এক্ষেত্রে ব্যক্তি মানুষের চেয়ে সেই বিশেষ অবস্থাটাই অনেকাংশে দায়ী। কিন্তু আইনের ধারা উপধারায় সেই অবস্থাটাকে শনাক্ত এবং সংশোধনের কোন ব্যবস্থা রাখা হয়নি।

গুজরাট যখন জ্বলছিল সাম্প্রদায়িক দাঙ্গার আগুনে, শিশু-নারী অসহায় মানুষের কান্নায় বাতাস ভারী হয়ে উঠেছিল, গলিতে গলিতে জমছিল মৃতদেহের স্তুপ, তখন সেই ধ্বংস যজ্ঞের মধ্যে একদল মহিলা মালকোঁচা মেরে নেমে এসেছিল রাস্তায়। নরম কোমল মায়াবী দয়াময়ী মুখোস খুলে মেতে উঠেছিল তারা লুঠতরাজে। সেই ভীত ত্রস্ত পরিবেশে তারা বিপরীত লিঙ্গের কাউকে ধর্ষণ করে দিয়েছিল কী না তা বা কে জানে। এ সবই সম্ভব করেছিল তখনকার পরিস্থিতি। এই রকম যা ইচ্ছা তা করার মত অনুকূল সময় পেলে কিছু মানুষ পশু হয়ে যায়। নারী না পুরুষ সে প্রশ্ন এখানে অবান্তর।

একদা যে শ্রমিক নেতা শ্রমিকদের স্বার্থে শত শত সংগঠন গড়েছেন আন্দোলন করেছেন সেই নেতা পরবর্তীকালে শিল্পমন্ত্রী হয়ে শিল্পোদ্যোগে শ্রমিক ছাঁটাই এবং পূর্ণ মেশিনীকরণের পক্ষে ওকালত করেন। যে নেতা এক সময় জেলখানায় ছিলেন এবং জেলখানার বন্দিদের নারকীয় জীবন দেখে ক্ষোভে ক্রোধে আমরণ অনশনে বসেছিলেন, কারামন্ত্রী হবার পর তিনিই জেল বন্দিদের জীবনকে নিত্য নতুন বিধি নিষেধের ফাঁসে ফেলে দুর্বিসহ করে দেন। এমন উদাহরণ অজস্র। শুধু সময়টা বদলে গেছে। সময় তাকে কখনও সাধু বানায় কখনও শয়তান।

এখন ডেপুটি জেলারের চোখে ভাসে এমনই এক মুহূর্তের মানসিক বিভ্রমে সাধু থেকে শয়তান হয়ে যাওয়া একটা মানুষের মুখ৷ যে লোকটা ঠিক এই রকম আর একটা অপরাধ করে ফেলেছিল- নাবালিকা ধর্ষণ এবং হত্যা৷ সেই অপরাধীর নাম রমেশ দত্ত৷ রমেশ দত্ত একজন মধ্যবিত্ত চাষি৷ পৈতৃক বিঘে পনেরো জমি আর দুটো পানের বরজ তার সম্পত্তি৷ ছোট সংসার এতেই চলে যায়৷ বিশেষ উচ্চাকাঙ্খা নেই বলে সুখেই আছেন৷ প্রতিবেশীর সুখে দুখে সাধ্যমত সঙ্গ দেন সাহায্য করেন৷ সবাই তাকে ভালোবাসে শ্রদ্ধা সম্মান করে৷ প্রতি বছর তাদের বাজারে হরিনাম সংকীর্তন হয়৷ উনি একাই খিচুড়ি ভোগের সব খরচা বহন করেন৷ এবার হরি মন্দির নির্মাণ কল্পে এককালীন কুড়ি হাজার টাকা দান করেছেন৷ এ হেন পরোপকারী ধর্মপ্রাণ রমেশ দত্তের জীবনের সুনামে গ্রহণ লেগে গেল সামান্য ভুলে৷ একটার পর একটা এমন সব ঘটনা ঘটে গেল, একটা ঘটনা আর একটা ঘটনাকে এমন ভাবে টেনে নিয়ে এল যার শেষ পরিণতি এসে দাঁড়ালো এমন এক জায়গায় যেখান থেকে আর ফেরা যায় না৷ এগিয়ে যেতে হয় ফাঁসিমঞ্চের দিকে ঝুলে পড়ার জন্য৷

রমেশ দত্তের সংসারে তিন প্রাণী৷ নিজে আর স্ত্রী কন্যা৷ মেয়েটা এই বছর মাধ্যমিক পরীক্ষা দেবে৷ আরও একজন অবশ্য আছে৷ সে মা বাপ মরা হত দরিদ্র বাবলু৷ একটু হাবাগোবা গোছের এই ছেলেটা ছোটবেলা থেকেই এই বাড়িরই একজন হয়ে গেছে৷ দেখতে হাবা-গোবা হলেও বাবলু পড়াশোনায় তুখোড়৷ রমেশ দত্ত বলেছেন- যত দূর তুই পড়তে পারিস, পড়৷ আগে পড়াশুনোর সব খরচা উনিই দিতেন৷ তবে এখন বাবলু টিউশানি করে কিছু খরচ নিজেই চালিয়ে নিতে পারছে৷ খুব দরকার না হলে সে হাত পাতে না৷ এবং তবে এ বাড়িতে থাকা খাওয়ার কৃতজ্ঞতা স্বরূপ বাবলু ঘরের টুকটাক কিছু কাজ করে দেয়৷ রমেশ দত্তের মেয়ে শম্পাকে পড়ায়৷

শম্পার মা বাসন্তীদেবী ধর্মপ্রাণা মহিলা৷ প্রায় সারাদিন তার কাটে পূজার্চ্চনা জপতপ ব্রত পার্বন উপোস নিয়ে৷ বর্তমানে তিনি গুরুদেবের আদেশে এক বছরের জন্য আত্মশোধন ব্রতে আছেন৷ গুরুদেব বলেছেন, নিষ্ঠা ভক্তি সহকারে শুদ্ধ চিত্তে এই ব্রত পালন করলে পুত্রেষ্টি যজ্ঞের পুণ্যফল লাভ হয়৷ পুত্রহীনতায় উনি বড়ই মনকষ্টে আছেন৷ সবাই তাঁকে বাঁজা বলে ধর্মকর্মে সহজে ডাকতে চায় না৷ পুত্র কামনায় উদ্বেল বাসন্তীদেবী, যথোচিত নিষ্ঠায় ব্রত পালন করে চলেছেন তিনি৷ ব্রত সমাপ্ত হবার আগে স্বামীকে স্পর্শ করাও

গুরুর বারণ আছে। স্বামীকে সঙ্গ দেবেন ঠিক এক বছর পর এক পূর্ণিমার রাতে, রজনীর তৃতীয় প্রহরে।

রমেশের স্ত্রী আর কন্যা বড় ঘরে ঘুমায়। দরজা ভালো করে এঁটে রাখেন বাসন্তীদেবী। সে ভাবে- পুরুষ বড়ই অসংযমী অবিবেচক এবং মতিভ্রষ্ট। তাদের বিশ্বাস নেই। কে জানে যদি কোন রাত গভীরে ব্রত ভেঙে দেয়। অন্য একটা ঘরে দু-দিকের দুটো চৌকিতে ঘুমায় বাবলু আর রমেশ। ইদানিং এ অঞ্চলে বড়ই গরু চোরের উৎপাত হয়েছে। রাতে রাতে গোয়ালের গরু বর্ডার পার হয়ে বাংলাদেশে চলে যাচ্ছে। তাই রাতে ঘুম ভাঙলে বাবলু এক দুবার গোয়ালটা দেখে আসে। অভ্যাস মত একরাতে গোয়াল দেখতে গিয়ে চমকে ওঠে সে। দেখে গোয়ালের পাশে খড়ের গাদার অন্ধকারে দুটো মানুষ। তারা কী যেন করছে আর ফিসফিস করে কী সব বলছে। হাবাগোবা বাবলুর সাহসে কুলায় না তাদের কিছু বলার। সে যেমন নিঃশব্দে গিয়েছিল তেমনি নিঃশব্দে ঘরে ফিরে এসে রমেশ দত্তকে ঘুম থেকে ডেকে তুলে চুপি চুপি বলে- "জ্যাঠা, গিয়া এ্যাকবার দেখেন গোইলের পিছনে কী আবাজ হইতে আছে।"

-"কে?"

-"কেমনে কমু। চিনতা পারি নাই। আমাগো শম্পার মতোন তো মোনে হইল। পোলাডা মোনে কয় কানাই হবে।"

মাথাটা ঝাঁ করে উঠল রমেশ দত্তের। ঝট করে বিছানা ছেড়ে উঠলেন। তারপর কী ভেবে যেন বাবলুকে বললেন, "তুই ঘরে থাক। আমি দেখতাছি।"

এগিয়ে গিয়ে দেখেন রমেশ দত্ত। সেই মুহূর্তে আকাশে কোন মেঘ ছিল না তবে আকাশের এক কোণে এক টুকরো ক্ষয়াটে চাঁদ ছিল। সেই চন্দ্রালোকিত মধ্যরাতে খড়ের গাদায় পাশের বাড়ির শ্রীনিবাসের মেয়ে, ঝন্টু দাসের বখাটে ছেলে কানাই, দু-জনে মিলে উদ্দাম রতিক্রিয়ায় মত্ত। সেই দৃশ্য দেখে শিহরিত হয়ে ওঠেন রমেশ দত্ত।

শাশ্বতী মাঝেমাঝে রমেশ দত্তের মেয়ে শম্পার কাছে আসে। গল্প-স্বল্প করে। সে রমেশ দত্তকে কাকু বলে ডাকে। রমেশ দত্ত তাকে মেয়ের মতই স্নেহ করেন, ভালোবাসেন। মেয়েটা যে তলে তলে এতখানি নিচে নেমে গেছে, ভাবতে পারেননি রমেশ। রাগ হতে লাগল তাঁর। সামনের মাসেই শাশ্বতীর বিয়ে ঠিক হয়েছে। কে জানে তার বাবা দাদারা হয়তো তার স্বভাব

চরিত্রের আঁচ পেয়েই এত অল্প বয়সে বিদায় করে দেবার ব্যবস্থা করে ফেলেছে। এর মধ্যেই এই-।

রমেশ দত্ত একেবারে শাশ্বতীর কাছে চলে গেছেন। তবু তাদের হুঁশ-বুস নেই। চরম আনন্দ ক্ষণে পৌঁছাবার কামনায়, বিশ্ববিস্মৃত হয়ে একজন আর একজনের শরীর খুঁড়ছে ছানছে। সে দৃশ্য আর সহ্য করতে পারলেন না রমেশ দত্ত। এগিয়ে গিয়ে কানাইয়ের উদোম পাছায় কষে লাথি হাঁকালেন। আচমকা আঘাত পেয়ে উঠে দাঁড়ালো কানাই। তারপর বাঘ দেখার মত রমেশ দত্তকে সামনে দেখে পড়িমরি করে মারল দৌড়। আর তখন খড়ের বিছানায় চিৎ হয়ে শোওয়া, নিরাবরণ, নিটোল, সদ্য নারী হয়ে ওঠা, ঘামে জবজবে শাশ্বতীর শরীরে ম্লান জোছনার আলোয় মুনির মৌনতা ভাঙা আগুনাকুতি।

সেই নিশুতি রাতের নির্জন আঁধারে রমেশ দত্তের মধ্যে একই সাথে দুটো সত্ত্বা মাথা চাড়া দিল। তার একটা ভাতুস্পুত্রীর চরিত্র স্খলনে ব্যথিত আহত অভিভাবকীয় সত্ত্বা। অন্যটা দুষ্ট মদনদেবের পঞ্চশরাহত উপোসী পুরুষ সত্ত্বা। খসখসে ক্রোধ গলায় বলল- "দুই দিন পরে তোর বিয়া। এইটুকু সময় সবুর করতে পারলি না। এত তোর...র আজই তোর বাই মিটাইয়া দিমু। এত জাগা থাকতে আমার বাড়ি ঢুইক্যা অপকম্ম। দেখাইতে আছি তরে...।"

রমেশ দত্ত চড় মারবেন বলে হাত তুলে ছিলেন। সে হাত থামিয়ে দিল তারই কামতড়িত সত্ত্বা। বহুদিন নারী শরীরের স্বাদ থেকে বঞ্চিত হয়ে আছে। তাই ভাবল একেবারে তরতাজা সদ্য পরিণত হওয়া নিভাঁজ নিটোল শরীর, কারও কাছেই সে মুখ খুলতে পারবে না। শাশ্বতী তার কৃত অপরাধে মানসিক দিক দিয়ে এত দুর্ব্বল এত চূর্ণ হয়ে আছে যে সজোরে প্রতিবাদও করতে সাহস পাবে না কিছুতেই। এমন সুযোগ আর আসবে না। ভাবলো, এমন টাটকা কুমারী অনেক ভাগ্যে এই অবস্থায় মেলে। যাও ভোগ করো।

মতিভ্রম ঘটে গেল মধ্যবয়স্ক রমেশ দত্তের। নিশুতি নিস্তব্ধ রাতের পাপঘন পরিবেশ তাকে সেই মুহূর্তে ভুলিয়ে দিল যে, সে একজন সম্মানীয় মানুষ। মেয়েটো তারই কন্যার মতো।

ঘটনার আকস্মিকতায় হতবিহ্বল হয়ে গিয়েছিল শাশ্বতীও। ব্যাভিচার জনিত অপরাধপবোধ তাকে বাকহারা জড় জীবে পরিণত করে ফেলেছিল। ভয়ে লজ্জায় তার মুখ থেকে একটাও শব্দ বের হয়নি। উপর্যুপরি দু-তিনবার শাশ্বতীর শরীর

তছনছ করে শারীরিক সব যন্ত্রণার উপশম করল রমেশ। ততক্ষণে সব জড়তা সব বিহ্বলতা কেটে গেছে শাশ্বতীর। সে এবার কঁকিয়ে কেঁদে উঠল,

-"কাকা এ আপনি কী করলেন।"

কী যে করে ফেলেছে তা কামজ্বর নেমে যাবার পর এখন বুঝতে পারছে রমেশ দত্ত নিজেই। মাথা এখন ঝাঁ ঝাঁ করছে তার। সব কেমন তালগোল পাকিয়ে যাচ্ছে। আর কিছুই সে চিন্তা ভাবনা করতে পারছে না। শাশ্বতী মেয়ের বয়সী। ধরতে গেলে এক প্রকারে মেয়েই। কাল দিনের আলোয় কী করে তাদের সামনে গিয়ে দাঁড়াবে সে? কী করে চোখে চোখ রেখে কথা বলবে? কিছুই ভাবতে পারছেন না তিনি। কেমন করে নিজের এবং শাশ্বতীর এমন সর্বনাশ কাজ করে বসলেন।

তবু কোন মতে কাঁপা কাঁপা গলায় শাশ্বতীকে বলেন তিনি।

-"যা, বাড়ি যা। আমারে মাফ কইরা দে। যা হইছে সব ভুইল্যা যা। কান্দিস না। বাড়ি যা।"

-"না, আমি বাড়ি যামু না।" কেঁদে কেঁদে বলে শাশ্বতী।

-"রাত্তির পোয়াউক। কাইল সক্কলরে কমু। আমি আপনার মাইয়ার মতোন। যদি কোন দোষঘাট কইরাই ফালাইয়া থাকি আপনে আমারে বকতেন, মারতেন, দাদাগো কাছে নিয়া যাইতেন। তারা আমারে যা সাজা দেওনের দিতো। তা না কইরা আপনে আমার লগে কী কামডা করলেন। আপনার মাইয়া হইলে পারতেন? কন পারতেন?"

মস্তিষ্কের কোষে কোষে শক্তিশালী বিদ্যুৎ ঝটকা লাগে রমেশের। দেখতে পান তার সামান্য ভুলে একটু একটু করে সারা জীবন ধরে গড়ে তোলা সম্মানের সৌধটা ভূমিকম্পে চুরমার হয়ে যাচ্ছে। সেই ধ্বংস্তুপের তলায় চাপা পড়া রমেশ দত্তের দিকে সবাই ঘৃণায় থুতু ছুঁড়ছে। পাড়ায় সবাই, যারা তাকে এতকাল সৎ ভদ্র বিনয়ী পরোপকারী ধর্মপ্রাণ কত কিছু না বলে সম্মান শ্রদ্ধা দিয়েছে, তারাই এখন ঝাঁটা জুতো নিয়ে তেড়ে আসছে।

এই রকম এক অপরাধীকে কদিন আগে মুখে আলকাতরা লেপে গলায় জুতোর মালা পড়িয়ে অঞ্চলের লোকেরা ঢোল বাজিয়ে হাঁটিয়ে থানায় দিয়ে এসেছে। তবে কি তাকেও সেই অপমান মাথায় নিয়ে মরতে হবে!

যা হবার তা তো হয়ে গেছে, আর কাঁদলে বা লোককে বললে কিছু হবে না। তাতে তারও তো মান সম্মান যাবে। এই কথাটা কেন বুঝছে না মেয়েটা। কারও

কোন সম্মান হানি হয় না যদি সে মুখটা বন্ধ রাখে। তবু মেয়েটা কেঁদেই চলেছে- 'কমু কমু সক্কলরে কমু।' রমেশ দত্ত যতই ভগবানকে ডাকছেন- হে ভগবান ওকে সুবুদ্ধি দাও প্রভু। ওর মুখটা বন্ধ করে দাও। ততই সে আরও জোরে কাঁদছে। ভরা বর্ষার লক গেটের মত তার মুখ খুলে গেছে এখন। কল কল করে নামছে যেন ক্লেদ পাঁক মাখা ঘোলা জল- কমু কমু সক্কলরে কমু। পাগলির মত মাথা ঝাঁকাচ্ছে সে। চুল টেনে টেনে ছিঁড়ছে আর উদভ্রান্ত হিস্টিরিয়া রোগগ্রস্থের মত বলছে- "আপনে আমার বাপের মতোন। ক্যান আপনে মাইরা ফালাইলেন না যদি দোষ কইরা থাকি। ক্যান আমার সতীত্ব নষ্ট করলেন। কমু বেবাকরে কইয়া বিচার চামু।"

আর মাথা কোন কাজ করছে না রমেশ দত্তের। তার এখন একটাই ভাবনা মাথায় ভর করল যে ভাবে হোক ওকে রাত পোহাবার আগে স্তব্ধ করে ফেলতে হবে। যেন কাউকে একটাও কথা বলতে না পারে। সেই মুহূর্তে তার এই বোধও রইল না যে রাতের শরীরে দু-দিক থেকে জ্বলে আছে আরও দুজোড়া চোখ। তারা সব দেখছে সব শুনছে, সাক্ষী হয়ে যাচ্ছে। যার একজন বাবলু। জ্যাঠা এখনও কেন ফিরে আসছে না দেখতে এসে সে উত্তর দিকের গাছের অন্ধকারে স্থাণুবৎ থমকে গেছে। অন্যজন কানাই। যে লাথি খেয়ে পালিয়ে গিয়ে আবার ফিরে এসেছে শাশ্বতীর শেষ পরিণাম কী হয় দেখার জন্য। আড়াল খুঁজে সে দক্ষিণ দিকে দাঁড়িয়ে আছে।

শাশ্বতী তাকে ভালোবাসে। সেও ভালোবাসে শাশ্বতীকে তাদের যৌথ ভালোবাসার ভ্রূণ এখন বড় হচ্ছে শাশ্বতীর জরায়ুতে। আর দশ পনের দিনের মধ্যে তারা দুজনে পালিয়ে বিয়ে করে নেবে। নিতেই হবে। না হলে শাশ্বতীর অন্য জায়গায় বিয়ে দিয়ে দেবে তার বাড়ির লোকজন।

সে ফিরে এসে দূর অন্ধকারে দাঁড়িয়ে দেখে শাশ্বতী দু হাঁটুর মধ্যে মুখ গুঁজে ফুঁপিয়ে ফুঁপিয়ে কাঁদছে, আর রমেশ দত্ত অস্থিরভাবে হাঁটছে ছটফট করছে আর নিচু গলায় কিছু বলছে। একবার ওকে শাশ্বতীর মাথায় হাত বোলাতে দেখে কানাই। একবার পা ধরতে। কিন্তু সে যা কোনদিন কল্পনাও করতে পারেনি, যারা রমেশ দত্তকে চেনে, কেউ দূরতম কল্পনায় আনতে পারবে না সেই ঘটনা ঘটে যায়। উন্মাদ হয়ে যাওয়া রমেশ দত্ত হঠাৎ গোয়াল ঘর থেকে খড় কাটা বড় বঁটিখানা তুলে শাশ্বতীর গলায় কোপ বসিয়ে দেয়। জোরালো কোপে কোন শব্দ না করে খড়ের উপর গড়িয়ে যায় শাশ্বতীর হালকা শরীর। কিছু সময় ছটফট করে চিরদিনের মত নিথর নীরব হয়ে যায় তার বাচাল গলা। মৃত মানুষ কথা বলে না

অপরাধ জগতের প্রবাদ। নাঃ আর সে তার অপমান লজ্জার কথা কাউকে বলতে পারবে না।

এই রোমহর্ষক দৃশ্য দেখে বাবলু ছুটে ঘরে গিয়ে বিছানায় পড়ে অজ্ঞান হয়ে যায়। আর মাঠ ঘাট বনবাদাড় পেরিয়ে কানাই সেই রাতের অন্ধকারে ছুটতে থাকে বাংলাদেশ বর্ডারের দিকে। ও পাড়ে আছে মামাদের বাড়ি। সেইখানে পৌঁছে গেলে কেউ তার নাগাল পাবে না।

শাশ্বতী মরে যাবার পর ভয় মুখ হয়ে গেল রমেশ দত্তের মন থেকে। রইল শুধু মৃতদেহকে উপযুক্ত ব্যবস্থা করার দায়। সে লাশটাকে পাঁজা কোলে তুলে নিজের বাড়ির সীমানা ছাড়িয়ে বেশ কিছু দূরে অন্য একজনের পুকুর পাড়ে শুইয়ে রেখে এসে খড় দিয়ে রক্তের দাগ ঢেকে দিল। তারপর পুকুরে হাত পা বঁটি ধুয়ে নিশ্চিন্ত মনে ঘরে ঢুকে শুয়ে পড়ল।

এই রাতে তার ঘুম আসবার কথা নয়। জেগে জেগে টের পেল কে যেন তাকে ডাকছে। ভেবেছিল রমেশ দত্ত, নিশ্চয় শাশ্বতীর দাদা জটা এসে বলবে শাশ্বতীকে পাওয়া যাচ্ছে না। জটা তার আসন্ন প্রসবা স্ত্রীকে হাসপাতাল নিয়ে যাবার ব্যাপারে রমেশ দত্তের সাহায্য চাইতে এসেছে। লোকে বিপদে আপদে পড়লে রমেশ দত্ত সব সময় তাদের পাশে দাঁড়ায়। আজও তার ব্যতিক্রম হল না। বললেন- "চলো।" তারপর প্রসূতিকে নিয়ে রওনা হয়ে গেল ওরা পাঁচ মাইল দূরের সদর হাসপাতালের দিকে।

যখন সেখান থেকে ফিরে এলেন ততক্ষণে শাশ্বতীদের বাড়ি থেকে বুকফাটা কান্নার রোল উঠছে। পুলিসও এসে গেছে। পাড়ায় জনে জনে চলছে জল্পনা। সবার সন্দেহের তীর পলাতক কানাইয়ের দিকে। ওর সাথে যে কানাইয়ের মেলামেশা ছিল তা যথেষ্ট গোপনে ঘটলেও কেউ কেউ তা জানে। তারা ফিসফাস করছে- "মেয়েটো বিয়ে করে নিচ্ছিলো তো-। সেই রাগে-। না হলে কানাই ছোঁড়া পালাবে কেন? কেউ তাকে সকাল থেকে দেখতে পাচ্ছে? সবাই এসেছে শুধু সে-ই নেই।"

সব কিছুই বড় মসৃণভাবে মিটে যাচ্ছিল। কারও কোন সন্দেহ মাখা আঙুল রমেশ দত্তের দিকে ওঠার কোন সম্ভাবনা ছিল না। সে যে সারারত হাসপাতালে ছিল সেটা সবাই জানে। তার মধ্যে কোন রকম অস্বাভাবিকতা দেখা যায়নি। যে খুনের মত কর্ম করে, সে কি আর ধীর স্থির থাকতে পারে? সব চেয়ে বড় কথা সে কেন শাশ্বতীকে মারবে? কাজেই রমেশ দত্ত সন্দেহের সব রকম উর্ধ্বে থেকে শাশ্বতীর পরিবারকে সমবেদনা জানিয়ে বলেছিল-

-"মেয়েটা যে এমনভাবে মারা যাবে, ভাবতে পারিনি। কেন যে অত রাতে কাউকে না বলে বাইরে গেল-।"

যদি শাশ্বতী ওই রাতে বাইরে না যেত, গেলেও যদি রমেশ দত্তের খড়ের গাদায় না যেত, যদি তখন বাবলুর ঘুম না ভাঙত, যদি বা ভাঙল কিন্তু রমেশ দত্তকে না ডাকত, যদি রমেশ দত্তের কথা মেনে শাশ্বতী ঘরে চলে যেত- কিছুই হত না। কারুরই কোন বিপদ ছিল না।

রমেশ দত্তের যখন মনে হয়েছিল এ যাত্রা রেহাই পেয়ে গেলাম, তখনই হাতকড়া নিয়ে এগিয়ে এল পুলিস। তীরে এসে তরী ডুবে গেল, নরম মনের ছেলে বাবলুটার জন্য। তাকে রমেশ দত্তের স্ত্রী বাসন্তী ফল-ফুল কেনার জন্য পাঠিয়ে ছিল বাজারে। তখন বাজারের সামনে শাশ্বতীর ডেডবডি নিয়ে পৌঁছে গিয়েছিল পুলিস। ওটাই থানায় ফেরবার পথ। বাবলু হঠাৎ পুলিস দেখে ঘাবড়ে যায়। তার মনে হয় জ্যাঠাকে সেই তো ডেকে দিয়েছিল। তাই কোন না কোনভাবে শাশ্বতীর মৃত্যুর জন্য সেও তো দায়ী। যদি সেই কারণে পুলিস তাকে ধরে? যদি থানায় নিয়ে বেধড়ক পেটায় ! যদি জেলে ফাঁসি দেয়? আর তখনই সে সাইকেল ঘুরিয়ে পিছন ফিরে দ্রুত পালাতে চায়। এতেই পুলিসের সন্দেহ হয়- কে ছেলেটা? আর পালাচ্ছেই বা কেন? তারা ধাওয়া করে বাবলুকে হরে ফেলে। তারপর যা হবার তাই হয়। সরল আর ভীতু বাবলু যা দেখেছে সব কিছু উগড়ে দেয়। ধরা পড়ে রমেশ দত্ত। রক্ষা পেয়ে যায় এক নম্বর সন্দেহের তালিকায় থাকা পলাতক কানাই।

যদি সেদিন কোনভাবে বাবলু সত্য কথা না বলত, ধর্ষণ এবং গর্ভস্থ ভ্রূণসহ নারী হত্যার অপরাধে কানাইয়ের যে কী দুর্গতি হত তা আজকের অর্জুনের চেয়ে কম নয়। যদিও সে রক্ষা পেয়ে গেছে আর ধরা পড়ে গেছে সঠিক অপরাধী, তবু রমেশ দত্তের উপর কেন কে জানে ডেপুটি জেলার সেই রাগ ঘৃণা ছুড়তে পারেননি যা এক খুনি ধর্ষকের প্রাপ্য। তার অপক্রিয়া সংঘটনের পিছনে দেখতে পান একটা অসহায় অনিবার্যতার অদৃশ্য ছায়ামুখ।

অনেক বছর পরে অবশ্য যথোপযুক্ত সাক্ষ্য প্রমাণের অভাবে রমেশ দত্ত বেকসুর খালাস পেয়ে যায়। বাবলুর মত আধা পাগল রাতের অন্ধকারে কী দেখেছে না দেখেছে তা কোর্ট বিশ্বাস করে না। বাঘা উকিলের সামনে দাঁড়িয়ে ভীষণ জেরার মুখে তার নিজেরই মনে হয় যা দেখেছিলাম তা ঠিক দেখেছিলাম তো?

চাকুরির কারণে জেলখানার হাজার হাজার অপরাধীর সঙ্গে জানাশোনার সুবাদে দেখেছেন ডেপুটি জেলার, কত শত ভয়ংকর অপরাধী বিচার ব্যবস্থার দুর্বল

ফাঁক ফোকর গলে দিব্যি ছাড়া পেয়ে যায়। তারা যে অপরাধ করেছে, তা তারা কোর্টের কাঠগড়ায় দাঁড়িয়ে গীতা ছুঁয়ে যতই অস্বীকার করে থাকুক না কেন, ডেপুটি জেলারের কাছে কবুল করতে দ্বিধা করেনি-। আর সহবন্দিদের কাছে তো কৃত অপকর্ম নিয়ে হাসাহাসি পর্যন্ত করে থাকে কোন আসামী। গর্ব করে বলে 'চাকুটা চালিয়ে দিলাম গাঁড়ে। বাঞ্চোৎ তেরছি খেয়ে গেল বলেই তো কিডনি ফিডনি উড়ে গেল। মরে গেল গাণ্ডুর বাচ্চাটা। বেফালতু তিশো দুই খেয়ে গেলাম।' -হাসতে হাসতেই তারা জেল থেকে বেরিয়ে যায়। রমেশ দত্তও তেমনি নব্বই দিন পরে জামিনে মুক্ত হয়। আর চার বছর পরে পুরোপুরি খালাস।

কিন্তু অর্জুন তার চৌদ্দ বছরের জেলবাসে কারো কাছে একবারের জন্যও কাতর গলায় বলেনি যে- "কাজটা ঠিক করিনি। কোর্ট, জেল, সর্বত্র তার এক কথা- আমি নির্দোষ।" এখন এই মরণকালেও যখন প্রায় কেউই সত্য গোপন করে না, তখনও তার সেই এক কথা- "আমি জয়ন্তী পাণ্ডেকে খুন করিনি।" এটাই ডেপুটি জেলারকে কষ্ট দিচ্ছে। কে জানে একজন নিরাপরাধ মানুষকে হত্যার রক্ত দাগ আমার হাতেও লাগছে কি না। সে ভাবে, শনিবার ব্রাহ্মমুহূর্তে ব্রাহ্মণ সন্তান অর্জুন চ্যাটার্জীকে হত্যার পাপে সেও নরকগামী হবে না তো? শাস্ত্রে কঠোর নির্দেশ আছে। সহস্র অপরাধেও ব্রাহ্মণ অবধ্য। ব্রহ্ম হত্যা, গো হত্যা, মাতৃ হত্যা মহা পাতকির কাজ। শাস্ত্র বিরুদ্ধ কাজ করে ঈশ্বরের অপ্রিয় হবে না তো!

বাবলু যদিও আর আগের মত বোকা খোকা নয়। সে চালাক চতুর সরকারি চাকুরে। কিন্তু রক্তে গেড়ে থাকা সেই প্রাচীন সংস্কার আজও তাকে ছেড়ে যায়নি। আজও সে পাপ পুণ্য স্বর্গ নরক ভাগ্য ভগবান ইহকাল পরকালে গভীর বিশ্বাস করে। তাই এখন মনে মনে ঈশ্বরের উদ্দেশ্যে বলে- আমি হুকুমের চাকর। আমার কোন দোষ নিও না ঠাকুর।

২

কনডেমড সেলের সামনে কয়েক জোড়া পায়ের খট খট খট খট। ওরা অর্জুনকে নিয়ে যাবার জন্য এসেছে। সব প্রস্তুতি শেষ। সময়ও সমাগত। যারা এই শাস্তিদান দৃশ্যের দর্শক এবং কলাকুশলী তারা সবাই উৎকণ্ঠিত হয়ে ফাঁসির মঞ্চের সামনে অপেক্ষা করছে। তাদের মধ্যে আছে জেল সুপার, ডাক্তার, শহরের বারো জন গণ্যমান্য নাগরিক, জল্লাদ, তার দুই শাকরেদ, কয়েকজন সেপাই এবং জেলাশাসক। সব মিলিয়ে প্রায় তিরিশ চল্লিশ জন হবে। যারা অর্জুনকে নিয়ে যাবার জন্য এসেছে, সেলের সামনে উপস্থিত সেই সব লোকজনদের দিকে তাকিয়ে সে নিরুত্তাপ নির্ভয় রাগ দ্বেষ শূন্য গলায় বলে,

-"কোন টানা-হ্যাঁচড়া করতে হবে না। আমি নিজেই ফাঁসির মঞ্চের উপরে উঠবো।"

-"তোমার হাত দুটো তো একটু বাঁধতে হবে।" একজন বলে।

-"বাঁধতেই হবে?"

-"হ্যাঁ। এটাই নিয়ম।"

-"তো বেঁধেই নাও।"

হাত দুটো পিছমোড়া করে বাঁধা হয়ে যাবার পর সবাইকে পিছনে রেখে অবিচলিত পায়ে অর্জুন, 'চলো যাওয়া যাক' বলে সামনে হাঁটা দেয়। ফাঁসি মঞ্চের সামনে জেল সুপারকে দাঁড়ানো দেখে এক মুহূর্ত থমকে দাঁড়িয়ে সে বলে- "অনেকদিন আপনাদের এখানে ছিলাম। যদি কখনও কোন অন্যায় করে থাকি ক্ষমা করে দেবেন স্যার।"

জেল সুপার তার শ্রেণিযন্ত্রণা বহিঃপ্রকাশের শেষ সুযোগ হাতছাড়া করলেন না। বিষ মাখা গলায় বললেন,

-"যে অপরাধ করার ফলে তুমি আজ এইখানে এসে পৌঁছেছো, সেই কৃতকার্যের জন্য ঈশ্বরের কাছে ক্ষমা চেয়ে নাও।"

-"তার কোন প্রয়োজন দেখছি না স্যার। ঈশ্বর জানেন, আমি দোষী কী নির্দোষ। আমি সেই সর্বশক্তিমানের কাছে প্রার্থনা করছি। তিনি যেন আপনাদের সবার মঙ্গল করেন।"

জেল সুপারের মুখ অন্ধকার। যেন শুধু তাকেই নয় তার শ্রেণি মানসিকতাকে মহানুভবতার প্রতিযোগিতায় পরাস্ত করে দিয়ে চলে গেল এক শিক্ষা দীক্ষাহীন মূর্খ মানুষ। যে ঈশ্বর সর্বশক্তিমান, তার কাছে নিজের জন্য কোন কামনা নয়, কামনা করছে তারই হন্তারকদের মঙ্গল।

কথা শেষ করে আর দাঁড়ায়নি অর্জুন। তিনটে সিঁড়ি টপকে ফাঁসি মঞ্চের কাঠের পাটাতনে সোজা হয়ে উঠে দাঁড়াল সে। জল্লাদের এক সহকারী সিঁড়িতে ওঠার সময় অর্জুনকে সাহায্য করতে গেলে তাকে আশ্বস্ত করে অর্জুন বলল- "সাহায্যের কোনো দরকার নেই। ওটুকু পথ আমি পেরিয়ে যেতে পারব," কুড়ি ফুট কুয়োর পাটাতনের উপর দাঁড়িয়ে গর্জন করে বলে,

-"নাও, এবার মুখে কী সব কালো কাপড় টাপড় ঢাকার নিয়ম, সে সব ঢেকে দাও।"

প্রধান জল্লাদ মানুষটা বৃদ্ধ। বিরাশি বছর তার বয়স। মাথার সব চুল সাদা। এটা তার পঁচিশতম ফাঁসি। বারো বছর আগে সে চব্বিশ পূর্ণ করে বসেছিল। মনে আর কোন আশা ছিল না সুবর্ণ জয়ন্তী পূর্ণ করার। চোখে তুলসি পাতা দেবার প্রায় আগের মুহূর্তে মৃত জয়ন্তী পাণ্ডের জন্য আজ তার সুবর্ণ সুযোগ এসে গেছে। স্বভাবতই সে এখন দারুণ খুশি।

নিজের হাতে পঁচিশটা হলেও সে তার বাবার সাথে প্রায় ষাট সত্তরটা 'কাজে' সহকারীর ভূমিকা পালন করেছিল। তার বাবা কমপক্ষে ছয়শো জনকে ফাঁসিতে ঝুলিয়েছিল। ঠাকুরদা আরও বেশি। সেই সব দিনে- যখন এই দেশে বড় রাজার শাসন ছিল, সে সময় প্রায়ই কারো না কারও ফাঁসি হতোই। বড় রাজা ছিলেন বড়ই মৃত্যু বিলাসী। মৃত্যুর মত আনন্দদায়ক খেলা তার কাছে আর কিছুই ছিল না। শোনা যায় জালিয়ানওয়ালাবাগ নামক কোন এক স্থানে পঁচিশ তিরিশ হাজার লোক জমায়েত হয়ে একবার নাকি কী সব বক্তৃতা দিচ্ছিলো। সেই অপরাধেই তাদের উপর ব্যাপক গুলি চালিয়ে কয়েক হাজার লোককে মেরে ফেলা হয়। শোনা যায় সেই সময় একবার নাকি বড় রাজার রাজপাট উৎখাত করার জন্য তারই বেতনভুক সেনা বাহিনীতে বিরাট বিদ্রোহ হয়। রাজার অনুগত সেনারা সেই বিদ্রোহ দমন করতে হাজার হাজার বিদ্রোহী সেনাকে গুলি করে মারে, প্রকাশ্যে ফাঁসিতে ঝোলায়। এ

সবই বাবা ঠাকুরদার মুখে শুনেছে প্রধান জল্লাদ। ঠাকুরদা তখন নাকি একাই আড়াই হাজার জনকে ফাঁসি দিয়ে মেরে ফেলে। প্রতিদিন নাকি দশ বিশ জনকে মারতে হতো। অনেক সময় ভালো দড়িও পাওয়া যেত না। গামছা ধুতি শাড়ি যা হাতের কাছে পাওয়া যেত তা দিয়েই কাজ চালাতে হতো ঠাকুরদাকে।

ওর বাপ অবশ্য মাত্র ছয়শো জনকে মারবার আনন্দ সাগরে অবগাহন করতে পেরে কৃতার্থ হয়েছিল। তখন একদল যুবক অস্ত্রবলে বড় রাজাকে উৎখাত করার বালখিল্য প্রয়াস করেছিল বিদ্রোহী সেনাদের অনুকরণে। অস্ত্র বলতে গোটা কয়েক পিস্তল। তারা জানতো না যে রাজতন্ত্রকে উৎখাত করা যায় না। এ এমন এক তন্ত্র যা যুগের পর যুগ খোল নলচে বদলে অমর হয়ে থাকে। রাজতন্ত্র গণতন্ত্র সমাজতন্ত্র সবই আসলে কুক্ষিগত ক্ষমতার নাম। যার হাতে ক্ষমতা সে যদি সৎ দরদী আর দক্ষ না হয়, তাহলে নাম রঙ পতাকা বদলে কিছু হবার নয়।

সেই সময় এই জল্লাদ বাপ ওই সব যুবকদের ফাঁসি দিয়ে মেরে ফেলবার কাজটা অতি দক্ষতার সাথে সুসম্পন্ন করে দেয়। অবশ্য সে তার জীবনের শ্রেষ্ঠ কীর্তিগুলো কোনদিন কারও কাছে প্রকাশ করেনি। তা করায় খুবই বিপদ ছিল। তখনকার মানুষ জানোয়ার হয়ে যায়নি। ফলে তারা জল্লাদকে তার যা প্রাপ্য সেই সহজাত ঘৃণাই দিত। এখনকার মত ফাঁসুরে জল্লাদকে রাজনেতার ঘরণী পরিচালিত সভায় সম্মানীয় অতিথি, কবি সম্মেলনের সভাকবি আবার রক্তদান শিবিরের উদ্বোধক ইত্যাদি করার কথা ভাবেনি। তাই তার বাপ কোনদিন বুক ঠুকে মুখ ফুটে কাউকে বলবার হিম্মত করেনি যে সে পাঞ্জাবে গিয়ে ভগত সিং, বিহারে গিয়ে ক্ষুদিরাম আর বঙ্গে গিয়ে মাস্টারদাকে গলায় ফাঁসির দড়ি পরিয়েছিল। তা বললে তখনই জনতা তাকে কুকুরের মত পিটিয়ে পিটিয়ে খতম করে দিত নিশ্চয়।

এখন আর সেদিন নেই। জল্লাদ বৃত্তি এখন বড়ই সম্মানজনক পেশা। বস্তুত এখন যে যত বড় জল্লাদ সে তত বড় সমাজ সেবক রাজনেতা জন দরদী। গুজরাট গণহত্যা কাণ্ড যার দ্বারা সংঘটিত এই কাজের পুরস্কার স্বরূপ তিনি সেই প্রদেশের দণ্ড মুণ্ডের কর্তা হয়ে গিয়েছিলেন। এই রকমই কয়েকজন। তারা তাদের এমনই কুকীর্তি দিয়ে নাকি জনমানসে অমর হয়ে গেছেন। তাদের পদাঙ্ক অনুসরণ করে বহু মানুষ অমরত্ব অর্জনের লক্ষ্যে প্যাঁচ পয়জার করছে।

প্রধান জল্লাদ এখন প্রস্তুত। সে অর্জুনের মুখে কালো কাপড় ঢাকা দিয়ে নিয়ম মত বলে- "হামার কুনো কসুর নাই। মহামান্য রাজা বাহাদুর তুমাকে এই সাজা দিয়েছেন।"

প্রায় তিরিশ চল্লিশ জন লোক এখানে উপস্থিত। কিন্তু কারও মুখে কোন কথা নেই। একটা পিন পড়লেও শোনা যায়। এত নিস্তব্ধতা ছেয়ে গেছে চারিদিকে। হাতে লাল রুমাল নিয়ে প্রস্তুত জেল সুপার। তিনি রুমাল ফেলে দিলেই জল্লাদ, অর্জুনের পায়ের নিচ থেকে পাটাতন সরিয়ে দেবে। জল্লাদ পাটাতন সরাবার হাতলে হাত রেখে স্থির দাঁড়িয়ে থাকে। তার চোখ আটকে আছে লাল রুমালে। ঘড়ির কাঁটায় টিক টিক করে এগিয়ে চলেছে সময়। দশ নয় আট সাত... কোথায় যেন কার একটা দীর্ঘশ্বাস পড়ল। কালো মেঘ উড়ে এল মাথার উপর। চোখের জলের মত ঝর ঝর করে ঝরে পড়তে শুরু করল বৃষ্টি। রুমাল পড়ল। ঘটাং করে একটা শব্দ হল ব্যস। কুয়োর মধ্যে অদৃশ্য হয়ে গেল অর্জুনের শরীর।

ঘটাং শব্দের সাথে অর্জুনের সারা শরীরে একটা ঝাঁকুনি। মনে হল কেউ যেন মাথায় পাহাড় তুলে আঘাত করল তাকে। তারপর সারা চোখ জুড়ে অন্ধকার-অন্ধকার শুধু অন্ধকার। অন্ধকার স্থায়ী হল দশ পনের সেকেণ্ড, তারপর আলো-আলো হয়ে গেল দশদিক। স্থূল শরীর থেকে একটা সূক্ষ্ম শরীর ছুটে বের হল। তারপর কুয়োর অন্ধকার বিবর থেকে, মোম মাখানো রজ্জুর ফাঁস থেকে, আকাশ ছোঁয়া কারা প্রাচীরের বজ্র বাঁধন থেকে, লোক নিন্দিত ঝুলন্ত শরীর থেকে বিমুক্ত সেই আত্মা উড়ে গিয়ে ডানা মেলা পাখির মত একবার সারা আকাশে পাক খেয়ে অনেকক্ষণ উড়ে বেড়ালো। অনেক উচ্চতা থেকে মানুষের বাসভূমিটাকে একটু নিজের মত করে দেখে নিল। কতকাল, সে কতকাল আছে ওই মানুষ মাটির নির্ভেজাল জগৎ থেকে বিচ্ছিন্ন হয়ে। একদা এই মাটিতে হামাগুড়ি দিয়েছে সে। প্রাণভরে সবুজ গন্ধমাখা বাতাস শ্বাস-প্রশ্বাসের সাথে ভরে নিয়েছে বুকের ভিতর। প্রকৃতির শত সৌন্দর্য সাধ্যমত উপভোগ করেছে সে আশ মিটিয়ে। আর সে জীবনের স্বাদ কোনদিন পাওয়া যাবে না। জল্লাদের এক ঝটকায় সব শেষ। প্রকৃতির সব বর্ণ গন্ধ রঙ রূপ একই আছে বটে, কিন্তু অর্জুন বদলে গেছে। সে এখন দেহহীন আত্মা মাত্র। আত্মার কাছে এমন স্থূল অনুভব অবান্তর অপ্রয়োজনীয়। মাটির যে দান, তার যে দাম তা একান্তই মাটিতে পা রাখা মানবীয়, পার্থিব সংবৃত্তি।

অর্জুনের এখন আর শারীরিক কোন ক্লেশ নেই। নেই কারও উপর কোন ক্ষোভ ক্রোধ দ্বেষ বিদ্বেষ। সূক্ষ্ম শরীরে এসব জাগতীক প্রপঞ্চ হয় না। ক্ষিতি অপ তেজ মরুৎ ব্যোম ওই পঞ্চভূতে মিলিত হওয়া শরীরে কোন আসক্তি অভিলাষ অভিমান অভিযোগ থাকে না। শুধু থাকে আকণ্ঠ জীবন জিজ্ঞাসা। এই জায়মান জিজ্ঞাসা তাকে এখন খুঁড়ছে। অনেক কিছু জেনে বুঝে নেবার সীমাহীন অভিযোগ

মাথা চাড়া দিয়ে উঠেছে। তার অকাল মৃত্যু, তৎসংক্রান্ত কিছু দুর্বোধ্য প্রশ্নের সমষ্টি আত্মাকে কষ্ট দিচ্ছে। সে সব প্রশ্নের যথার্থ উত্তর না পাওয়া পর্যন্ত তার স্বস্তি মুক্তি নিষ্কৃতি নেই। এ যেন তার নিজের কাছে, গলায় দড়ি ঝুলতে থাকা দেহের কাছে, বিগত আর অপূর্ণ জীবনের কাছে একটা দায়। যা হতে পারতো তা কেন হল না, যা হবার নয় তা কেন হয়ে গেল। এটা কার কারসাজি কার অভিসন্ধি কার কোন স্বার্থ পূরণের সফল প্রয়াস !

সে উড়তে উড়তে আকাশের শেষ সীমায় চলে গিয়েছিল। ভোকাট্টা ঘুড়ির মত টাল খাচ্ছিল তার বায়বীয় দেহকাণ্ডখানি। তারপর সমস্ত উর্ধ্বগতিকে প্রতিহত করে, ইচ্ছাশক্তির সাহায্যে ফিরে আসতে লাগল মাটির কাছে। মাটিতে পা রেখে দাঁড়াল মানুষের কাছে। কারণ সব প্রশ্নের উত্তর তো মানুষের মধ্যে ছড়িয়ে পড়ে আছে। তা মানুষ জানে। মানুষের মনোজগৎ ঈশ্বরের চেয়ে অজ্ঞেয় দুর্বোধ্য ও ব্যাখ্যার অতীত।

মাটির কাছে এসে মনে হল একবার সদ্য বিধবা সুরঞ্জনাকে দেখে আসা যাক। শেষ দেখা হয়েছিল সেই চৌদ্দ বছর আগে এক রাতে। তারপর আর নয়। সে কোনদিন অর্জুনকে দেখতে জেলখানায় আসেনি। গেলেও অর্জুন তার সামনে গিয়ে দাঁড়াতে পারতো কীনা সন্দেহ আছে। তেমন মনের জোর কোন স্বামীর কি থাকে? অর্জুনের কারণে অনেক কষ্ট সইতে হয়েছে তাকে। অনেক অভিযোগও ছিল তার বিরুদ্ধে সুরঞ্জনার। তা থাকা কোন অন্যায় বা অস্বাভাবিক কিছু নয়। কিন্তু এখন নিশ্চয় তার সব অভিযোগ সমাপ্ত হয়ে গেছে। মনে মনে বলে অর্জুন, "যদি আমাকে ক্ষমা করে থাকো সুরঞ্জনা সে ক্ষমা ফিরিয়ে নাও। দাও, চরম অভিশাপ দাও আমাকে। তোমার কাছ থেকে অভিশাপই পাওনা আমার। ক্ষমা নয়।"

এখন অর্জুনের সুরঞ্জনার সাথে চোদ্দ বছর আগের শেষ দেখা হওয়া শেষ দৃশ্যটা হুবহু মনের পর্দায় ছায়া-ছবির রিলের মত ভেসে উঠল। সে রাত ছিল অমাবস্যার ভয়ংকর কালো এক কুৎসিত রাত। যেন সেই অন্ধকার রাতের শরীরে পিশাচির খোলা এলোচুল উড়ছিল বাতাসে। রাত জাগা শ্মশান ভৈরব থেকে থেকে ফেটে পরছিল তুমুল অট্টহাসিতে। শকুনের ডানার ঝাপট আর মড়া ছেঁড়া শেয়ালের উল্লাস মিশে রাত্রির বাতাস কেমন অসহ্য আর পূতিগন্ধময় হয়ে গিয়েছিল।

প্রায় তিন-চার মাস বাদে সেই রাতে মহানগর থেকে শেষ ট্রেনে চেপে বাড়ি ফিরে এসেছিল অর্জুন। আসবার ইচ্ছা ছিল না, শুধু বাবার শরীর খারাপ খবরেই

তার পা পিছন দিকে ফিরেছিল। রাত প্রায় বারোটায় বাড়ি ফিরে বাবার অবস্থার তত্ত্ব তালাশ নিয়ে, খেয়ে-দেয়ে শুয়ে পড়েছিল বিছানায়। তিন চার ঘন্টার পথ শ্রমে ক্লান্ত শরীর শোয়া মাত্র তলিয়ে গিয়েছিল ঘুমঘোরে। এক ঘুমের পর হঠাৎ জেগে উঠে চমকে গিয়েছিল অর্জুন। পাশে সুরঞ্জনা নেই। দরজার কাঠের পাল্লা দুটো হাট করে খোলা। সেই খোলা দরজা দিয়ে আসছে উদোম বাতাস।

বড় আশ্চর্য হল অর্জুন, এতরাতে কাউকে কিছু না বলে কোথায় গেল সুরঞ্জনা। কেন গেল? শঙ্কা দুরুদুরু বুকে চৌকি থেকে নেমে বাহির বারান্দায় গেলো সে। সামনে আদিগন্ত প্রসারিত ধূ ধূ ধান মাঠ। মাঠের মধ্য দিয়ে সরু আলপথ। যে পথ ধরে যে কোন নিরুদ্দেশে হারিয়ে যাওয়া যায়। এই গ্রামের দুটো মেয়ে হারিয়েছে এই পথের আহ্বানে। একজন পিছনে ফেলে গিয়েছে তার অতীত আর একজন নিয়ে গেছে তার ভবিষ্যৎ।

কতক্ষণ সেই পথের দিকে নির্নিমেষ তাকিয়ে ছিল অর্জুন তা জানে না, বুক কাঁপিয়ে বুঝি বা একটা দীর্ঘশ্বাস পড়েছিল। চোখের কোণটা একটু ভিজে উঠেছিল হয়তো। তখনই তার চোখ গেল বারান্দার অন্য কোণের দিকে। দেখলো এক আবছা অন্ধকারে খুঁটির গায়ে হেলান দিয়ে বসে আছে এক মূর্তিময়ী বিষাদের জীবন্ত বিগ্রহ। কাছে গিয়ে তার মাথায় আলতো হাত রেখে নরম গলায় বলে অর্জুন- "ঘরে চলো।"

-"কী হবে ঘরে গিয়ে?" প্রশ্ন নয় যেন হাহাকার। যেন এক বুক তৃষ্ণা। যেন রাত্রির অন্ধকার থেকে উৎসারিত অবলম্বনহীন পাখির কান্না- "বলো ঘরে গিয়ে কী করবো?"

-"চলো, ঘুমাবো।"

-"ঘুম। যাও তুমি ঘুমাও গিয়ে।"

-"আর তুমি-?"

-"আমি এখানে বসে থাকব।"

প্রত্যাখ্যানের পরাজয় অর্জুনকে অপমানিত করে না। বেদনাহত, রক্তাক্ত করে। অথর্ব সিংহের মত অক্ষম থাবা মাটিতে ঘসে নিভন্ত গলায় বলে সে,

-"তুমি না গেলে- এভাবে এখানে বসে থাকলে আমি কী করে- বেকার জেগে কী করবে। চলো ঘরে চলো।"

যেন সুরঞ্জনার দাঁতে করাতের ধার। ফালা ফালা করতে চায় অর্জুনকে। বলে সে

-"বললাম তো তুমি যাও। ঘুমাও গিয়ে।"

কাতর গলায় বলে অর্জুন- "ওরকম কোরো না, চলো ঘরে, ঘুমাবে, জ্বলে ওঠে সুরঞ্জনা- রাত শুধু ঘুমাবার জন্য না, জাগবার জন্যও- তা জানো তুমি? জানো না। জীবন তোমাকে সেই আনন্দ থেকে বঞ্চিত করেছে।"

-"দোহাই তোমার যা বলবার ঘরে গিয়ে বলো। যত ইচ্ছা গাল-মন্দ দাও আমাকে। এই রকম হাওয়ায় বসে বসে ঠাণ্ডা লেগে গেলে খুব অসুবিধা হয়ে যাবে।"

-"কে কাল সারা গুষ্টির জন্য রান্না করবে, বাসন মাজবে কাপড় কাচবে জল তুলবে তাই তো? সেই জন্য আমার শরীর নিয়ে বড় চিন্তা তোমাদের। বিনা মাইনের একটা দাসী নিয়ে এসেছো যে-। বড় দয়া করেছো আমাকে আর কী-।" একটু থেমে ফের বলে সে, "আমার বাপ ভাই গরীব মানি, কিন্তু তা বলে এত গরীব নয় যে আমাকে দুবেলা দু-মুঠো ভাত আর বছরে দুটো কাপড় দিতে পারতো না। ঝি খাটবার জন্য তারা আমাকে তোমাদের ঘরে পাঠায়নি।"

আট মাস বিয়ে হয়েছে সুরঞ্জনার। আট মাস শ্বশুর বাড়ি বাস কালে কোনদিন কিন্তু এত মুখর এত আক্রমক হয়নি সে। স্বভাব ভীরু লাজবতী গ্রাম্য তরুণী বধূ সুরঞ্জনার মনে যে গোপনে এত বিস্ফোরক জমা হয়েছে তা আগে ভাগে টের পেলে বাড়ি আসতো না অর্জুন। কর্মস্থল থেকে প্রতি মাসে যেমন মানি অর্ডার আর কুশল চিঠি ছেড়ে কর্তব্য সমাধা করে, তাই করে দিত।

এখন সুরঞ্জনাকে কেমন ভয় ভয় করছে অর্জুনের। যেন কোন হিংস্র বাঘিনী এই রাত আঁধারে তাকে ছিন্ন ভিন্ন করবে বলে দাঁত নখ মেলে এগিয়ে আসছে। বাইশ বছরের স্বাস্থ্যবান যুবক অর্জুন। যার শ্রমক্ষম সুগঠিত শরীর দেখে মহানগরের এক নামী সিকিউরিটি এজেন্সি এক কথায় চাকরি দিয়েছে। সেই বলশালী শরীর এখন এক দুর্বল অবলা তরুণি বধূর ভয়ে কেঁপে যাচ্ছে।

নবগ্রাম থেকে সাতাশ আঠাশ মাইল দূরের এক গ্রাম আটেশ্বর তলা। সেই গ্রামের অনুকূল মুখুজ্জের মেয়ে সুরঞ্জনা সাত ভাই-বোনের ছোট। বাবা সামন্ত বাবুদের কুলদেবতার সেবাইত। তারা দু-বিঘে নিষ্কর জমি লিখে দিয়েছেন। যখন সংসার ছোট ছিল কোন অসুবিধা হয়নি, এখন বড় টানাটানি। অন্য তিন মেয়ে তিন ছেলের বিয়ে থা হয়ে গেছে। সবার আলাদা হাঁড়ি। তবে ছেলেরা কেউ আর যজমানি বৃত্তি করেনি। একজন পাড়ায় পাড়ায় মনোহারি মাল ফেরি করে। দুজন বাজারে আনাজ-পাতি বেচে।

নবগ্রামের মনোহর চাটুজ্জেও বড় নিষ্ঠাবান সাত্ত্বিক বামুন। তার দুই ছেলে। বড় ছেলের নাম অর্জুন। যখন মহাদেব চাটুজ্জে তারই বড় ছেলের সাথে সুরঞ্জনার বিয়ের

প্রস্তাব নিয়ে এলেন, আর না বলতে পারলেন না অনুকূল মুখুজ্জে। কেন বা না করবেন? ছেলের স্বভাব চরিত্র স্বাস্থ্য ভালো, ছয় না সাত ক্লাস পড়েছে তার উপর চাকরি করে। কত তো ছেলে আশেপাশের গ্রামে আছে। কিন্তু কারও তো ক্ষমতা হয়নি চাকরি পাবার। এমন সুপাত্র বহু ভাগ্যে মেলে। আর তাই বিয়ে হয়ে যায় অর্জুন সুরঞ্জনার। বউ দেখে লোকে বলাবলি করল- "একেবারে রাজযোটক হয়েছে।"

কিন্তু কেউ যা কল্পনা করতে পারেনি, যা ছিল সুরঞ্জনার ভাবনা চিন্তার লক্ষ মাইল দূরে- সেই অবিশ্বাস্য অভিসম্পাত মূর্ত হল বিয়ের দশ বারো দিনের মধ্যেই। নববধূর প্রাথমিক লজ্জা সংকোচ জড়তা কেটে যাবার পর বুঝতে পারলো অর্জুন তাকে প্রতারণা করেছে। আর তারপরই স্বামী স্ত্রী দুজনার মধ্যে শুরু হয়ে গেল অসহ্য লুকোচুরি। সুরঞ্জনাকে দেখলেই কেমন কুঁকড়ে যেতে লাগলো অর্জুন। দু-মাস পরে এক বিকালে বাড়ি এসে রাতটা কোনমতে কাটিয়ে ফের চলে গেল। এবার এসেছে তিন মাস পরে।

আর আজ সব লাজ লজ্জা বিসর্জন দিয়ে অনিবার্য প্রশ্নের খড়্গ নিয়ে সুরঞ্জনা ঝাঁপিয়ে পড়েছে অর্জুনের উপর।

-"আমার এত বড় সর্বনাশ কেন করলে? আমি তোমার কী ক্ষতি করেছিলাম যে আমার জীবনটা নষ্ট করে দিলে? বলো, তোমাকে আজ বলতে হবে, কেন তুমি আমাকে বিয়ে করতে গেলে। কে তোমাকে মাথার দিব্যি দিয়েছিলো। চুপ করে থাকলে চলবে না। বলো-।" অপরাধীর গলায় বলে অর্জুন- "আমি বুঝে উঠতে পারিনি। আমাকে তুমি ক্ষমা করে দাও সুরঞ্জনা।"

-"বুঝতে পারোনি-।" যেন ধারালো চাকু চালায় সুরঞ্জনা অর্জুনের পাঁজরে। "সত্যিই তুমি এত অবুঝ দুধ খাওয়া বাচ্চা যে কিছুই বোঝোনি, নাকি আমিই একটা হাঁদি যে তুমি যা বলছ তা বিশ্বাস করে নেব।"

-অনেকক্ষণ ধরে অনেক কথা বলে যায় সুরঞ্জনা। কিন্তু কোনো কথার জবাব দিতে পারে না অর্জুন। শেষে এক সময় আক্ষেপ মিশ্রিত গলায় বলে,

-"আগে আমি এরকম ছিলাম না, বিশ্বাস করো, সব ঠিক ছিল। একবার পেয়ারা গাছ থেকে পড়ে গিয়ে চোট পেয়ে...। অনেক ডাক্তার কবিরাজ দেখিয়েছি, কিন্তু কিছু হয়নি। শেষে এক হেকিম পরামর্শ দিল বিয়ে করার। বলল যে বিয়ে করলে নাকি ঠিক হয়ে যাবে। অনেকের নাকি সেইভাবে ঠিক হয়েছে। তার কথা শুনেই-। আগে বুঝতে পারলে বিয়ে করতাম না। বিয়েও করলাম ঠিকও হলাম না, মাঝে পড়ে তোমার জীবনের সব শখ আহ্লাদ শেষ করে দিলাম।"

অর্জুনের অনুশোচনায় কোন খাদ ছিল না। কখনো কোন অসত্য ছিল না। চোখের জলে ভিজিয়ে ব্যর্থ বেদনাকে তুলে ধরেছিল সুরঞ্জনার কাছে। কিন্তু সেই আন্তরিক অনুতাপে তার যন্ত্রণার উপশমের কোন মন্ত্র ছিল না। রোগ প্রশমিত হবার ওষুধ ছিল না। তাই সে ফণীনীর মত হিস হিস শব্দে বুকে জমে থাকা বিষ উগড়ে দেয়- "তোমার পরীক্ষা টরিক্ষার জন্য সারা ভূ-ভারতে আর কাউকে চখে পড়ল না। একা আমিই ছিলাম। কী পোড়া কপাল আমার। চিরটা কাল আমাকে বাঁজা হয়ে থাকতে হবে। কোনদিন মা হতে পারবো না। লোকে কোন শুভ কাজে আমাকে ডাকবে না। যাত্রা কালে আমার মুখদর্শন করবে না। মেয়ে জন্মটাই আমার বিফলে গেল-হায় ভগবান।"

অনেক- অনেক্ষণ ধরে ফুঁপিয়ে ফুঁপিয়ে কাঁদে সুরঞ্জনা। তারপর এক সময় ঘরে ঢুকে আঁচল বিছয়ে মেঝেয় শুয়ে পড়ে। তখন আবার বলে অর্জুন,

-"যা হবার তা হয়ে গেছে, আর তো কিছু করবার উপায় নেই। তুমি এক কাজ করো, বাপের বাড়ি চলে যাও। গিয়ে তোমার বৌদিদের কাছে যা সত্যি সব খুলে বলো। তারা তোমার দাদাদের যা বলার তা বলবে। তখন তারা দেখেশুনে তোমাকে অন্য কোথাও আবার বিয়ে দিয়ে দেবে। এখন আর লজ্জা করে থেকে কোনো লাভ নেই।"

ফুঁসে ওঠে সুরঞ্জনা- "সে তোমায় বলতে হবে না। কী করবো না করবো সে আমি ভালো জানি।"

-"আমি আমার কথা বলে রাখলাম। যদি তোমার আবার বিয়ে হয় আমি তাতে কোন আপত্তি করবো না। কেন করবো? আমি মনে প্রাণে চাই তুমি সুখি হও। আমার যা হবার তা তো হয়ে গেছে আমার সাথে জড়িয়ে রেখে তোমার জীবনটা মরুভূমি বানাতে চাই না।"

পরের দিন সকালে বাপের বাড়ি চলে গিয়েছিল সুরঞ্জনা। অর্জুন নিজে গিয়ে রেখে এসেছিল। আর সে শ্বশুরবাড়ি আসেনি। তার তিনমাস পরে অর্জুন অবশ্য পুলিসের হাতে ধরা পড়ে যায়। কিন্তু সুরঞ্জনা কোনভাবেই একা এক অন্ধকারে যে রকম অর্জুনের সামনে জ্বলে উঠেছিল, আত্মীয় পরিজনের সামনে প্রকাশ্য দিনের আলোয় সে ভাবে জ্বলে উঠে বাস্তব অবস্থাটা তুলে ধরতে পারেনি। নারী সুলভ গ্রাম্য সরলতা তার গলা চেপে ধরেছিল। আজ বলবো, কাল বলবো করে কেটে গিয়েছিল তিন মাস। আর তারপর অর্জুন গ্রেপ্তার হবার পর পরিস্থিতিটাই সম্পূর্ণ বদলে গেল। তখন আর কেউ অর্জুনের নপুংসকতা বিষয়ে কোন কথা বিশ্বাস

করার মত মানসিক অবস্থায় ছিল না। তার সবচেয়ে বড় কারণ, যে কেসে অর্জুন গ্রেপ্তার হয়েছিল তার একটা হল এক নাবালিকা কিশোরীকে নির্মমভাবে ধর্ষণ।

শহর থেকে শত মাইল দূরের এমন এক গ্রাম যে গ্রামে এখনও মোটরকার যাওয়ার মত রাস্তা হয়নি, বিজলির আলো কেমন করে জ্বলে লোকে জানে না। বিদ্যালয় পাঁচ মাইল দূরে, সেই গ্রামে ধর্ষণের অভিযোগে অভিযুক্ত জেল হাজত খাটা এক আসামিকে ধ্বজভঙ্গ প্রতিপন্ন করা অতি কঠিন কাজ ছিল। তখনকার উত্তপ্ত পরিবেশে গ্রাম্য মানুষ কথাটা বিশ্বাসই করতো না। তাছাড়া তখন সুরঞ্জনার দ্বিতীয়বার বিয়ে হলে লোকে বলত মাগীর কী খাই দেখেছিস। ভাতারটা যেই জেলে গেছে, ওমনি এট্টা নাঙের তালাশ করতে নেগেছে। এরা নাকি সব বামুন। উঁচু জাত। এতো দেখি ডোম চাঁড়ালেরও অধম।

অপেক্ষায় ছিল সুরঞ্জনা অর্জুনের ফিরে আসার। তার বিশ্বাস ছিল অর্জুন খুন করেনি। সে নির্দোষ। খুনটা আসলে সেই লোকটাই করেছে যে মেয়েটিকে ধর্ষণ করেছে। অর্জুন ধর্ষণ করতে পারে না। যে তরতাজা যুবতী বধূর সাথে সহবাসই করতে অক্ষম সে কী করে ধর্ষণ করতে পারে ! একদিন এই সত্য সামনে আসবেই। তখনই মুক্তি পেয়ে ফিরে আসবে সে। আর তখনই সর্বসমক্ষে তার বিরুদ্ধে অভিযোগ আনবে সুরঞ্জনা। বলবে - অর্জুন এক অমানব, এক বৃহন্নলা। সে কারও স্বামী হবার যোগ্য নয়। অপেক্ষায় অপেক্ষায় বয়স বেড়ে গেছে তার। বয়সের সাথে সাথে মনের ইচ্ছায় মরচে পড়ে গেছে। কমে গেছে রাগের ধার। মরে গেছে যৌবনের তীব্র দাহ কামনা বাসনা।

নিম্ন আদালতে অর্জুনের কেস চলেছিল প্রায় ছয় বৎসর। সেই কোর্টে, যা কেউ কল্পনা করেনি, সেই দণ্ডাদেশ হয়- তার বিরুদ্ধে। মৃত্যুদণ্ড। তারপর আরও দু বছর কাটে উচ্চ আদালতে আপিলের পর। সেখানেও ওই দণ্ড বহাল থাকে। তারপর আরও কিছুদিন যায় রাষ্ট্রের মহামহিমের কাছে প্রাণ ভিক্ষার আবেদন নিবেদনে। এইসব ক্রিয়া প্রক্রিয়ার কোথাও অর্জুনের পরিবারের তেমন কোন আর্থিক যোগদান ছিল না। তেমন ক্ষমতাও তাদের নেই। গ্রাম দেশে দুবেলা দু-মুঠো খাবার মত সামান্য সঙ্গতি থাকলেও কোর্ট কাছারি উকিল মোক্তারের রাক্ষুসে খিদে মেটাতে যে ধরনের টাকা দরকার ছিল তা এক পূজারি বামুন কোথায় পাবে? তারা অতি কষ্টে যেটুকু জোগাড় করতে পারত তা জেলের সিপাই জমাদারকে ঘুষ দিয়ে অর্জুনের সাথে মাসে দু-মাসে একবার দেখা করতেই শেষ হয়ে যেত-

অর্জুনের কেসের সমস্ত ব্যয়ভার বহন করেছে স্বয়ং রাষ্ট্র। বিশ্বের বিবেকবান মানুষের কাছে ন্যায় বিচারের পরকাষ্ঠা প্রদর্শন করতে এরকম ছিটে ফোঁটা করুণা বিলানোর বন্দোবস্ত বড় রাজার কাল থেকে প্রচলিত আছে। ছোট রাজার কালেও তা রদ হয়নি।

মাস মাইনের রাজকর্মচারীরা যেমন অফিস দপ্তরে গিয়ে ইচ্ছা হলে কাজ করে, ইছা না হলে গল্প গুজব করে খবরের কাগজ পড়ে বা ঘুমিয়ে বাড়িতে ফিরে আসে, সেই রকম সরকারি অর্থের বিনিময়ে, সরকারের বিরুদ্ধে, আসামির পক্ষে মামলা লড়তে নামা আইনজীবীরাও কোর্টে গিয়ে, "যা পারে হোক টাকা কটা পেলেই হল" গোছের মামলা লড়ে, তাতে কেসের তদন্তকারী অফিসার আর সরকার পক্ষের উকিলের বেশ সুবিধা হয়ে যায়। শত্রু শিবিরের দিকে যেন একের পর এক গোলা বারুদ দেগে তারা চেয়েছিল- ঘৃণীত অপরাধী অর্জুন চ্যাটার্জীর চরম দণ্ড- সেই অভীষ্ট সিদ্ধ করতে কোন বেগ পেতে হল না। এই রকম একটা কেসে বিজয়ের অর্থ তদন্তকারী অফিসার আর পাবলিক প্রসিকিউটার দুজনারই পদোন্নতি হওয়া। দুর্বল প্রতিপক্ষের ফাঁকা গোল পেলে কে না হ্যাট্রিক করতে চায়। তবে আর তাদের দোষ কোথায়?

দোষ নেই সরকারি পয়সা খেয়ে আসামির পক্ষে দাঁড়ানো উকিল বাবুরও। এই রকম একটা মামলায় নিষ্পত্তি হতে কমপক্ষে পাঁচ ছয় বৎসর লেগে যায়। তার জন্য সরকারি বরাদ্দ পারিশ্রমিক মাত্র সাতশো থেকে হাজার টাকা। এইটুকু পারিশ্রমিক পাওয়া এক আইনজীবীর কাছে রাম জেঠমালানির কুশলতা আন্তরিকতা আশা মূর্খতা।

আট বছর এইরকম চলার ফলে সর্বত্র পরাজিত হয় অর্জুন। সব বিচারক সব ন্যায়াধীশ তখন একমত হয়ে যায় যে আর তার বাঁচবার কোন উপায় নেই। বড় জোর ছয়মাস, তারপরই ঝুলে যাবে। তখনই হঠাৎ যা কেউ কোনদিন কল্পনায় আনতে পারেনি, সেই অভাবনীয় কাণ্ড ঘটতে থাকে। হাজার দু-হাজার ফিস নেওয়া কয়েকজন বড় মাপের ব্যারিস্টার কেন কে জানে একের পর এক তারা উচ্চ থেকে উচ্চতর আদালতে আপিলের পর আপিল করতে থাকে ফলে অর্জুনের আয়ু বেড়ে যায়। দিনক্ষণ স্থির হয়েও বার বার ওর ফাঁসি পিছোতে থাকে। তখন সবার, এমন কী অর্জুনেরও মনে কেমন একটা সন্দেহ হয়, কোথায় কোন অদৃশ্যে বসে কে যেন কলকাঠি নাড়ছে। যে অর্জুনের মৃত্যুক্ষণ বিলম্বিত করতে চায়। অথবা চায় না সে মরে যাক।

অনেক প্রশ্নের মধ্যে অর্জুনের মনে এখন এটাও একটা বড় প্রশ্ন- কে সে? কে সেই ব্যক্তি যে লক্ষ লক্ষ টাকা ঢেলেছে তা পিছনে। কেন ঢেলেছে? কী তার স্বার্থ? জানতে হবে, যেমন করে হোক এই প্রশ্নের উত্তর জানতে হবে। এই প্রশ্নের উত্তরের মধ্যেই হয়তো পাওয়া যাবে সেই উত্তর যা সব প্রশ্নকে নিরুত্তর করে দেবে। এই উত্তর না পাওয়া পর্যন্ত আত্মা তৃপ্ত হবে না তার। মুক্তি পাবে না মাটির মায়া থেকে, যতক্ষণ কামনা বাসনা আকাঙ্খার পূর্ণ নিবৃত্তি না হয় আত্মার মুক্তি হয় না। মুক্তির জন্যই উত্তর চাই।

এখন সুরঞ্জনাকে দেখে বড় কষ্ট হল অর্জুনের। যার সঙ্গে কোন দিন শরীর মন একাত্ম হয়নি, যাকে সে কেন, কন মেয়েই পতি পরম গুরু বলে শ্রদ্ধাবনত মস্তকে মেনে নিতে পারবে না, আজ তারই জন্য গ্রামীন সংস্কার হিন্দু ধর্মের বিধান মেনে, সাত সকালেই স্নান করিয়ে বিধবার বেশে সাজানো হয়ে গেছে। তার মুখ থমথমে। চোখ শুকনো। নিজের জন্য অনেক কেঁদেছে সুরঞ্জনা। কেঁদে কেঁদে সব জল খরচ হয়ে গেছে। আজ এই চরম সময়ে, যখন দু-ফোঁটা চোখের জল বড় দরকার, তখন তার ভাঁড়ার শূন্য। বারান্দার খুঁটিতে হেলান দিয়ে সে বসে আছে, সে-ই রাতের শেষ দেখা হওয়া বিষাদ প্রতিমার মত। যেন দেহে কোন প্রাণ নেই তার, যেন নারী অবয়বে এক মৃন্ময় মূর্তি।

তার খুব কাছে চলে যায় অর্জুন। বাতাস হয়ে ধূসর চুলগুলো একটু নাড়িয়ে দেয়। চুল আর দুটো গাল স্পর্শ করে। সুরঞ্জনার গালে ত্বকে আর সে কমনীয়তা নেই। চুলে লেগেছে অস্তরাগের ছোঁয়া। চৌদ্দ বছর বড় কম সময় নয়। যন্ত্রণাদীর্ণ চৌদ্দটা অতৃপ্ত আশাহত বছর তাকে ধ্বসিয়ে দিয়েছে। যৌন মিলনের কামনায় কত বিনিদ্র রাতে কেঁপে কেঁপে উঠেছে তার শরীর। রতি সুখ বঞ্চিত শরীরে নানান বিভ্রান্তি ঘটে। ঘটে অনেক মানসিক বিকৃতি। রোগ প্রতিরোধ ক্ষমতা কমে যায়। অকাল বার্ধক্য আক্রমণ করে শরীরকে। সুরঞ্জনাকে দেখলে এখন বোঝার উপায় নেই, মাত্র চৌদ্দ বছর আগে কত সুন্দর সুগঠিত শরীর ছিল তার। এখন যেন চল্লিশ পেরুনো এক প্রৌঢ়া। তার শরীরে চাপিয়ে দেওয়া বৈধব্যের চিহ্ন প্রৌঢ়ত্বকে আরও প্রকট করে তুলেছে। ইচ্ছে করে অর্জুন তার কাছে গিয়ে হাত দুটো ধরে বলে- "তোমার এই দুরবস্থার জন্য আমি দায়ী সুরঞ্জনা। আমাকে তুমি ক্ষমা কোরো না। অভিশাপ দাও।"

কিন্তু কিছুতেই তা বলে উঠতে পারল না অর্জুন। আত্মার কোন অঙ্গ প্রত্যঙ্গ নেই। তাই তার কোন শব্দও নেই। মনোভাব প্রকাশ করার জন্য শব্দকে দক্ষ মালাকারের মত গেঁথে তুলতে জানতে হয়। এই কলায় যে যত নিপুণ সে তত

সফল কথাকার। এক বিদেহী কী করে তা পারে ! এই জন্যই দেহ দরকার। সুখ শোক আনন্দ আবেগ দুঃখ প্রেম যে কোন অনুভূতি প্রকাশ করবার প্রধান বাহক একটা সুস্থ শরীর সুস্থ মন। এই জন্য সকল আত্মার অধিকর্তা পরমাত্মাকেও নাকি মনুষ্যদেহ ধারণ করে ধরাধামে অবতীর্ণ হতে হয়। তবেই তিনি যা তাঁর বাণী আদেশ উপদেশ দয়া ধর্ম বিলোতে পারেন।

অর্জুন এখন একটা দেহের জন্য কাতর হয়। কোন একটা দেহাশ্রয় করেই সে তার যা কিছু অভিলাষ অভিব্যক্তি অনুসন্ধিৎসাকে চরিতার্থ করতে চায়। মনে মনে বলে সে- "আসবো সুরঞ্জনা, যদি কাউকে তেমন মনের মত পাই, তার দেহ আশ্রয় করে আবার তোমার কাছে এসে নতজানু হবো আমি। অপেক্ষায় থেকো, ঠিক আমি ফিরে আসবো। না এসে আমার মুক্তি হবে না।"

আটেশ্বরতলার সুরঞ্জনাদের গ্রাম পিছনে ফেলে, আদিগন্ত মাঠ জোড়া সোনা ধানের উপর দিয়ে পেঁজা তুলোর মত উড়ে চলে অর্জুন। তার সাথে পাল্লা দিয়ে উড়ে চলে এক খণ্ড সাদা মেঘ আর এক ঝাঁক সাদা বক। উড়তে উড়তে ওর একবার মাঠের আলপথের উপর নেমে দাঁড়াতে ইচ্ছা করে। কিন্তু কিছুতেই তা পেরে ওঠে না। ওর যে ভারহীন পেঁজাতুলো শরীর। মাধ্যাকর্ষণ এই শরীরকে টেনে নামাতে অক্ষম। ধরে রাখতে অসফল। মাধ্যাকর্ষণ কখনও কোন আত্মাকে মাটির আমন্ত্রণ পাঠায় না। তাই হয়তো অনাহুত, ওজনহারা আত্মা অভিমান বুকে শুধু শূন্যে উড়ে বেড়ায়।

অর্জুন অনেক চেষ্টা সত্ত্বেও মাটি স্পর্শ করতে পারে না। মায়ের মত নরম কোমল মাটিকে আঁকড়ে না ধরতে পারার কষ্টে আহত হয় সে। বড় বেদনা, ব্যর্থতায়, বুকটা হু হু করে ওঠে। সারা মন জুড়ে এক সাগর তৃষ্ণা ছোবলায় তার। সর্বস্ব হারানো হাহাকারে হৃদয় উথাল পাথাল হয়।

এক সময় সে বাতাসে ভাসতে ভাসতে নিজের গ্রামে এসে পৌঁছায়। নবগ্রামে আজ চারদিকে লোকের জটলা। সবচেয়ে বড় জটলা অর্জুনের বাড়ির সামনে। সব জটলার আলোচ্য বিষয় অর্জুন স্বয়ং। সবার চোখ ছলছলে, গলায় উষ্মা। সেই মাস্টার মহাশয়কে দেখতে পেল অর্জুন, যার কাছে ছোটবেলায় অক্ষয় পরিচয় হয়েছিল। খাটো ধুতি আর ফতুয়া পরা বিনোদ মাস্টারকে ঘিরে ঠাকুর তলার চাতালে অনেক লোকের ভিড়। নানা জনে নানা কথা বলছে বটে তবে সবার কান রেডিওর সংবাদের দিকে। কে জানে যদি রেডিও কোন নতুন কথা শোনায়। সারা প্রচার মাধ্যম কয়েক মাস ধরে এক মৃত্যুর মহোৎসবে মাতোয়ারা হয়ে আছে।

দিনে রাতে যে কোন সময় সুযোগ হলেই অর্জুনকে নিয়ে কোন না কোন অনুষ্ঠান, কোন বিতর্ক বা আলোচনা সভা ফেঁদে বসছে। দূরদর্শন কর্তৃপক্ষ বড় আশা করেছিল যে বিদেশের মত তারা সরাসরি মৃত্যু দৃশ্যের সম্প্রচার করতে পারবে। অবশ্য সে অনুমতি পায়নি। পেলে বিজ্ঞাপন থেকে মোটা অঙ্ক আয় হয়ে যেত।

নবগ্রামে এখনও বিদ্যুৎ পৌঁছায়নি। তাই টিভিও আসেনি। যা কিছু শোনা বোঝার তা সবই রেডিওর মাধ্যমে। রেডিওই বলে দিয়েছে আজ ভোরে ঠিক সাড়ে চারটেয় অর্জুনকে ফাঁসিতে ঝোলানোর খবর। প্রথমে কথা ছিল অর্জুনের ছোট ভাই মহাদেব দাদার মরদেহের আনুষ্ঠানিক ক্রিয়াকর্ম সারতে মহানগরে যাবে। পরে মত বদল করে বলে- ও দৃশ্য ভাই হয়ে কী করে সহ্য করবো। যা পারে হোক গে, আমি যাব না।

বৃদ্ধ বিনোদ মাস্টার থমথমে মুখে বসে আছেন ঠাকুর তলায় শান বাঁধানো বট গাছের গোড়ায়। তাঁর চোখ লাল। সারা রাতে দু-চোখের পাতা এক করতে পারেননি তিনি। বড় বেদনা মাখা গলায় উপস্থিত লোকজনদের বলেন তিনি-

-"কী থিকে যে কী হয়্যে গেল কিছু বোঝা গেল না। কত্ত ভালো ছাওয়াল ছিল অর্জুন। জীবনে তারে কুনো দিন কুনো অপকাম করিবার দেখি নাই। সেই ছাওয়াল কী কর্য়ে যে একটা মেয়্যেকে অকাম করি মারে দেয় আমার মাথাত আস্যে না।"

জমায়েতের মধ্য থেকে একজন বলে- "তুমরা তো সব্বো জানো, আমি আর অর্জুন এক সাথে ইসকুল গেছি। ছয় কিলাস একই সাথে পড়েছি। তুমরা যা লিয়া কিরা করতে বলবা, তাই লিয়া কিরা করতে পারি, অর্জুন কুনো মেয়্যেকে অপকাম করবারই পারে না। কাউ জানে না, আমি জানি-।"

নবগ্রাম এখন থৈ থৈ করছে লোকে। আশেপাশের অনেক গ্রাম থেকে বহু দরিদ্র দুর্বল মানুষ অর্জুনের মা বাবাকে সমবেদনা জানাতে এসেছে। এসেছে আর একদল ব্যবসায়িক বুদ্ধি সম্পন্ন ধূর্ত শহুরে। এরা বিভিন্ন পত্র পত্রিকার, টিভি চ্যানেলের সাংবাদিক আলোকচিত্রি। তারা চ্যাটার্জী পরিবারের বুক ফাটা কান্নার মর্মান্তিক চিত্র ক্যামেরায় ধরে রাখতে ইচ্ছুক। এমন নির্ভেজাল চোখের জল বার বার দেখা যায় না। এমন দৃশ্য অনেক কষ্টে মেলে। অনেক দামে বিকোয়।

অর্জুনের মা এখন কালী মন্দিরে দেবীর পায়ের কাছে অজ্ঞান হয়ে পড়ে আছেন। বাপ তার আশি উত্তীর্ণ শরীরে মস্তিষ্কে পুত্রশোকের এমন বিরাট আঘাত সহ্য করতে না পেরে শয্যাশায়ী। ক্ষোভে দুঃখে তিনি ছিঁড়ে ফেলেছেন গলার পৈতা। মনে মনে বলছেন- "সারা জীবন দেবীর পূজা করেছি। কোন দিন কোন

অন্যথা করিনি। সেই মা আমাদের দিকে একবার ফিরেও তাকালো না, রক্তখাকি আমার ছেলেরই রক্ত খেয়ে নিল, আর তার পূজা করে কী লাভ। করবো না আর তার পূজা-।"

অর্জুনের এখন ভীষণ ইচ্ছা করে মায়ের কাছে গিয়ে দাঁড়ায়। চোখে মুখে জলের ঝাপটা দিয়ে জ্ঞান ফিরিয়ে আনে মায়ের। তারপর বলে, "মা, মাগো, এই দেখো আমি এসেছি। সে-ই যেমন ছোটবেলায় কোলে বসিয়ে গল্প বলে ভুলিয়ে জাউ ভাত গুড় দিয়ে মেখে খাওয়াতে, চলো মা আর একবার সেই রকম খেতে দেবে। আমি ভীষণ ক্ষুধার্ত। চোদ্দ বছর মৃত্যু ভয় মাথায় নিয়ে নির্জন সেলে কাটিয়েছি। কোন কোন রাতে ঘুমাতে পারিনি, কোনদিন পেট ভরে খেতে পারিনি। আজ আমি জেল যাতনা থেকে, মৃত্যু চিন্তা থেকে, এমন কী জীবিত জগতের যাবতীয় মোহ বন্ধন পিছু টান থেকে চির মুক্তি পেয়ে গেছি। শুধু রয়ে গেছে তোমার দুধের কিছু ঋণ আর জন্মের কিছু দায়। যা থেকে কোন সন্তান কোনদিন মুক্ত হয় না।"

অর্জুনের ইচ্ছা করে বাবার সামনে গিয়ে দাঁড়ায়। তারপর প্রণাম করে মাথায় রাখে এক মুঠো পদরজ। বলে- বাবা, "বাবা তুমি এত ভেঙে পড়ছ কেন। তুমিই তো আমাকে বলেছিলে, আত্মার কোন মৃত্যু নেই, জন্ম নেই। আত্মা চির অবিনাশী চির অমর। মানুষ যেইভাবে পুরাতন বস্ত্র ত্যাগ করে নতুন বস্ত্র পরে আত্মাও পুরাতন দেহ ত্যাগ করে নতুন দেহ ধারণ করে। সেই তুমি আজ কেন এত কাতর হচ্ছ। তুমি বড় আশা করেছিলে বাবা তোমার ছেলে যেন নামে কর্মে বিখ্যাত হয়ে ওঠে। চেয়ে দেখো, আজ কোটি কোটি লোক আমার নাম বলছে আমার কথা আলোচনা করছে। তুমি কি এতে সন্তুষ্ট নও? বড় কিছু পেতে হলে তার জন্য বড় দাম তো দিতেই হবে বাবা। আমি সেই দাম দিতে কার্পণ্য করিনি, কাতর হইনি। মাথা উঁচু করে হেঁটে গেছি বধ্য মঞ্চের দিকে। তুমি আমার বাবা হয়ে কেন এত দুর্বলতা প্রকাশ করছ।"

বেশিক্ষণ এখানে থাকা সম্ভব হয় না অর্জুনের। একটা দমকা হাওয়ায় তার পাখির পালক তুল্য হালকা শরীর উড়ে যায়। উড়তে উড়তে অসহায়ভাবে চারিদিকে তাকায়। ভীষণভাবে একটা অবলম্বন চায়, যে হবে তার মনের ভাব ভাষা প্রকাশ করার মাধ্যম। যার উপর ভর করে নিজের ইচ্ছাকে মূর্ত করা যায়। এখানে তেমন কাউকে পায় না সে।

৩

একটি রোগা রিকেট রুগী সদৃশ্য ত্রৈমাসিক পত্রিকার সম্পাদক এবং মানবাধিকার রক্ষার আন্দোলনের একনিষ্ঠ যোদ্ধা অনির্বাণ চ্যাটার্জী এই কিছুক্ষণ আগে বাড়ি ফিরে এসেছে৷ কাল সারা রাতের অকথ্য পরিশ্রম আর মানসিক যন্ত্রণায় সে এখন ছিন্নভিন্ন রক্তাক্ত৷ মানুষের প্রতি মানুষের এমন নৃশংস ক্রুরতায় তার শিল্পী মন বড় ব্যথিত৷ কাল সে এবং তারই মত কিছু সংবেদী মানুষ মৃত্যুদণ্ডের বিরুদ্ধে এবং জীবনের স্বপক্ষে মিছিল করে শ্লোগান দিতে দিতে জেল গেটের সামনে যেতে চেয়েছিল৷ ওদের বক্তব্য ছিল- সাজার নামে কোন মানুষকেই হত্যা করার অধিকার রাষ্ট্রের হাতে থাকা উচিৎ নয়৷ তাহলে তা রাষ্ট্র পরিচালকদের ভুলে বা স্বার্থের প্রয়োজনে অপপ্রয়োগ ঘটে যেতে পারে৷ তাই চিরতরে মৃত্যুদণ্ড বিলোপ হোক৷ পুলিস সে মিছিলকে এগোতে দেয়নি৷ আইন শৃঙ্খলা রক্ষার নামে মাঝপথে আটকে দিয়েছিল৷ মানবাধিকার রক্ষার কর্মীরা হাতে জ্বলন্ত মোমবাতি নিয়ে এসেছিল যা সত্য এবং জীবনের প্রতীক৷ বৃষ্টিতে সে আলো নিভে যায়৷ আর সারারাত তারা সেইখানে ঠায় দাঁড়িয়ে ভিজে জবজবে হয়৷ ওরা যে সব শ্লোগান দিয়েছিল, বৃষ্টি ভেজা সে শ্লোগানে কোন আগুন বা বারুদের বিস্ফোরণ ক্ষমতা ছিল না৷

"অর্জুনের লাশ" ক্যাওড়াতলা শ্মশানের ইলেক্ট্রিক চুল্লিতে ছাই হয়ে যাবার পর বিশ্বস্ত পরাহত মন নিয়ে বাড়ি ফিরে একটা চেয়ারে ধপ করে বসে পড়ে অনির্বাণ৷ ভীষণ দুর্বল বোধ করে৷ ওর চোখের সামনে ভেসে ওঠে অর্জুন নামক এক হত দরিদ্রের অসহায় মুখ৷ যেন সে বলে- "আর কটা দিন আগে যদি তোমরা চেষ্টা করতে, তবে হয়তো আমি বেঁচে যেতে পারতাম৷ বড় দেরী করে ফেলেছ তোমরা বন্ধু৷ কাঁচের বাসনে হাতুড়ি পড়ার আগেই রক্ষা না করতে পারলে পরে আর কিছু করার থাকে না৷ তবু তোমাদের প্রতি আমি কৃতজ্ঞ৷"

"সবাই যখন বন্ধ ঘরে ফিসফিস করে বলছিল- কাজটা মোটেই ঠিক হচ্ছে না, তখন তোমরা প্রতিবাদী মিছিল নিয়ে পথে নেমেছিলে৷ যা হোক একটা শেষ চেষ্টা

তো করেছিলে। না পারলে আর কী করবে। ধরে নাও এটাই আমার ভাগ্যে ছিল। জানি তোমরা ভাগ্য বলে কিছু মানতে চাও না। তাহলে বলতে পারো, কেন আমি এমন অকালে মারা গেলাম?"

অনির্বাণ বলে- "তুমি মারা গেলে শুধু এই অপরাধে, যে তুমি বড়ই গরীব। গরীবরাই মারা যায়। শ্রমিক নেতা শংকর গুহ নিয়োগির হত্যাকারীদের একজনেরও কোন সাজা হয়নি। কারণ সেই সব খুনিরা এক একজন হাজার কোটি টাকার মালিক। গৃহবধূ হত্যার জঘন্যতম অপরাধী গুহ বণিকদেরও ফাঁসি হয়নি। তাদেরও শত শত কোটি টাকা আছে। যদি তুমি নিম্ন আদালতে মামলা চলার সময় একজন ভালো ল-ইয়ার দিতে পারতে, তাহলে তোমার এই পরিণতি হত না। তা না পাওয়ার কারণেই তুমি মরে গেলে অর্জুন। এর জন্য ভাগ্য নয় তোমার দারিদ্রতাই দায়ী।"

আবার যেন বলে অর্জুন- "আচ্ছা অনির্বাণ, সবাই যে রকম বলে থাকে যে ধর্ষনের মত মহা অপরাধ আর কিছুই নেই। এর একমাত্র সাজা মৃত্যুদণ্ডই হওয়া উচিৎ, সে বিষয়ে তোমার কী মত?"

অনির্বাণ বলে- "চিকিৎসা বিজ্ঞান আজকে এটা প্রমাণ করে দিয়েছে যে ধর্ষণেচ্ছা একটা মানসিক অসুখের ফসল। যদি আমি বিজ্ঞানকে স্বীকার করি তবে এটা তো মানতেই হবে যে ধর্ষক মাত্রেই একজন মনোরুগী। তাহলে রোগের চিকিৎসাটাই করা দরকার। রোগী মেরে ফেলে রোগ সারানো কি চিকিৎসাশাস্ত্রে সঙ্গত? আমি এটা বলছি বলে মনে করার দরকার নেই যে আমি ধর্ষকের প্রতি পক্ষপাতিত্ব করছি। আমি মনে করি, অপরাধ যতই ঘৃণ্য বা নৃশংস হোক, যা এক অপরাধীর পক্ষে করা সম্ভব, কোন অজুহাতে তা সভ্য শিক্ষিত বিবেকবান মানুষ করতে পারে না। পারা উচিৎ নয়। এই কারণেই আমি মৃত্যুদণ্ডের বিরুদ্ধে।"

আবার যেন বলে অর্জুন- "পাগলা কুকুরে কামড়ালেই জলাতঙ্ক রোগের প্রতিষেধক ইনজেকশন নেবার নিয়ম। একবার ওই রোগ হয়ে গেলে আর কিছু করবার থাকে না, মৃত্যু তখন অবধারিত। তাই যা করতে হবে তা রোগটা হবার আগেই করে নিতে হবে। ওষুধের অনেক দাম। গ্রাম দেশের গরীব মানুষরা সে ওষুধ কিনে উঠতে পারে না। কুকুরে কামড়ালে তারা ছোটে ওঝা বদ্যির কাছে। তারা রোগীর পিঠে মন্ত্র পড়ে থালা বসিয়ে দেয়। এতে রোগ প্রতিরোধ হয় না তা গ্রামের সরল লোকেরা জানে না। ভাবে মন্ত্রশক্তিতে সব বিষ নিস্তেজ হয়ে গেল।

আমি এমনও দেখেছি দশ বারো বছর পরে হঠাৎ তার দেহে রোগের লক্ষণ দেখা দিয়েছে। এতকাল চুপচাপ থাকার পর কুকুরের বিষ প্রাণঘাতক হয়ে গেছে।"

-"এ গল্প কেন !"

-"আছে এ গল্পের কারণ আছে। আমার বেলাতেও যে ঠিক তেমন হয়ে গেল চৌদ্দ বছর পর। ভাবতে পারো- চৌ-দ্দ বছর ! প্রথম অবস্থায় যদি চেষ্টা করতে পারতাম। যদি পারতাম...। ছয় আট বছর তো আমাকে নিয়ে কোন সাড়া শব্দ ছিল না। পৃথিবীর লোক মনে হয় ভুলেই গিয়েছিল যে অর্জুন নামের কেউ কোথাও আছে। হঠাৎ কেন যে সবাই এমন তেড়ে ফুঁড়ে উঠে আমাকে মেরে ফেললো সেটা একটা রহস্য। যদি তুমি একটু গভীরে গিয়ে আমার কেসটা সমীক্ষা করো তো এমন অনেক ফাঁক-ফোঁকর তথ্য প্রমাণ পাবে, যা দিয়ে অনায়াসে আমাকে নিরাপরাধ প্রতিপন্ন করা অসম্ভব ছিল না। মার্ডার কেসের যা সব চেয়ে বড়, সেটা হচ্ছে প্রত্যক্ষদর্শীর সাক্ষ্য। আমার কেসে কেউ আইনি পরিভাষায় যাকে আই উইটনেস বলে, তা ছিল না। বিচার হয়েছে অনুমানের ভিত্তিতে কিছু পারিপার্শ্বিক তথ্য প্রমাণের উপর নির্ভর করে। আমাদের এই দেশে আজ পর্যন্ত কাউকে এমন অনুমানের উপর দাঁড়িয়ে প্রাণদণ্ডের মত কঠোর সাজা দেওয়া হয়নি। সেটা উচিৎও নয়। কারণ অনুমান তো অনুমান মাত্র। যাতে ভুল হবার সম্ভাবনা শতকরা পঞ্চাশ ভাগ। অনেকে আমার কেসের সাথে বিল্লা রাঙ্গার কেসকে গুলিয়ে ফেলে বলে যে সেই কেসেও কোন প্রত্যক্ষদর্শী ছিল না তবু তো মৃত্যদণ্ড হয়েছে। তারা কেউ জানে কী না জানি না যে, ওদের কেসে ওরা বিচারপতির কাছে নিজের মুখে অপরাধ স্বীকার করে মার্জনা ভিক্ষা চেয়েছিল। কিন্তু আমার বেলা কি তেমন হয়েছে? আমাকে যথার্থ অপরাধী প্রমাণ করার জন্য কোন ডি এন এ টেস্টও হয়নি। মেডিকেল রিপোর্টে জয়ন্তী পাণ্ডের ধর্ষণের উল্লেখ ছিল। ওই পরীক্ষাটা হলে ফরেনসিক টেস্টেও আমিই সেই ধর্ষণকারী কি না তা প্রমাণ হয়ে যেত। কেন তা হয়নি সেটা আর এক রহস্য। এইসব রহস্যের পর্দা সরাতে পারলে বেরিয়ে আসবে আমার মৃত্যুর কারণগুলো।"

একটু যেন দম নেয় অর্জুন। যেন অনির্বাণকে একটু ভেবে নেবার অবকাশ দেয় সে। তারপর আবার বলে- "যা হবার তা হয়ে গেছে। যদি কোনদিন এমন প্রমাণ হয় যে আমি নই, অপরাধী অন্য কেউ তবু দণ্ড যা ছিল তাই থাকবে। কেউ আর আমার প্রাণ ফিরিয়ে দিতে পারবে কি? তবে তখন হয়তো তোমাদের মৃত্যুদণ্ড বিলোপের মানবিক আন্দোলন পায়ের তলে একটা শক্ত জমি পাবে। যদি

তোমরা সফল হও সারা দেশের শত শত জেল গারদে যে সব দীন দুর্বল মানুষ মৃত্যুর প্রহর গুনছে তারা প্রাণ ফিরে পাবে। তাই যত শীঘ্র সম্ভব, জন জীবনের উত্তেজনা থিতিয়ে আসবার আগে, আমার কথা বিস্মৃতির অতলতলে তলিয়ে যাবার আগে, একটু অনুসন্ধান কোরো। হয়তো মানুষকে সত্যের মুখোমুখি দাঁড় করিয়ে দেবার রসদ পেয়ে যাবে।"

অনির্বাণ কী এক অস্থিরতায় যেন ছটফট করতে থাকে। সারা ঘরময় খাঁচায় বন্ধ সিংহের মত পায়চারী করে বেড়ায়। বার বার সিগারেট ধরায়। তারপর কী ভেবে যেন ছাদে উঠে যায়।

আজ সেই বড় রাজার বিদায় আর ছোট রাজার রাজ্যাভিষেকের দিন। সারা শহর এখন পতাকা ফেস্টুনে মিছিলে শ্লোগানে মুখর, সুসজ্জিত। মদ আর মাংসের দোকানে ইতিমধ্যেই লম্বা লাইন। নগর বেশ্যারা খদ্দের ধরার বাসনায় স্নান করে দামী গহনায় শরীর মুড়ে রাজপথে ঘোরাঘুরি, অঙ্গভঙ্গি ইশারা শুরু করে দিয়েছে। যত বেলা বাড়বে উদ্দামতা বেড়ে যাবে তাদের। রাত আসবে নগ্ন নিলাজ উদোম হয়ে। এই রাত বড় আনন্দের, এই রাত যা খুশি তা করার স্বাধীনতা অনুমোদন প্রাপ্ত। আজ রাতে মধ্য মহানগরের সব নাইট ক্লাব আর বারে রূপোজীবীরা বিবস্ত্র হয়ে নাচবে। হাজার হাজার টাকা খরচ হবে জলের মত।

শহরের মত উদ্দামতা মফস্বল শহরগুলোতে থাকার কথা নয়। তবে তাদের জন্যও মনোরঞ্জনের কিছু উপকরণ আছে। প্রেক্ষাগৃহে আজ সারারাত চলবে প্রাপ্তবয়স্কদের প্রাপ্তিযোগ। এক টিকিটে চারবার।- নয়নসুখ নীল দৃশ্যের বিশাল সম্ভার। আজ এই স্বাধীনতা বড় প্রতীকী ব্যঞ্জনায় ধরা দিয়েছে। গ্রাম্য বর্বর অশিক্ষিত মূর্খ চাষাগুলো সত্তর দশকের উগ্র মানসিকতার প্রভাবে বড় বাড়াবাড়ি করতো। বাধ্য অনুগত বিনীত হতে চাইতো না। আজ এই পুণ্য প্রভাতে তাদের একটাকে বধ করে দেওয়ায় অন্তর্দাহের পুরাতন ক্ষতে কিছু প্রলেপ পড়ছে। সাতষট্টিতম অনুষ্ঠান সূচিতে আনন্দের নতুন মাত্রা যোগ হয়েছে। এমন আনন্দ কাউকে গুপ্ত হত্যায় পাওয়া যায় না।

অনির্বাণ ছাদে দাঁড়িয়ে একের পর এক সিগারেট টেনে চলে। আকাশ এখন মেঘ মেদুর। কালো মেঘের নিচে কোথায় সূর্য আত্মগোপন করে আছে বোঝার উপায় নেই। হঠাৎ তার দিকে একটা দমকা বাতাস ছুটে আসে। বাতাস নয় যেন কোন মন্ত্রপূত জোরালো ফুঁ। কী এক স্পর্শ আলো আর সত্যে যেন অন্তর-মন আলোকিত হয়ে ওঠে তার। রোমাঞ্চিত আর সম্মোহিত করে ফেলে চিত্তাকাশ।

মনে হয় যেন মুহূর্তে নিজস্ব সত্ত্বা আর আত্মাকে আবেষ্টন করে নিল অন্য কোন সত্ত্বা আর আত্মা৷ যেন তার মধ্যে ধীরে ধীরে নবজন্ম নিচ্ছে কোন অপার্থিব অঘোর৷ সে ক্রোধী কিন্তু সংযত৷ প্রতিহিংসু কিন্তু পরিমিতি বোধ শূন্য নয়৷

সিগারেট ছুঁড়ে ফেলে নিচে নেমে আসে সে৷ আর কী এক অভিসন্ধিৎসায় দ্রুত ছুটে যায় রাজপথে৷ তারপর বেগবান হয় সামনে যাবার জন্য৷ সে নয়, যেন তার মধ্যের অন্য কেউ ওকে চালিত করছে কোন লক্ষ্যে পৌঁছাবার জন্য৷ সে যেন কোন মানুষ নয়, যেন কোন যান্ত্রিক যান৷ যাকে নির্দেশ বা নিয়ন্ত্রণ করছে কোন চালিকা শক্তি৷ সে এগিয়ে চলে৷ যেতে যেতে মনে হয় সে যেন আর অনির্বাণ চ্যাটার্জী নয়, সে সেই অর্জুন চ্যাটার্জী যাকে ন্যায় বিচারের নামে অত্যন্ত অন্যায়ভাবে ফাঁদে পড়া পশুর মত নৃশংসভাবে হত্যা করেছে একদল ক্রূর মৃত্যুবিলাসী৷ এই মৃত্যু নানাভাবে তাদের ব্যবসায়িক মনোবৃত্তি আর স্বার্থ সহায়ক বলে নানান যুক্তি তর্কের অবতারণা করে ওকালতি করেছে মৃত্যুদণ্ডের পক্ষে৷

এখন তার প্রথম এবং প্রধান কাজ এই লোকগুলোকে সনাক্ত করে তাদের মুখ থেকে মুখোশগুলো সরিয়ে তাদের ঘৃণ্য জঘন্য পরিচয় তুলে ধরা৷ সেটাই জীবন এবং জীবনের অধিকার রক্ষার জন্য আশু কর্তব্য৷ তা না হলে তারা তাদের হত্যা বাসনা চরিতার্থ করার জন্য আবার কোন অসহায় দরিদ্র দুর্বল মানুষকে মেরে ফেলবে৷

সে উদভ্রান্তের মত শহরময় খানিকক্ষণ ঘুরে বেড়ায়৷ স্থির করে উঠতে পারে না কোথা থেকে শুরু করবে৷ কাকে বানাবে প্রথম টার্গেট৷ শেষে নানা পথ ঘুরে এক সময় পৌঁছে যায় শহরের শেষপ্রান্তের সেই মহল্লায়৷ যেখানে জল্লাদ বেঁটে মল্লিক থাকে৷ কাল পরশু কিংবা আরও বেশ কয়েকদিন আগে থেকে বেঁটে মল্লিকের ঘরের সামনে সাংবাদিক ফটোগ্রাফার আর কৌতূহলী মানুষের যে ভীষণ ভিড় ছিল তা আজ অনেক পাতলা হয়ে গেছে৷ অর্জুনের মত কিংবা তার চেয়েও বেশি, পত্র পত্রিকায় কিছুদিন ধরে ছেয়ে ছিল বেঁটে মল্লিকের নাম৷ এত প্রচার নোবেল জয়ী অর্থনীতিবিদও পেয়েছেন কিনা সন্দেহ৷ এখনও তার ঘরের সামনে দুজন সাদা পোশাকের পুলিস পাহারা দিচ্ছে৷ তবে তারাও সরকারি কর্মচারী৷ সব কর্মচারী যা করে তারাও তার বাইরে নয়৷ এই কারণে দুজনে খোশগল্পে মশগুল৷ কে যাচ্ছে কে আসছে সেদিকে দৃকপাত নেই৷ বিনা বাধায় অনির্বাণ ঘরের দরজা পেরিয়ে সোজা বেঁটে মল্লিকের সামনে পৌঁছে যায় এবং একখানা চেয়ারে বসে পড়ে৷ অন্যের গৃহে প্রবেশ এবং বসা কোন কিছুতেই সে কারও অনুমতি নেবার

প্রয়োজন অনুভব করে না। যেন সে আজ সমস্ত রকমের শিষ্টাচার বহির্ভূত অপরিমেয় জেদ আর অকৈতব মূর্তি।

দেখে, বেঁটে মল্লিক একটা বড় চৌকির উপর চিৎ হয়ে শোয়া। একটা হাত তার চোখের উপর আড়াআড়ি রাখা। মুখটা হাঁ করা। কাল সারারাত কারাগারের কোষাগার থেকে টাকার জোগান এসেছে। সেই টাকায় জেলে মদের বন্যা বয়ে গেছে। বেঁটে মল্লিক আর তার দুই সহায়ক হাবুডুবু খেয়েছে সেই বন্যায়। এমন উৎসব আর কবে হবে তা কে জানে। তাই এখনও বেঁটে মল্লিকের খোঁয়ারি কাটেনি। সে শুয়ে আছে। সকালবেলা রেডিও টিভিতে জনগণের কাছে সহানুভূতিময় সংবাদ পরিবেশন করেছে, অর্জুনকে ফাঁসিতে ঝুলিয়ে দেবার সাথে সাথে জল্লাদ বেঁটে মল্লিক দুঃখে নিজেই অসুস্থ হয়ে পড়েছে। চিৎ শোয়া হাঁ মুখের বেঁটেকে দেখিয়ে টিভি ভাষ্যকার এও বলে যে, ফাঁসিমঞ্চ থেকে সে নাকি হাপুস নয়নে কাঁদতে কাঁদতে নিচে নেমেই বিশ্রাম কক্ষের দিকে চলে যায়। কাঁদতে সে পারে। কাঁদাটা কখনো দোষাবহ নয়। তবে সব কান্নারই নিজস্ব একটা অর্থ থাকে। অলিম্পিকে সোনা জয়ী প্রতিযোগিনীও কেঁদে বুক ভাসায়।

অনির্বাণের এখন অসুস্থ জল্লাদকে দেখে বুকের ভিতর কোন দরদের মহাসমুদ্র উথলে ওঠে না। সে বড় নির্দয় আর কর্কশ গলায় ডাকে,

-"এই যে ফাঁসুড়ে দাদা, একটু উঠতে হচ্ছে। অনির্বাণের শিক্ষা সংস্কৃতি জনদরদ একজন বয়স্ক মানুষকে এইরকম অভব্য সম্বোধন অনুমোদন করে না। কিন্তু সে আজ আর নিজের নিয়ন্ত্রণে নেই। তাকে যেন কারও অলঙ্ঘ আদেশে চালিত হতে হচ্ছে। এবং তারই মুখপাত্র রূপে সব কিছু করে যেতে হচ্ছে।"

অনির্বাণের গলার স্বরে এমন একটা কিছু ছিল যাকে অবহেলা করা যায় না। যা নেশা ছুটিয়ে দেয়। বুক কাঁপিয়ে দেয়। তাই বেঁটে মল্লিকের চোখের উপর থেকে হাতটা সরে যায়। এবং শিয়রে বসা অচেনা অনাহুত আগন্তুককে দেখে সে বিব্রত বুঝি বা বিরক্ত হয়।

-"তুম কৌন।"

-"কয়েকটা প্রশ্নের উত্তর পাওয়ার জন্যই আমায় এখানে আসতে হল। অত্যন্ত জরুরি প্রশ্ন। দেরী করার কোন উপায় নেই। আমাকে আরও কিছু লোকের কাছে যেতে হবে। চটপট আমার কটা কথার জবাব দিলে ভালো হয়।"

-"লেকিন হামি আখুন কৌনো ইন্টারভু দিবে না। হামার তবিয়ত একদম খারাপ আছে। ডাকটর বাত করতে মানা করেছে।"

ডাক্তার বারণ করেছে ! যারা ওকে ফাঁস পরাতে নিযুক্ত করেছিল তারাও মুখ খোলার উপর কোন নিষেধাজ্ঞা জারি করে রাখতে পারে। গত রাতের ঘটনার অনুপুঙ্খ বিবরণ অনেক গোপনীয়তার আধারে আবদ্ধ রাখার প্রয়োজনীয়তার জন্যই হয়তো-। পশ্চিম পাকিস্থানের জল্লাদ তারাকাসি যে সেই দেশের প্রাক্তন প্রেসিডেন্ট জেনারেল ভুট্টোকে ফাঁসিতে ঝুলিয়ে ছিল ওই নিষেধাজ্ঞা না মানার অপরাধে নিখোঁজ হয়ে গেছে চিরদিনের জন্য। সে ভ্রম বশতঃ এক পত্রিকার সাংবাদিককে বলে দিয়েছিল, "আরে ভাই, কেন তোমরা আমাকে দোষ দিচ্ছো। আমি কি ওনাকে মেরেছি নাকি? আমার আগেই তাকে তো জেলে কারা যেন পিটিয়ে পিটিয়ে মেরে ফেলেছিল। আমি শুধু মরা শরীরটা ঝুলিয়ে দিয়েছিল !" তারপর আর অন্য কারো কাছে মুখ খোলার আগেই তারাকাসি হারিয়ে যায় হয়তো সেই রকম আশঙ্কা থেকেই জল্লাদকে নির্দেশ দেওয়া আছে চুপ থাকার।

কিন্তু সে নির্দেশ বা অক্ষমতা অনির্বাণের কাছে অর্থহীন। তাকে সত্য সংগ্রহ করতে হবে। সে জন্য যত অপ্রিয় অভব্য হতে হয় হবে।

বলে সে, "আমি কোন পত্রিকার পক্ষ থেকে সংবাদ সংগ্রহ করতে আসিনি। এসেছি সত্যকে জানতে। সত্যই আমাকে দেবে মুক্তি। এক মুহুর্ত ভেবে নিয়ে ফের বলে অনির্বাণ- জল্লাদ মহাশয়ের কি সেই গল্পটা জানা আছে? রাজা বিক্রমাদিত্যের সেই গল্পটা।"

-"কৌন গলপো?"

-"বোঝা গেল জানা নেই। বেশ আমি গল্পটা বলছি। সে অনেক কাল আগের কথা। এক রাজা ছিল যার নাম বিক্রমাদিত্য। খুবই সত্যবাদী আর সাহসী রাজা। তো সেই রাজাকে এক তান্ত্রিক তন্ত্র সাধনায় সিদ্ধিলাভের জন্য এক ঘনঘোর অমাবস্যার রাতে জঙ্গলের এক গাছে ঝোলানো এক চণ্ডালের শব পেড়ে আনতে পাঠায়। সাহসী আর শক্তিমান রাজা তান্ত্রিকের কাছে বচনবদ্ধ ছিল তাই সে শব আনতে যায়। কিন্তু গাছ থেকে শব নামিয়ে যেই না কাঁধে তুলেছে অমনি কথা বলে ওঠে সেই শব। বলে, রাজা আমি তোমার কাঁধে নিজের ইচ্ছায় চাপিনি, তুমি স্বেচ্ছায় এই শবভার বহন করতে সম্মত হয়েছো। এখন তোমাকে আমার কয়েকটা প্রশ্নের সঠিক উত্তর দিতে হবে। যদি তুমি আমার প্রশ্নের সত্য উত্তর না দাও আমি তোমার ঘাড় ভেঙে দেবো। গল্পটা আরও বড়। তাছাড়া যেমন বললাম, ঠিকঠিক তেমন হয়তো নয়, তবে মূল বিষয় হচ্ছে এই যে, আপনি এখন অর্জুন

নামক এক ব্যক্তির মৃতদেহ কাঁধে তুলে নিয়েছেন। এ বোঝা বইতে কেউ আপনাকে বাধ্য করেনি। স্বেচ্ছায় বইছেন এ বোঝা। আমি কিছু প্রশ্ন করে বুঝে নিতে চাই যে এতে আপনার পাপ না পুণ্য- পাল্লার কোনদিকটা ভারী হচ্ছে। যত শরীর খারাপ হোক মন খারাপ হোক আর যত কষ্ট লাগুক প্রশ্নের উত্তর দিয়ে যেতেই হবে।"

অনির্বাণের গলার কর্তৃত্ববাচক শব্দে বেঁটে মল্লিক ফ্যাল ফ্যাল করে তাকায়। পঁচিশটি জলজ্যান্ত মানুষকে মৃতদেহে রূপান্তরকারী নির্দয় জল্লাদ কেমন এক অসুরক্ষা বোধে আক্রান্ত হয়। কপালে তার বিন্দু বিন্দু ঘাম দেখা দেয়।

আবার বলে অনির্বাণ-

-"আপনি পঁচিশটা মানুষকে মেরে ফেলেছেন। সেটা খুব বড় বিষয় নয়। পৃথিবীতে এমন উদাহরণ অনেক আছে যে, কেউ কেউ দু লাখ দশ লাখ লোকের মৃত্যুর কারণ হয়েছে। প্রয়োজনে এমন আরও মারতে তার হাত কাঁপত না। তবু ইতিহাস সেইসব মানুষকে মহান বলে বা তার পায়ে প্রণাম করে। তার কারণ তারা যা করেছে তা বিশ্বের বৃহত্তম মানব সমাজের মঙ্গলের কামনায়। যদি তেমন কোন উদ্দেশ্য থাকতো আপনাকেও প্রণাম করতাম। কিন্তু আপনার বা আপনার বংশের অতীত যে পরিচয় আমার জানা তা এমন কোন সাক্ষ্য দেয় না, যার দ্বারা প্রমাণ হয় যে আপনার মত মানুষ কোন সমাজ বা মানুষের হিতে কোনদিন কিছু করতে পারে। বরং উল্টোটা প্রমাণ হয় যে পয়সার জন্য বা নিজেদের সামান্য সুখ সুবিধার স্বার্থের জন্য যে কোন জঘন্য কাজ করতে আপনাদের আপত্তি নেই।"

কথা বলা থামিয়ে অনির্বাণ ঘরের দরজার পাল্লা এঁটে খিল দিয়ে দেয়। আর কেউ হঠাৎ এসে পড়তে পারবে না। ফিরে এসে নিজের জায়গায় বসে পড়ে অনির্বাণ বলে- "ধরুন আমি একটা দোকানে গেলাম। ধরা যাক চা দোকান, চা খাবো। তা আমি যদি আগে চা টা খেয়ে পরে দাম দেই তো সেটা অনিয়ম হচ্ছে না। আবার যদি দোকানে ঢুকেই দামটা ফেলে দিয়ে চা চাই সেটাও নিয়মের মধ্যেই পড়ছে। মোট কথা হচ্ছে দাম দিলেই মালটা পাবার অধিকার জন্মে যাচ্ছে। আগে বা পরে কোন কথা নয়। ঠিক কি না?"

বেঁটে মল্লিক কী বলবে না বলবে ভেবে পায় না। সে যেন এখন অনর্গল কথা বলে যাওয়া কোন মেশিনের সামনে পড়ে গেছে। কিন্তু কথা না শুনে কান বন্ধ করে ফেলারও কোন উপায় যেন তার নাগালে নেই। তাই সে চুপ করে থাকে।

অনির্বাণ পুনরায় বলে- "আমি একটা জিনিসের ঠিক যে দাম হয় তা কড়ায় গণ্ডায় মিটিয়ে দিয়েছি। কিন্তু জিনিসটা এখনও বুঝে পাইনি, নিশ্চয় বুঝে উঠতে পারছেন না আমি কী বলতে চাইছি। ঠিক আছে বুঝিয়ে বলছি। অনির্বাণ একটা সিগারেট ধরায়। অনেক বার ছেড়ে দেবার কথা ভেবেছে। পারেনি, এক গাল ধোঁয়া ছেড়ে চেয়ারে উঠে বসে বলে আবার, আমাকে মৃত্যুদণ্ড দেওয়া হয়েছে। অভিযোগ দুটো, এক কিশোরীকে হত্যা এবং ধর্ষণ। সেই দণ্ড কার্যকর করেছেন আপনি। কিন্তু আমি সে দুটোর একটাও করিনি। আমি যে তা করিনি তা আমার চেয়ে ভালো আর কেউ জানে না। তবু আমাকে দণ্ড পেতে হয়েছে। অর্থাৎ আমার কাছ থেকে আগাম দাম নিয়ে নেওয়া হয়েছে, তাহলে, দাম যখন দিয়েই রেখেছি, ও দুটো নিশ্চয় করে ফেলা অন্যায় হবে না। আপনি কী বলেন?"

এবারও বেঁটে মল্লিক নিরুত্তর হয়ে থাকে। সিগারেটের ধোঁয়া ছেড়ে আবার বলে অনির্বাণ-

-"সমাজের যারা মাথা, জ্ঞানবান বিদ্বান বলে পরিচিত, দেখলাম তারাও সেই আদিম বর্বর নিয়ম, হত্যার বদলে হত্যার নিয়মের পক্ষে মত দিল। তো এটাই যখন নিয়ম, আমি বা তার ব্যতিক্রম করতে যাবো কেন? তাই আমি এখন খুঁজে বেড়াচ্ছি আমাকে হত্যা করার জন্য কার হাত কতখানি নিশপিশি করেছিল। কার মনে জেগেছিল কতখানি রক্তক্ষুধা। কার কতখানি স্বার্থ পূরণ হয়েছে আমার মৃত্যুতে। কে প্রকৃত দায়ী আমার মৃত্যুর জন্য। তাকেই মেরে ফেলে আমি আমার মৃত্যুর প্রতিশোধ নেব। জল্লাদ মশাই এই জন্য আমি আপনার কাছে এসেছি। আমি আমার প্রত্যেকটা কথার যথাযত উত্তর চাই। উত্তর আপনাকে দিতেই হবে। নিরুত্তর থাকলে আমি ধরে নেবো আপনিই প্রধান অপরাধী। সে ক্ষেত্রে আপনাকে... কথা থামিয়ে অনির্বাণ দুটো হাতে গলা টেপবার মুদ্রায় বাতাস মুক্ত করে ধরে।- আমি এখন ভীষণ প্রতিহিংসার আগুনে পুড়ছি। দয়া মায়া ক্ষমা জানি না। কারণ আমাকেও কেউ দয়া মায়া দেখায়নি। যা আমাকে কেউ দেয়নি তা যেন আমার কাছ থেকে পাবার আশা না করে। প্রশ্নের উত্তর দেবার জন্য তৈরি হোন।"

বেঁটে মল্লিক কেমন যেন ভ্যাবাচাকা খেয়ে যায়। তার রাত জাগা শরীর কেমন ঝিম খেয়ে যায়। দেখে কে বসে আছে তার মাথার কাছে। ও কী কোন বদ্ধ উন্মাদ। নাকি কোন চালাক অভিনেতা। যেই হোক লোকটা ঠিক আর পাঁচ জনের মত নয়। কোথায় যেন কী এক ব্যতিক্রম ধরনের মানুষ যা ঠিক বোঝা যায় না। আমতা আমতা করে বলে সে-

-"আপনি মারা গেছেন ! হামি আপনাকে ফাঁসি দিয়েছি। আপনি এসোব কী বলছে?"

-"হ্যাঁ, আমাকেই আপনি আজ সকালে সূর্য ওঠার কিছু আগে ফাঁসিতে ঝুলিয়ে এসেছেন। আমার দিকে তাকিয়ে দেখুন হয়তো চিনলেও চিনতে পারেন। আমিই সেই অর্জুন। অনির্বাণ নয়, অনির্বাণের মধ্যে বসে কেউ যেন কথাগুলো বলে যায়। সেই কথা শুনে শোয়া ছেড়ে উঠে বসতে হয় বেঁটে মল্লিককে। বুঝতে পারে সে এখন এক বিপজ্জনক ব্যক্তির মুখোমুখি হয়েছে, সে কোন হাত পা বাঁধা বন্দি নয় যে তাকে যা ইচ্ছা করা যায়। সামনের লোকটা আক্রমক এবং সবল।"

অনির্বাণ বলে- "অবশ্য কাল রাতে যখন আপনি প্রথম এবং শেষ বারের মত আমাকে দেখেন তখন আপনার পেটে ছিল বেশ ক'বোতল থ্রি এক্স রাম। মাথায় ছিল মদের প্রভাব আর চোখ ছিল ঘোলা ঘোলা কাজেই এখন চিনতে নাও পারতে পারেন। তবে তাতে কোন কিছু যায় আসে না। আমি তো বলছি, যে আমার নাম অর্জুন। সেই যথেষ্ট।"

আমতা আমতা করে অতি কষ্টে বেঁটে মল্লিক বলে-

-"আপনি যদি অর্জুন হন, মতলব যে অর্জুন ফাঁসি গেল, তো তাতে আখুন ইখানে বসে আছেন কী করে? সে বডি তো কাখুন জ্বলে খাঁক হয়ে গেছে।"

খাক মানে ছাই।

-"আপনার কাছে কী কোন প্রমাণ আছে যে অর্জুন পুড়ে ছাই হয়ে গেছে? আপনি বা অন্য কেউ কী তাকে পুড়ে যেতে দেখেছেন?"

-"হামি জেল গেটে ছিলো। হামার সামনে থেকে বডি শ্মশানে গেল।"

-"যে বডি শ্মশানে গেল তা কার? আপনি কী হলফ করে বলতে পারেন সেটা অর্জুনের? ওকে ফাঁসিতে ঝুলিয়ে দিয়েই আপনি জেল অফিসে চলে যান, তাই তো? তারপরে এক সময় একটা কাঁচ ঢাকা গাড়িতে, চাদর ঢাকা একটা শরীর বের হয়ে যেতে দেখেছেন। ঠিক কি না?" মাথা নাড়ে বেঁটে মল্লিক- ঠিক।

"তো আপনার পক্ষে জানা সম্ভব হয়নি সত্যটা কী। আপনার যে দু-জন সহকর্মী কুড়ি মিনিট পর কুয়ো থেকে অর্জুনের শরীর বের করে, একটা ঘরে পোস্ট- মর্টেম টেবিলে নিয়ে যায় তারা কিছু জানলেও জানতে পারে। কিন্তু আপনার তা জানার বাইরের বিষয়। এবার আপনি বলুন, যদি অর্জুনের মৃতদেহ সেইখানে পড়ে থাকে, আর কোন জীবিত লোকই চাদর মুড়ি দিয়ে কাঁচ ঢাকা গাড়িতে শুয়ে পড়ে, কেউ কী বুঝবে, ব্যাপারটা?"

"হাঁ এই রোকোম হতে পারে৷ মাগার এই সোব কেন কোরবে৷ তা বাদে কোনো জীন্দালোগ শুয়ে গেলে শ্মশানে গিয়ে তখুন কী হোবে? যেখুন উঠে পড়বে সোব লোগ তো দেখে লিবে৷"

"সব লোক দেখে নেবে ! লোক কেউ থাকলে তবেই তো দেখবে৷ লোক কেউ ধারে কাছে কী ছিল? কাউকে থাকতে দিয়েছে? যারা ছিল সবাই পুলিস৷ চাকরির কাছে যাদের হাত মুখ এমন কী মনুষ্যত্ব পর্যন্ত বাঁধা রাখতে হয়৷ না হলে তার চাকরি থাকে না৷ প্রশিক্ষণের প্রথম পর্যায়ে যাদের বুঝিয়ে দেওয়া হয়, তুমি বুদ্ধি বা বিবেক দ্বারা চালিত হবে না৷ চালিত হবে শুধু মাত্র উর্ধ্বতন অফিসারের আদেশ দ্বারা৷ সেটাই নিয়মানুবর্তিতা৷ কিন্তু কাকে মারছো কেন মারছো জানতে চাইবে না৷ সেটা অনুশাসনহীনতা৷ যদি তুমি অনুশাসন মেনে চলো, চাকরি থাকবে৷ না মানলে যাও৷ বাড়ি গিয়ে মাঠে ঘাস কাটো, মাথায় ঝুড়ি বও৷ সে বড় কষ্ট বড় অপমানের কাজ৷ কেউ তখন সেপাইজি বলে সালাম দেবে না৷ ভয়ে দু-টাকা পকেটে গুঁজে দেবে না৷ তার চেয়ে কিছু না দেখে কিছু না শুনে কিছু না বলে শুধু যন্ত্রের মত নির্দেশ পালন করে যাওয়া অনেক লাভের৷ সেটা তারা জানে৷"

হ্যাঁ বা না কোন কিছু না বলে কেমন বিহ্বল বিস্ময়ে চেয়ে থাকে জহ্লাদ বেঁটে মল্লিক৷ অনির্বাণকে দেখে আর তার কথা শুনে মনে হয়, লোকটা যদিও বদ্ধ উন্মাদ কিন্তু তার ভাণ্ডারে যুক্তিপূর্ণ শানিত এবং লক্ষ্যভেদি অস্ত্রের ঘাটতি নেই৷ হাতের জ্বলন্ত সিগারেটটা মেঝেয় ফেলে পা দিয়ে পিষে দেয় অনির্বাণ৷ তারপর আবার বলে-

-আপনার কথা মেনেই নিলাম৷ ধরে নিচ্ছি জীবিত কেউ নয়, আপনি যাকে দেখছেন সে সত্যিই একটা মৃতদেহ৷ আজকাল মর্গে বেওয়ারিস লাশের কোন কমতি নেই৷ আমি যদি বলি সেখান থেকে আগেই একটা বডি গোপনে এনে জেলের কোন ঘরে ঢাকা দিয়ে রাখা হয়েছিল৷ আমার ফাঁসির পর আমি পড়ে রইলাম জেলের সেই অন্ধকার ঘরে৷ আর আমার বদলে সেই বডিটা শ্মশানে চলে গেল পুড়তে৷ তার পা ছাড়া অন্য কোন অঙ্গ প্রত্যঙ্গ তো খোলা ছিল না৷ কেউ দেখতেও পায়নি৷ কে জোর দিয়ে বলতে পারে যে সে পা অর্জুন ছাড়া অন্য কারও নয়৷

-"লেকিন এত সোব হুজ্জুত কেন কোরবে৷ হামি তো বুঝতে পারছে না৷"

-"চোখ৷ অর্জুন চ্যাটার্জীর মূল্যবান চোখ দুটোর জন্য৷ তাকে পুড়িয়ে দিলে তার সাথে চোখ দুটোও ছাই হয়ে যাবে৷ চোখ দুটো কেটে তুলে নিয়ে পাথরের চোখ বসিয়ে দিলে অবশ্য তখনকার পরিস্থিতিতে কেউ ও নিয়ে মাথা ঘামাবার

অবস্থায় ছিল না। কিন্তু সেই অপারেশন অত্যন্ত সময় সাপেক্ষ বিষয়। যেমন তেমন করে তুলে নিলে তা কোন কাজে লাগবে না। অনেক সময় নিয়ে, কোন ক্ষতি না করে চোখ তোমার জন্য দেরী করার উপায় ছিল না কর্তৃপক্ষের। যে কোন ভাবে জেলের বাইরে অপেক্ষামান জনতা আর পত্র পত্রিকার সাংবাদিকদের ধোঁকা দেবার প্রয়োজন ছিল। তাই একটা নাটক করেছিল তারা। এটাকে ম্যাজিকও বলা যেতে পারে। এমনিতে অর্জুন চক্ষুদানের অঙ্গীকার করেছিল। কিন্তু আইন অনুসারে তার একার অঙ্গীকারে হবে না, বাড়ির লোকের সম্মতি নেবার বাধ্যবাধকতা আছে। কিন্তু তারা মহানগরে আসবে না, মৃতদেহ নেবে না বলে বেঁকে বসেছে। অথচ অমূল্য চোখ দুটোকেও নষ্ট করে দেওয়া যাবে না। তাই-।"

বেঁটে মল্লিক আর্ত গলায় বলে- "তালে কী সে পুড়লো না !"

-"আমি তো তা বলছি না।"

-"তেখনি না জ্বালাক পরে তো বডি জ্বালিয়ে দেবা হয়েছো।"

-"তাও নিশ্চয় হয়েছো।"

-"তালে আপনি কী কোরে বোলছেন যে, আপনি সেই অর্জুন?"

অনির্বাণ এবার যেন একটু ধৈর্যহারা হয়ে ওঠে। বেঁটে মল্লিকের দিকে আগুন চোখে তাকিয়ে বলে- "চৌদ্দ বছরে আমি প্রায় চৌদ্দ হাজার প্রশ্নের জবাব দিয়েছি। থানার অফিসার সাংবাদিক উকিল পিপি আরও কতজন। সবার কথা আমার মনেও নেই। আমি এখন সব প্রশ্নের বাইরে চলে গেছি। আমি আর কারও কোন কথার উত্তর দেব না। এখন শুধু আমি প্রশ্ন করবো। অন্যেরা তার জবাব দেবে।"

অনির্বাণ চেয়ার ছেড়ে উঠে কয়েক পা ঘরের মধ্যে পায়চারি করে। ফের বসে। বলে-

-"ঠিক আছে। আমি আপনার শেষ প্রশ্নের জবাবটাই দিয়ে দিচ্ছি। এটাকে আমার অনুগ্রহ বলে জানবেন। আপনি কী তন্ত্রমন্ত্র মানেন?"

মাথা নাড়ে বেঁটে মল্লিক, অর্থাৎ মানে। বলে অনির্বাণ, "আপনি একা নন, লক্ষ লক্ষ লোকই মানে। এই দেশে এটাই নিয়ম। সংখ্যাগরিষ্ঠ যা বলে গেছে সংখ্যা লঘিষ্ট তা মানে। তো তাহলে আমি ঠিক যেভাবে মারা গেছি তন্ত্রমন্ত্রের মতানুসারে ব্রহ্মদৈত্য না হয়ে কোন উপায় ছিল না। একে ব্রাহ্মণ সন্তান তায় শনিবার ব্রাহ্মমুহূর্তে অপঘাতে মৃত্যু। অন্য আর কী হওয়া যায় বলুন? আমাদের দেশে ভূত প্রেত ব্রহ্মদৈত্যরা না পারে এমন কোন কঠিন কাজ নেই। তাই আমি, অর্জুন

চ্যাটার্জীর ভূত। এখন এক অনির্বাণ চ্যাটার্জী নামক ব্যক্তির ঘাড়ে চেপে আপনার সামনে উপস্থিত হয়েছি।"

যেন কোন ঘাতক হননেচ্ছায় হাত পা বাঁধা বেঁটে মল্লিকের মাথার কাছে উদ্যত খড়্গ নিয়ে দাঁড়িয়ে আছে। যার ক্রোধ উৎপন্ন করলে মৃত্যু ত্বরান্বিত হবে। সেই রকম আশঙ্কায় আবার বিছানায় শরীর এলিয়ে দেয় সে। আত্মসমর্পণের ভঙ্গিতে বলে- "আপনি যা বলবে হামি সোব কথার জবাব দিবে।"

হাসে অনির্বাণ। বলে-

-"সে অনেক দিন আগের কথা। তখন সবে বড় রাজার রাজত্বের পত্তন হয়েছে। সেই সময় এই দেশের পথঘাট যোগাযোগ ব্যবস্থা যানবাহন বড় খারাপ অবস্থায় ছিল। মানুষ কোথাও যেতে হলে নৌকা, গরুর গাড়ি আর না হলে পায়ে হেঁটে যেতো। অবস্থাপন্ন লোকজন পাল্কি ব্যবহার করত। এক অঞ্চল থেকে অন্য অঞ্চলে যেতে হলে পার হতে হতো বড় বড় জঙ্গল। মহানগরের প্রাণকেন্দ্র, যেখানে এখন রাজভবন, সেখানে বাঘ ঘুরে বেড়াত। তখন সন্ধ্যা হলে লোকে দরজায় খিল দিত। এসব কথা কী আপনি কারও কাছে শুনেছেন? আবার মাথা নাড়ায় বেঁটে মল্লিক, শুনেছে।

সেই সময় একদল লোক ছিল, তাদের বলা হত ঠগি। তারা ব্যবসায়ী সন্ন্যাসী বা ভ্রমণ বিলাসীর ছদ্মবেশে নগরে নগরে ঘুরে বেড়াতো এবং অন্য সব সত্যিকারের ব্যাপারী ব্যবসায়ী পরিব্রাজকদের সাথে ভাব জমাতো। তারপর এক নগর থেকে আর এক নগরে যাবার সময় জঙ্গলে পথে পেছন থেকে গলায় রেশমি রুমালের ফাঁস পরিয়ে দম বন্ধ করে মেরে ফেলে যা কিছু পেত লুঠ করে নিত। এই রকমই আর একদল ছিল যারা জঙ্গলে লুকিয়ে থেকে পথচারীর পায়ে মুগুর ছুঁড়ে মারতো। আচমকা পায়ে আঘাত পেয়ে সে পড়ে গেলে, জঙ্গলে লুকানো লোকেরা ছুটে গিয়ে তার মাথায় মুগুর মেরে যা কিছু টাকা পয়সা হাতিয়ে নিতো। সেইসব দিনে হাজার হাজার এইভাবে ঠগিদের হাতে প্রাণ হারায়। বিদেশী এক লেখকের বই পড়ে যা আমরা জানতে পেরেছি। ঠগি কাহিনীতে তিনি লিখেছেন, এক ঠগি নাকি একা নয়শো চুয়াল্লিশটা মারবার পর রাজার সেপাইদের হাতে ধরা পড়ে যায়। তার বড় আক্ষেপ ছিল, আর কটা দিন সময় হাতে পেলে হাজার পূর্ণ করে দিতে পারতো।"

-"এ কহানী হামি শুনেছে।"

-"কার কাছে?"

-"হামার বড়া বাবা বলেছে।"

-"অর্থাৎ সুরিন্দর মল্লিক?"

-"আপনি তার নাম জানে?"

-"আমি আরও কিছু জানি। একে একে বলবো। বলবো আর শুনবো বলেই তো এসেছি। সুরিন্দর মল্লিকের বাবার কী নাম, জানা আছে? মহিন্দর মল্লিক। সে ছিল একজন ঠগি। মানুষ মারা যার পেশা ও নেশা ছিল।"

মহিন্দর মল্লিকের নামও অনির্বাণ জানে দেখে স্তব্ধ হয়ে যায় বেঁটে মল্লিক। আবার বলে অনির্বাণ-

-"আমি যে কালের কথা বলছি সেই কালে আপনি বা আপনার বাবা সুরিন্দর মল্লিক কেউ পৃথিবীতে নরদেহে ছিলেন না। সেই সময় মহিন্দর মল্লিক রাজ সেপাইদের হাতে ধরা পড়ে যায় এবং সে জেলেই মারা যায়। তখন সুরিন্দর মাত্র সাত বছরের শিশু। সে তার মায়ের সাথে ডোমজুরের কোথাও থাকতো। বড় হয়ে সেও বাপের পদাঙ্ক অনুসরণ করে ডাকাতিতে হাত পাকায়। তবে তখন বড় রাজার শাসন ব্যবস্থা কিছুটা সুশৃঙ্খল হয়ে এসেছে। রাস্তাঘাট যোগাযোগ ব্যবস্থার কিছু উন্নতি হয়েছে। তাই সুরিন্দরের দ্বারা বাপের মত বড় মাপের কিছু করে ওঠার আগে সেও ধরা পড়ে যায় আর বিচারে তার দশ বছর সশ্রম কারাবাসের সাজা হয়। এর কিছুদিন পরে সারা দেশ জুড়ে বড় রাজার সেনাবাহিনীতে ব্যাপক অসন্তোষ দেখা দেয়। কে বা কারা যেন গুজব ছড়ায় যে বন্দুকের গুলিতে শুয়োর আর গরুর চর্বি মেশানো আছে। সেগুলির একটা দিক দাঁত দিয়ে কেটেই বন্দুকে ভরতে হয়। ফলে হিন্দু মুসলমান দু-দলই জাত মারা যাবার ক্ষোভে ফেটে পড়ে। যা পরবর্তীতে সেনা বিদ্রোহের রূপ নেয়। এই বিদ্রোহকে কিছু দেশপ্রেমী বড় রাজার শাসন ক্ষমতাকে উৎখাত করার কাজে লাগাতে চেষ্টা করে। সেই বিদ্রোহের এক নেতার নাম ছিল সোম পাণ্ডে। সে রাজার অনুগত সেনাদের হাতে ধরা পড়ার পর রাজার বিচারে ফাঁসির সাজা পায়।"

বেঁটে মল্লিকের বিস্ময়ের সীমা থাকে না। সে অবাক হয়ে অনির্বাণের দিকে তাকিয়ে থাকে। এখন তার কে কে জানে বিশ্বাস হচ্ছে লোকটা নিশ্চয় কোন অপদেবতা বা ভূতপ্রেতের বর পেয়েছে। না হলে কবে কোন যুগের কথা সে কেমন করে জানবে।

অনির্বাণ বলে- "কিন্তু সোম পাণ্ডের ফাঁসির দণ্ড কার্যকর করায় বিষম বিঘ্ন উপস্থিত হয়। সব প্রস্তুতি সারা, অথচ মুহূর্তে বেঁকে বসেছে জল্লাদ। কে যেন তাকে

বুঝিয়েছে সোম পাণ্ডে একজন দেশভক্ত বীর। তার গলায় ফাঁসির দড়ি পরানো পাপ। তাই সে কিছুতেই ফাঁসি দিতে রাজি হল না। তখন নিরুপায় কারা কর্তৃপক্ষ দ্বারস্থ হল সুরিন্দর মল্লিকের। প্রলোভন দিল, সে যদি রাজ সরকারের অনুকূলে কাজ করে যদি সোম পাণ্ডের ফাঁসিটা দিয়ে দেয়, তাকে মাঝে মাঝে প্যারোলে বাড়ি যেতে দেওয়া হবে। দেওয়া হবে বেশ কিছু টাকা আর জেলখানায় বাড়তি সুখ সুবিধা। মহিন্দরের ছেলে সুরিন্দর। তার রক্তের মধ্যে আছে ঠগি পূর্বপুরুষের সেই জিন বাহিত নরহত্যার নেশা। সে এই নিরাপদ নরহত্যার প্রস্তাব লুফে নেয়। সোম পাণ্ডেকে ফাঁসিতে ঝুলিয়ে দেয়। এরপর সরকার তরফ থেকে এই নতুন জল্লাদ বিশেষ আদরের হয়ে ওঠে। দেশের যেখানে প্রয়োজন হয় তাকে ফাঁসি দিতে নিয়ে যাওয়া হতে থাকে। শোনা যায় সে নাকি প্রায় আড়াই হাজার লোককে সারা জীবনে ফাঁসি দিয়েছিল।"

অনির্বাণের চোখ লাল। কপালে জমে উঠেছে ঘামের ডানা। উত্তেজনায় সে ঘরময় পায়চারি করে আর বলে, " সুরিন্দর মল্লিক মারা যাওয়ার আগে তার ছেলে পরতাপ মল্লিককে মানুষ মারার বিদ্যেটা ভালো করে শিখিয়ে দিয়ে যায়। তখন অবশ্য সেনা বিদ্রোহ থেমে গেছে। শুরু হয়ে গেছে দেশ জোড়া প্রজা বিদ্রোহ। আগেই বলেছি বড় রাজা ছিলেন মৃত্যু-বিলাসী, সে একের পর এক বিদ্রোহীদের প্রাণদণ্ড দিয়ে থেকে থাকে। সেই সময়কার কয়েকজন বিখ্যাত বিদ্রোহী বীরের নাম ভগত সিং, ক্ষুদিরাম আর মাস্টারদা সূর্য সেন। শোনা যায় সুরিন্দরের শেখানো বিদ্যায় তার ছেলে পরতাপ প্রায় ন'শো জনকে মেরে ফেলে। সে মারা যাবার আগে আপনাকে শিখিয়ে যায় মানুষ মারার কৌশল। ঠিক কিনা?"

মাথা নাড়ায় বেঁটে মল্লিক। মাথা নড়েই যায়। পরতাপ তার বাবার নাম। পরতাপ শেষ জীবনে অত্যধিক মধ্যপান ও নানারকম কু আসক্তির কারণে রোগগ্রস্ত হয়ে হয়ে পড়েছিল। তখন আর শরীরে সেই শক্তি ছিল না বলে বেঁটেকে সাথে নিত। প্রায় নব্বইটা কেসে বেঁটে বাপের সহকারী ছিল। পরতাপ নিজের হাতে শেষ ফাঁসি দেয় চট্টগ্রাম অস্ত্রাগার লুণ্ঠনের নায়ক মাস্টারদাকে। এখন কথায় কথায় কোন ফাঁসে আটকে যাচ্ছে ভেবে বেঁটে বড় ভয় পায়, বুক শুকায়।

অনির্বাণ বলে- "আপনি এখন বিরাশি বছরের হয়ে গেছেন। আর ফাঁসি দিতে পারবেন না। তাই বিদ্যাটা আপনি শিখিয়েছেন আপনার ছেলে শিবুয়াকে। তবে এখন শাসন ক্ষমতার বদল হয়েছে। আপনার পঁচিশটা ফাঁসি দেবার রেকর্ড সে ছুঁতে পারবে বলে মনে হচ্ছে না।"

যেন কোন শ্রমিক পুত্রের বৃদ্ধ বাপ কারও মুখে খবর পাচ্ছে ছেলের কারখানা ক্লোজার হবে বা কারখানাটা অন্য রাজ্যে চলে যাবে সেই রকম আতঙ্কে বেঁটে বলে- "ফাঁসি কি বনধ্ হোয়ে যাবে?"

-"বন্ধ হবে না। তবে পরিমাণে আরও কমে যাবে।" একবার ঘুরপাক খেয়ে বলে অনির্বাণ - "বড় রাজার অনেক দোষ থাকলেও তার রাজত্বে বিচার ব্যবস্থার পক্ষপাতিত্ব ছিল না। অপরাধী ধনবান হলে তাকে লঘু সাজা বা রেহাই, দরিদ্র হলে চরম থেকে চরমতম সাজা যা এখন চলছে তখন তেমন হতো না। তাই তখনকার এক ধনবান যাকে লোকে মহারাজা বলতো, যে মজারাজা মীরজাফরের সঙ্গে যোগ দিয়ে এক সময় বড় রাজাকে রাজত্ব পেতে সাহায্য করেছিল, তাকেই বিচারে অপরাধী প্রমাণিত হওয়ায় ফাঁসিতে ঝুলিয়ে দিয়েছিল। একটু থেমে একটা শ্বাস ফেলে ফের বলে অনির্বাণ- অপরাধ করবার সাহস সেই তো বেশি দেখায়, যার ক্ষমতা অনেক আর সাজা পাওয়ার সম্ভাবনা নেই। এইসব ধনবান ক্ষমতাগৃধ্নু অপরাধীরা ছোট রাজার নিয়মনীতি বিধি বিধান বিচার ব্যবস্থাকে নিজেদের নিয়ন্ত্রণে নিয়ে নিয়েছে। তারা এখন ওষুধে ভেজাল খাবারে বিষ মেশাতে পারে। কেউ তাদের কিছু করতে পারবে না। যদি তাদের ফাঁসিতে ঝোলাবার আইন থাকতো বা এখনও হয় শিবুয়া সুরিন্দরের রেকর্ডও ভেঙে দিতে পারে। হতাশা ঝরে পড়ে অনির্বাণের গলায়- কিন্তু তা ছোট রাজার রাজত্বে হয় না, হবে না। আপনার জীবনে ছোট রাজার শাসনকালে পঁচিশটা ফাঁসি দিয়েছেন এমন একটা নাম বলুন, একটা- যে ধনবান। আপনি নাম জানেন গুহ বনিকদের? মহানগরের ধনবানদের তালিয়ায় যাদের নাম সবার আগে। তারা তাদের ঘরের মধ্যে নিজেদের ঘরের বউকে মেরে শুইয়ে রেখে খোশমেজাজে খাওয়া দাওয়া গল্প গুজব করে বেড়াচ্ছিল। তাদের ফাঁসি হয়নি। ফাঁসি হল আমার। ফাঁসি হবে বিহার জেলের আটান্নজন গরীব চাষির।"

আবার এক পাক ঘুরে এসে ফের বলে সে-

-"হয়তো হবে না। হয়তো আমার ফাঁসিই হবে এদেশের সর্বশেষ মৃত্যুদণ্ডের সাজা। এটা একদিক থেকে ভালোই হয়েছে। মানুষকে নাড়া দিয়েছে। সবাইকে ভাবাচ্ছে। তারা বুঝতে পেরেছে বিচার ব্যবস্থার পক্ষপাতমূলক আচরণ। আশা করা যায় তারা এবার মৃত্যুদণ্ডের বিলোপের জন্য পথে নেমে আসবে। তার ফলে আর হয়তো ওই গরীবগুলো মরবে না।"

কথা থামিয়ে কী যেন ভেবে নিয়ে ফের বলে সে- "এসব আপনাকে বলার কোন মানে হয় না।" তারপর সে গিয়ে বেঁটে মল্লিকের মাথার কাছে বসে, ঠিক

যেরকম ভাবে থার্ড ডিগ্রির অন্ধকার ঘরে হাত পা বাঁধা বন্দিকে জেরা করে সেইভাবে বেঁটে মল্লিকের দিকে তাকিয়ে বলে-

-"আপনি পেশায় জল্লাদ। আপনার বংশে সর্ব প্রথম এই পেশা গ্রহণ করা হয় একজন এমন মানুষকে মারার মধ্য দিয়ে যাকে লোকে আজ প্রণাম করে। যে কাজ কোন বিবেকবান মানুষের পক্ষে করা কঠিন। যা আপনার পূর্বপুরুষ করেছিলেন নিজের স্বার্থে। সেই পূর্বপুরুষের পাপ রক্ত আপনার দেহে। পাপ কাজ আপনার নেশা। আর সেই আপনি আজ মহান এক মানুষের ভেক ধরে পত্র পত্রিকায় দূরদর্শনে এমন কী রাজপথে সভা করে আমার নামে মনগড়া কথা বলে লোককে তাতিয়ে বেড়িয়েছেন। আমাকে ঘৃণ্য জঘন্য অপরাধী প্রচার করে, বাঁচার সব পথ বন্ধ করে দিয়ে, মেরে ফেলেছেন। বলুন জল্লাদ মহোদয়, এই অপরাধেই আমি আপনার মত লোককে যদি এখন খুন করে ফেলি সেটা কি অন্যায় হয়?"

অনির্বাণের গলার আওয়াজে সারা ঘর গমগম করছে কিন্তু বেঁটে মল্লিকের কোন আপ্ত সহায়ক এসে দরজায় টোকা দিচ্ছে না। সে ভীষণ ভয় পাচ্ছে। বাঁচাও বাঁচাও চিৎকার করতেও সাহসে কুলাচ্ছে না। সে বুঝতে পারছে চিৎকার করে বাঁচা যায় না। ছোট রাজার শাসনে সর্ব প্রথম যার ফাঁসি হয় তার নাম বেচু দত্ত। সেটাই বেঁটে মল্লিকের নিজে হাতে দেওয়া প্রথম ফাঁসি। সেল থেকে তাকে জোর করে ফাঁসিকাঠের দিকে নিয়ে যাওয়ার সময় ভয়ে এমন চিৎকার করে উঠেছিল সে যে সারা জেল চমকে উঠেছিল। তারপর অবশ্য সে অজ্ঞান হয়ে যায়। চিৎকার করে রেহাই পাওয়া গেলে সে কি মরতো?

আগুন গলায় আবার বলে অনির্বাণ- "আমি যদি মনে করি, তো কেউ আপনাকে আমার হাত থেকে বাঁচাতে পারবে না। মানুষ সবচেয়ে ভয় পায় মৃত্যুকে। যে মানুষ মরার ভয় পায় না সে অসাধ্যকে সাধন করতে ভয় পায়। আমার মরার ভয় নেই। থাকার কোন কারণও নেই। আমি তো মারাই গেছি। এখন একমাত্র আমি আপনাকে বাঁচাতে পারি একটা শর্তে। যদি আপনি অকপটে সত্য বলেন। অন্য কোনোভাবেই আপনি বাঁচবার আশা করবেন না। এবার বলুন আপনার কী বলবার আছে।"

চিৎ হয়ে শোয়া বেঁটে মল্লিক মাথাটা ঝুলিয়ে দেয়। যে মুদ্রায় অর্জুন বধ্যমঞ্চের দিকে অনিচ্ছায় হেঁটে যায়, যেতে বাধ্য হয়। সেই মৃত্যু মুদ্রা প্রকট হয় তার শরীর জুড়ে। কোন দিন কেউ তার কাছে কোন কৈফিয়ত চাইতে পারে আগে ভাবতে পারেনি। পত্র পত্রিকা টিভিতে সাক্ষাৎকার দেবার সময়, নিজেকে

বড় বীর বীর মনে করে আহ্লাদিত হতো সে। কেমন করে মানুষ মারা হয় দড়ির ফাঁসে সেই দৃশ্য হুবহু দেখিয়ে সাংবাদিকের প্রশ্নের রসিকতা পূর্ণ জবাব দেবার সময় এটাও মনে পড়তো লাখ লাখ লোক আমাকে দেখছে আমার কথা শুনছে। তখনই সেই আহ্লাদঘন মুহূর্ত মুখ থেকে বার হয়ে যায়, "যে একজন বাচ্চা মেইয়েকে রেপ করে মার্ডার কোরে দেয়, তাকে কেটে "বটি বটি" করে দিতে হামার কোন কষ্টো হবে না।" আর জনসভায় বসে ওই কথা আর একটু আবেগঘন গলায় বলে সর্বশেষে যোগ করেছিল- "আপনাদের সোবার কাছে হামি হাত জোর করে 'বিনতি' করছি আপনারা কেউ এমুন কাম করবেন না যে আপনাদের গলায় হামাকে ডোরি পহনাতে হয়।" সে সময় সত্যি তার চোখে জল চিকচিক করছিল। কারণ সেই সভার আয়োজক ছিল এ রাজ্যের সবচেয়ে প্রধান শাসকের সুন্দরী স্ত্রী। তিনিই নিজের পাশে জল্লাদ বেঁটে মল্লিককে বসিয়ে ছিলেন। এতে দুজনেই নিজেদের সম্মানিত বোধ করেছিল।

"তা হলে আমি বলছি। যদি কিছু ভুল বলি আপনি বাধা দেবেন। প্রথম ব্যাপার আপনার টাকার দরকার। আপনার চোখে ছানি পড়ে যাচ্ছে। অপারেশন করতে হবে। কদিন আগে এক টিভি সাংবাদিককে আপনি বলেছেন, আপনার ঘরে কালার টিভি নেই। টাকার জন্য কিনতে পারছেন না। যদি আমাকে ফাঁসিতে ঝুলিয়ে দিতে পারেন, সরকার আপনাকে যে টাকা দেবে সেটা খুব কম নয়। এত অল্প সময়ের কাজের বিনিময়ে এত টাকা আর কোনভাবে পাওয়া সম্ভব নয়। তাই কোনভাবেই যেন আমার ফাঁসি রদ না হয়ে যায় তাই জনমতকে আমার বিরুদ্ধে খেপিয়ে তুলতে যা যা করা দরকার তা আপনি করেছেন। দু নাম্বার ব্যাপার হচ্ছে আপনি কারা কর্তৃপক্ষকে নগদ টাকা ছাড়াও আর একটা শর্ত দিয়েছিলেন যে আপনার নাতিকে জেলখানায় একটা চাকরি দিতে হবে। তারা সেই শর্তে রাজী হয়েছে। যদি আমার ফাঁসি আটকে যায়, তার চাকরিও আটকে যেতে পারে। তাই আমার ফাঁসি দিতে আপনার এত আকুলতা। তিন নাম্বার হচ্ছে আপনার নিজস্ব শর্ত ছিল ফাঁসি হয়ে যাবার পর সেই দড়িগাছা আপনাকে দিয়ে দিতে হবে। আপনার স্বনামধন্য বাবা ওই রকম এক দড়ি দিয়ে মাদুলি কবচ বানিয়ে বিক্রি করে শেষ জীবনে বেশ দু পয়সা কামিয়ে স্বচ্ছন্দে বাকি জীবনটা কাটাতে পেরেছিলেন।"

বেঁটে মল্লিক মড়া মানুষের চোখের মত রক্ত শূন্য চোখে অনির্বাণের মুখের দিকে ভয়ে ভয়ে তাকায়। মনে হয় ভীত বেঁটেকে দেখে সে যেন কৌতুকে হাসছে।

বলে- "অনির্বাণ, কুসংস্কারে আচ্ছন্ন দেশ। শিক্ষা বঞ্চিত জনসাধারণ বিশ্বাস করে যে শনি কিংবা মঙ্গলবার, চণ্ডাল কিংবা ব্রাহ্মণ গলায় দড়ি দিয়ে মারা গেলে সেই দড়ির টুকরোর মাদুলি বানিয়ে ধারণ করলে শত্রু বিনাশ হয়, মামলায় জয় হয়, বান মারা রোধ, মনের মত সন্তান, সুন্দরী নারী লাভ করা যায়। আপনি আপনার বাবার মত সেই অন্ধ বিশ্বাসের সুযোগ নিয়ে মানুষ ঠকিয়ে বেশ দু পয়সা কামাতে পারবেন। আমার মৃত্যুর পরে আমারই জন্য ব্যবসা ভালো চলবে তাই না?"

বেঁটে মল্লিকের মনে হয় যেন তার গলনলিটা লক্ষ্য করে একটা ধারালো খড়্গ নেমে আসছে। যাকে প্রতিরোধ করার কোন উপায় বা পদ্ধতির বিষয় তার জানা নেই। এ প্রশ্নের খড়্গ, সে সারা জীবনে অযুত উকিলি প্রশ্নবাণে পরাহত বিধ্বস্ত মানুষকে দেখেছে। নিজে কখনো এমন জেরার সামনে পড়েনি।

"আমার মৃত্যু আপনার অনেক অর্থনৈতিক সমস্যার সমাধান করেছে। তাই মৃত্যুদণ্ডের পক্ষেই দাঁড়িয়ে ছিলেন আপনি, এবং দাঁড়িয়ে আছে। ঠিক কি না?"

ভেঙে পড়া গলায় বলে বেঁটে মল্লিক- "আপনি তো সোব জানে, সোব বুঝে। কুছু তো অউর লুকাছাপা নাই আর। দেখেন, হামার কোন ক্ষেতি জমিন নাই যে চাষ বাস কোরে পেট পালবো। কোন টাকা পয়সা নাই যে কোন বেওসা করবো। কোনো হাতের কাম ভি জানি না, মেহনত ভি কোরতে পারি না। মাত্র একটাই কাম পারি, তো সিটা যদি বনধ্ হোয়ে যায় আমি কী কোরে পেট পালবো।"

"ঠিক আছে। আচ্ছা এবার আর একটা প্রশ্ন, এটাই শেষ প্রশ্ন- কর্তৃপক্ষের কাছে তো আপনার অনেক কটা শর্ত ছিল। আমি জানতে চাই এমন কোন শর্ত ছিল কি যে কোন শনিবার কী মঙ্গলবারই আমাকে ফাঁসি দিতে হবে? নাকি শনিবারের দিনক্ষণ স্থির করা একটা কাকতালীয় ব্যাপার।"

"হামি কিছু বোলে নাই। ওরা ওহি অপিসার লোক বোলছিলি কিসিভি হালাত শনিবার কামটা সেরে নিতে হোবে। কেন কী শনিবার ফাঁসি না দিলে রবিবার পন্দ্র আগষ্ট, সেই দিন ছোটা রাজা সিংহাসনে বসেছিল। সিদিন বড়া পবিত্র অউর মৌজ মস্তির দিন। ওই দিন কাউকে কানুনমত জান লেবার নিয়ম নাই। রবিবার কোট ফোট অফিস বাপিস সব ছুটি। ফাঁসি দিবার সোমায় সুপার জেলার ছুটি থাকলে কী কোরে ফাঁসি দিয়া হোবে। সোমবার কোট খুলে গেলে, ফিন যদি কোই কোনো কানুনি গলদ পাকড়ে নয়া কোনো পিটিশন জমা দেয় তো ফিরসে ঝামেলা হোয়ে যাবে। শনিবার কাম বাম খতম কোরে দিলে সব্বার ফুরসত সেই জন্য-"

মানতে হয় অনির্বাণকে কর্তৃপক্ষ যথেষ্ট বুদ্ধিমত্তার পরিচয় দিয়েছে। অনেক বছর আগে এই দেশে ছোট রাজার বড় মন্ত্রীকে গুলি করে মেরে ফেলেছিল তারই অঙ্গ রক্ষ করা। সেই কেসে দুজনার ফাঁসির আদেশ হয়। সরকার বদ্ধ পরিকর ছিল তাদের ফাঁসি দিতে। কেননা এই কেসের সাথে জড়িত ছিল রাষ্ট্রের মর্যাদা ও ক্ষমতার প্রশ্ন। কিন্তু আসামী পক্ষের ল-ইয়ার ছিল মহা ধুরন্ধর আইন বিশেষজ্ঞ। সে চার চারটে কোর্টে আইনগত খুঁটিনাটি প্রশ্ন তুলে পুনর্বিচারের আবেদন জমা করে রেখেছিল। যতক্ষণ সেই কেসের রায় না বের হয়, আসামিকে ফাঁসি দেবার নিয়ম নেই। ওদিকে সেই ধুরন্ধর ল-ইয়ার যেই একটা কেসের রায় বের হয় অন্য আর এক কোর্টে আর একটা কেস চাপায়। সব ঠিকই ছিল কিন্তু ভুলটা তার হয়ে গেল কোর্টকে চ্যালেঞ্জ জানিয়ে। বলে বসল সে- দু বছরের আগে আসামিকে কেউ ফাঁসি দিতে পারবে না। সে কায়দা আমার জানা আছে। সে তার কায়দা তো করে যাচ্ছে, এদিকে দেশবিদেশের সামনে এদেশের মান মর্যাদা সব ধুলোয় মিশে যাচ্ছে। লোকের মনে প্রশ্ন উঠছে যে দেশের বড় মন্ত্রীকে প্রকাশ্য দিনের আলোয় মেরে দিয়েও খুনিরা আইনের দুর্বলতার সুযোগ নিয়ে শাস্তিকে পাশ কাটিয়ে যেতে পারে সে দেশে অন্যের অবস্থা কী হবে? তখন চার কোর্টের বিচারপতির সাথে আরও সব বোদ্ধা লোকজন শলা পরামর্শ করে স্থির করল শনিবার এক সাথে সব কেস খারিজ করে দেওয়া হবে। রবিবার কোর্ট বন্ধ থাকায় নতুন কেস রুজু করা যাবে না। ওই দিন সব প্রস্তুতি সেরে, সোমবার কোর্ট খোলার আগেই আসামিকে ঝুলিয়ে দেওয়া হবে। তাই করে তারা। রক্ষা পায় বিচার ব্যবস্থার মান সম্মান। সেই কেসের কথা মাথায় রেখেই হয়তো অর্জুনকে তড়িঘড়ি ফাঁসি দেওয়া হয়।

এখন মনে হয় বেঁটে মল্লিকের সেই দড়ির ফাঁসটা যেন তার গলায় চেপে বসেছে। দমবন্ধ হয়ে আসছে তার। চোখ ঠেলে বেরিয়ে আসছে, জিভ ঝুলে পড়েছে। গালের কষ বেয়ে নামছে রক্ত। চোখের সামনে ভেসে উঠছে অর্জুন চ্যাটার্জীর মুখটা। সে বলছে- "আমি নির্দোষ। আমি নির্দোষ। শুধু আমি গরীব বলেই তোমরা আমাকে এভাবে মেরে দিতে পারছো। আমি যদি বিচারে অপরাধী হই, আমাকে খুন করে তোমরাও সমান অপরাধী। তোমাদের বিচার কে করবে?"

কিছু সময় পরে আবার অনির্বাণ বলে- "জল্লাদ মহোদয়, আপনি আমার আগে আরও চব্বিশটা ফাঁসি দিয়েছেন। একটু মনে করে বলুন তো, ফাঁসির দড়ি গলায় পরিয়ে ঝুলিয়ে দেবার পর মানুষকে মরে যেতে ঠিক কতখানি সময় লাগে।"

-"তিস চালিস সেকেন।"

-"তাহলে আমার মরতে প্রায় তিন মিনিট সময় কেন লাগলো? আজকের পত্রিকায় এক সাংবাদিক এই প্রশ্ন তুলেছে। শোনা যাচ্ছে তদন্ত হবে। আপনি বলুন, এমন কেন হয়েছিল?"

একথার কী জবাব দেবে বুঝতে পারে না বেঁটে মল্লিক। সে জানে, জীবনের প্রতি যার প্রচণ্ড টান, তার বাঁচার আকাঙ্খা তীব্র হয়। কোন অবস্থায় সে সহজে হারে না, মরে না। কিন্তু সে কথা কী সামনের লোকটা মানবে?

আবার বলে অনির্বাণ-

-"আমার সন্দেহ, যারা আমাকে টুকরো টুকরো করে কেটে কেটে মারার কথা বলেছিল, তারা তাদের পাশব প্রতিহিংসা প্রবৃত্তির তাড়নায় আপনার সঙ্গে গোপনে রফা করেছিল যেন, সহজেই আমার প্রাণটা না বের হয়ে যায়। যেন অনেক সময় ধরে কষ্ট পেয়ে তবেই আমি মরি। সে কল আপনার জানা আছে। তাদের সন্তুষ্ট করতে আপনি এমনভাবে আমার গলায় ফাঁস পরিয়েছিলেন যেন তা এসে গলায় বসতে সময় নেয়। তারা সন্তুষ্ট হলে আপনাকেও সন্তুষ্ট করে দেবার প্রলোভনে আপনি এমন কাজ করেছেন।"

বেঁটে মল্লিকের মনে হয়, সামনে দাঁড়ানো লোকটা মানুষ অথবা ব্রহ্মদৈত্য যেই হোক সহজে তাকে রেহাই দেবে না। লোকটা যেন তার দুটো হাত গলার নলি লক্ষ্য করে এগিয়ে আসছে। ওই হাত যেন তাকে জীবন থেকে মৃত্যুর দোরগোড়ায় আছড়ে ফেলতে চাইছে।

-"বলুন জল্লাদ মহোদয়- পয়সার জন্য আপনি আর কতখানি পিশাচ মনোবৃত্তির পরিচয় দিতে পারেন?"

বেঁটে মল্লিকের মনে হয় সামনে দাঁড়ানো লোকটা যে নিজেকে ব্রহ্মদত্তি বলছে তার চোখ থেকে যেন শক্তিশালী তেজস্কর বাড়বানল ধেয়ে আসছে। ক্ষমাহীন সেই লকলকে অগ্নিশিখা তাকে জীবন্ত দাহ করে ফেলবে। সে ভয়ে "আঃ আঃ" করে চিৎকার দিয়ে উঠে জ্ঞান হারায়। তার গলার আওয়াজে পাশের ঘর থেকে শিবুয়া ছুটে আসে।

-"কা হুয়া।" এসে দেখে বেঁটে মল্লিক মৃতদেহের মত বিছানায় পড়ে আছে। ঘরে অন্য কেউ নেই।

৪

"আপনার বাড়ি হোক আপনার পরিচয়," একটি সার্থক বিজ্ঞাপন। সত্যিই এই বাড়ির অঙ্গসজ্জায় প্রকাশ হয় গৃহকর্তার অর্থ সামর্থ আর ক্ষমতার বহিঃপ্রকাশ। বাড়ির সামনে থেকে একটা রাস্তা এঁকে বেঁকে গিয়ে মিশেছে বাইপাশে। সদ্য গড়ে ওঠা এই উপনগরীতে, জনকোলাহল বর্জিত মনোরম সবুজ পরিবেশে এই বাড়িখানা বানিয়েছেন অবসরপ্রাপ্ত বিচারপতি রথীন্দ্রনাথ চক্রবর্তী। আজকের সকালটা তাঁর খুবই মনোরম আর উপভোগ্য বলে মনে হচ্ছে। তাঁর মনটায় ফুরফুরে ভালো লাগার বাতাস বইছে। কথায় বলে যার শেষ ভালো তার সব ভালো। ভালোভাবেই উনি শেষ পরীক্ষায় উত্তীর্ণ হতে পেরেছেন। তাই ভালো লাগছে। মনে বড় ভয় ছিল, শেষ সময়ে আটকে না যায়। যায়নি। সকালটা যেন সেই বার্তা বহন করে নিয়ে এসেছে। তাই তিনি আজকের সকালটা উপভোগ করছেন।

রোজকার মত আজও তিনি ভোর সাড়ে ছটায় ঘুম থেকে উঠেছেন। একঘন্টা মর্নিংওয়াক, সামান্য ফ্রি হ্যান্ড এক্সারসাইজ সেরে বাড়ি ফিরে প্রাত্যহিক ক্রিয়াকর্ম, তারপর বসেছেন এক হাতে ধূমায়িত চায়ের কাপ অন্য হাতে খবরের কাগজ নিয়ে। কাগজে এখনও ভালো মতন চোখ বোলাতে পারেননি। কারণ সামনে সচল রঙিন টিভি। সকালবেলার সংবাদ পরিবেশন হচ্ছে। মন দিয়ে উনি খবর দেখছেন এবং শুনছেন। যখন মনে হয়েছিল, চাকরি থেকে অবসর নেবার পরে আর কেউ কোনদিন তাঁর নাম নেবে না, বিস্মৃতির অতলে তলিয়ে যাবেন একদা বহুখ্যাত বিচারপতি রথীন্দ্রনাথ চক্রবর্তী। আর তখনই পত্র পত্রিকায়, দূরদর্শনে বারবার উচ্চারিত হতে লাগল তাঁর নাম। বলতে বাধ্য হচ্ছে। সম্ভবত এই কারণে জ্ঞানী মানুষরা বলে গেছেন- জীবনমাত্রেই মরণশীল কিন্তু কর্ম অমর অবিনশ্বর। কাজের মত কাজ যদি একটাও করা যায় তবে তার আয়তন ওজন বা প্রশংসা হাজার অকাজকে হারিয়ে দিয়ে সগর্বে মাথা উঁচু করতে পারে। সেটাই

হয়েছে রথীন্দ্রনাথ চক্রবর্তীর বেলায়। সারা জীবনের মত অপকর্ম, অপযশ সাব চাপা পড়ে গেছে তার একটা সুকর্মের তলায়।

উনিই অর্জুনকে মৃত্যুদণ্ড দিয়েছিলেন।

এখন ওঁর মনে পড়ছে অজামিলের গল্প। এ গল্প কবে কার কাছে শুনেছিলেন সে কথা আজ আর মনে নেই বটে তবে গল্পটা ভোলেননি। বলা চলে যে এই গল্প থেকে জীবনের একটা বিশেষ সময়ে প্রচুর প্রেরণা পেয়েছিলেন তিনি।

অজামিল দয়ামায়াহীন নিষ্ঠুর এক দুর্বৃত্তের নাম। সে না করেছে এমন কোন অন্যায় কাজ নেই। সে একবার এক রাতে নির্জন পথের পাশে এক গাছের উপর উঠে বসেছিল। তার ইচ্ছা ছিল, যদি এই বন পথে কোন একলা পথিক যায়, হঠাৎ আক্রমণ করে তাকে হত্যা করবে এবং তার যথাসর্বস্ব লুঠ করে নেবে। অজামিলের জানা ছিল না, যে গাছে সে চড়ে বসে আছে, সেই গাছের তলায় কিছুক্ষণ আগে এক সদ্য মৃত যুবতীকে কবর দিয়ে গেছে তার আত্মীয় স্বজন।

রাত যখন গভীর হয়েছে, সে দেখতে পায় আর একজন লোক নিঃসাড়ে এসে অন্ধকারে লুকিয়ে কোদাল দিয়ে গাছের তলায় মাটি খুঁড়ছে। ব্যাপারটা কী ! তবে কী কোন গুপ্তধন পোঁতা আছে এখানে ! ঠিক আছে, আগে তো ওগুলো বের করুক তারপর দেখা যাবে কার ভাগ্যে আছে। নিঃশ্বাস বন্ধ করে গাছের উপর থেকে সব কিছু দেখতে থাকে দুর্বৃত্ত অজামিল। মাটি সরিয়ে সেই লোকটা মাটির তলা থেকে বের করে আনে সেই সদ্যমৃত যুবতীর দেহখানি। তারপর যা অজামিল কল্পনা করে উঠতে পারেনি সেই অকল্পনীয় ব্যাপারটা করতে তৎপর হয়ে ওঠে লোকটা। লোকটা মেয়েটার মৃতদেহকেই উপভোগ করতে চায়। এ দৃশ্য অজামিলের অসহ্য লাগে। রাগে তার শরীর জ্বলে। সে সাথে সাথে গাছ থেকে লাফিয়ে নিচে পড়ে এবং অস্ত্রাঘাতে লোকটাকে হত্যা করে। এমন হত্যা সে বহু করেছে। তবে সে সবই ছিল তার নিজ স্বার্থের প্রয়োজনে। এই একটিমাত্র কর্মই ছিল সম্পূর্ণ নিষ্কাম নিঃস্বার্থ।

অজামিলের সারা জীবনের সুকৃতির ঝোলায় পুঁজি ছিল এইটুকু যে সে এক সতীর সতীত্ব রক্ষা করেছে। অন্ধকারে আর নির্জন রাতে যে কাজের কেউ কোন সাক্ষী ছিল না। কিন্তু বিশ্ব বিধাতার চোখকে ফাঁকি দিয়ে কে কবে কী করতে পেরেছে? তাই অজামিলের এই পুণ্যটুকু চিত্রগুপ্তের জাবদা খাতায় জমা হয়ে যায়। আর যে দিন সে মারা গেল যমদূত অজামিলের আত্মাকে মুগুর পেটা করতে করতে নিয়ে গেল ধর্মরাজ যমের দরবারে। যমরাজ তার সারা জীবনের

পাপ পুণ্যের আঁকজোক কষে রায় দিলেন, চুরাশি কোটি বছর পুরীষ পূর্ণ কুম্ভে নরক যন্ত্রণা ভোগের। ঠিক তখনই নরক আলো করে স্বয়ং জগন্মাতা আবির্ভূত হলেন সেখানে এবং যমরাজাকে বললেন- যে মানুষ নারীর সম্মান রক্ষা করে সে লক্ষ অপরাধে অপরাধী হলেও মহা পুণ্যবান। জগন্মাতা তখন অজামিলকে নারীর সম্মান রক্ষার পুরস্কারস্বরূপ সব সাজা মকুব করিয়ে স্বর্গধামে নিয়ে যান। একটা মাত্র পুণ্যে তার হাজার পাপ ম্লান হয়ে যায়। ভাগ্যে জুটে যায় অক্ষয় সুখ স্বর্গভোগ।

এখন অবসরপ্রাপ্ত বিচারপতি রথীন্দ্রনাথ চক্রবর্তী নিজেকে অজামিলের সাথে তুলনা করে বড়ই আত্মসন্তোষ পান। চাকুরি জীবনের তিরিশ বত্রিশ বছরে অনেক অপযশ কুড়িয়েছিলেন তিনি। আইন বিষয়ে অজ্ঞ অপদার্থ এমন কী ঘুষখোর বলেও বদনাম উঠেছিল তাঁর। সব এখন ঢাকা পড়ে যাবে মাত্র একটা মোক্ষম রায়ের তলায়। আজ থেকে অনেক অনেক বছর তাঁর নাম উচ্চারিত হবে একজন সৎ আদর্শবান ন্যায় বিচারক হিসাবে। ঘরে ঘরে আলোচিত হবে তাঁর কঠোর দণ্ডাদেশের কথা।

আজ থেকে ছয় বৎসর আগে তিনিই অর্জুন চ্যাটার্জীর বিচার করে প্রাণদণ্ডের আদেশ দিয়েছিলেন 'টিল টু ডেথ।' তখন অবশ্য দণ্ডের এত দূরগামী পরিণামের কথা মাথায় আসেনি তার। যেমন আসেনি অস্ত্রচালনার পূর্ব মুহূর্তে অজামিলের। রায় দিয়েও যথেষ্ট সংশয় ছিল তার। হয়তো উচ্চ আদালতে প্রাণদণ্ড মকুব হয়ে যাবে। তাতে অবশ্য ওঁর কোন মনস্তাপ ছিল না। যায় তো যাক। এমন তো কতই যায়। ন্যায় বিচারের স্বার্থে নয়, নিজের তাৎক্ষণিক একটি প্রয়োজনেই এমন কঠোর সাজা দিতে বাধ্য হয়েছিলেন তিনি। প্রয়োজন মিটে গেলে অর্জুন মরুক বা বাঁচুক কী আসে যায়। তাই আটচল্লিশ পাতার রায়ের সব শেষ লাইনে লিখে দিয়েছিলেন, দণ্ডাদেশ কার্যকর করার পূর্বে উচ্চ আদালতের অনুমোদন আবশ্যক। এই কারণেও বটে আবার নিয়মানুসারেও বটে প্রদেশ সরকার নিজের গরজে উচ্চ আদালতে আপিল করে। মজার ব্যাপার, মামলার সমস্ত কাগজপত্র নয়, উচ্চ আদালত শুধুমাত্র নিম্ন আদালতের রায়ের প্রতিলিপি এবং তার বক্তব্যের সাথে সহমত প্রকাশ করে দণ্ডাদেশ অপরিবর্তনীয় রেখে দেন। এর ফলে রথীন্দ্রনাথ চক্রবর্তীর আর কোন সংশয় আত্মগ্লানি অনুতাপবোধ থাকে না। নিশ্চিন্তে বিয়ার খেতে খেতে ওঁর মনে হয়- যাক বাবা, বিচার এবং রায়দান তাহলে যথাযথই হয়েছে। কোন বিতর্ক দেখা দেয়নি।

সামরিক আদালত কারও মৃত্যুদণ্ড হলে তাকে দেওয়ালের দিকে মুখ করিয়ে পেছন থেকে এক সাথে ছয়জন গুলি চালায়। একজনই যেখানে যথেষ্ট সেখানে ছয়জন কেন? এর মনস্তাত্ত্বিক কারণ হল কেউ একজন যেন নিজেকেই লোকটার মৃত্যুর কারণ মনে করে মনস্তাপে না ভোগে। এই ভেবে সে মানসিক গ্লানিমুক্ত থাকে যে আমি নই অন্য পাঁচজনের গুলিতেই লোকটা মারা গেল। রথীন্দ্রনাথ চক্রবর্তী এখন সেই মানসিক আত্মপ্রসাদে আছেন- আমি নই। উচ্চতর আদালত, রাষ্ট্র প্রধান ইচ্ছা করলেই তো দণ্ড পরিবর্তন করতে পারতো, প্রাদেশিক সরকার বা যে সব ব্যক্তি মৃত্যুদণ্ডের পক্ষে মত বা মিটিং মিছিল করেছে তারা তা না করতে পারতো। যখন তারা তা করেনি তখন অর্জুনের মৃত্যুর দায় দায়িত্ব তাদেরই।

উনি এখন অনুশোচনাহীন অনুস্মৃতির মধ্যে আকণ্ঠ নিমজ্জিত থেকে চায়ের পেয়ালা খালি করলেন। নিজেকে ধন্যবাদ জানালেন এক অবিস্মরনীয় কীর্তির স্থপতি ভেবে। টিভির কোন কোন চ্যানেল অর্জুন বিষয়ক কী কী সংবাদ পরিবেশন করছে তা মন দিয়ে দেখলেন। কয়েক দিন আগে 'খাস খবর' ওঁর যে ইন্টারভিউ নিয়েছিল তা আজ আবার পুনঃ প্রচার করল। নিজের মুখে বলা সেই বিখ্যাত সংলাপ যা আজ লোকের মুখে ফিরছে। তা নিজেই বড় রোমাঞ্চিত হয়ে শুনলেন। -"বিরলের মধ্যে বিরলতম এই রকম জঘন্য অপরাধে মৃত্যুদণ্ড ছাড়া আর অন্য কোন শাস্তি আমি কল্পনা করতে পারি না।"

বিরলের মধ্যে বিরলতম, সত্যিই তাই। বাঘ হরিণকে মারবে সেটা প্রকৃতিগত অতি স্বাভাবিক এবং সাধারণ ঘটনা। কোন মতেই তা বিরলতম নয়, কিন্তু যদি কোন হরিণ বাঘের পেটে শিং ফুটিয়ে মেরে ফেলে সেটা অবশ্যই বিরল বিষয়। আর তারপর সেই হরিণটা যদি মৃত বাঘের মাংস খেতে শুরু করে সেটা বিরলতম না হয়ে যায় না। যদি জঙ্গলের রাজত্বে কোথাও এমন অভাবিত ঘটনা ঘটে যায় ব্যাঘ্র সম্প্রদায়ের মধ্যে বিস্ময় এবং আতঙ্ক সর্বশেষে ভয়ানক ক্রোধ উৎপন্ন হওয়া স্বাভাবিক। নিজেদের বংশধর শিশু শাবকদের যত্রতত্র নির্ভয়ে বিচরণ করে মেরে খাওয়ার একচেটিয়া অধিকারের হনন আশঙ্কায় উদ্বেগ বাড়াও অসম্ভব নয়। এর ফলে জঙ্গলের ব্যাঘ্র সমূহ শারীরিক এবং মানসিকভাবে সংঘবদ্ধ হওয়ার প্রয়োজনীয়তা অনুভব করবে এবং তারা যে যার ক্ষমতা দক্ষতা যোগ্যতা প্রতিভা দিয়ে হরিণতার উপর আক্রমণ তীব্রতর করবে। সম্ভব হলে হরিণটাকে দৃষ্টান্তমূলক সাজা দেবে। যা দেখে সমস্ত হরিণ সমাজ শিউরে উঠবে। যাতে আর কোন হরিণ

বাঘের মাংস চাখার দুঃসাহস না দেখায়। বাঘেদের নিজেদের নিরাপত্তা- হননের একাধিকার বজায় রাখতে এটা তাদের করতেই হবে। না হলে অন্য হরিণদের মধ্যে এমন বাসনা সংক্রামিত হয়ে গেলে, খাদ্যই খাদকের আসন দখল করে নিলে, জঙ্গলের চিরকালীন নিয়মনীতি থাকবে না। সেটা বাঘ সমাজের পক্ষে মোটেই সুখের সংবাদ নয়। অর্জুন চ্যাটার্জী সেই হরিণ বা গাধা। সেই কারণে তার অপরাধ গণ্য হচ্ছে বিরলের মধ্যে বিরলতম হিসাবে। তাই তার উপর এত সর্বাত্মক আক্রমণ। তাকে মেরে ফেলার এমন চতুর আয়োজন।

অর্জুনের অপরাধ বিরলের মধ্যে বিরলতম, কারণ সে এমন এক অপরাধী যে এক চৌদ্দ বছরের বালিকাকে প্রথমে হত্যা তারপর সেই মৃত শরীরটাকে ধর্ষণ করার মত কামুক, কঠোর প্রকৃতির ও পিশাচ হৃদয়ের।

আগে এখানে সেখানে আকছার সতীদাহের ঘটনা ঘটতো। হাজার হাজার অসহায় বিধবাকে এভাবে হত্যা করা হয়েছে। তখন কোন সংবাদপত্রে, গতকাল অমুক গ্রাম নিবাসী তমুক নামী বধূ স্বামীর সঙ্গে সহমরণে গেছে এমন সংবাদে মানুষ বিচলিত হতো না। যেমন এখন জনমানস উদ্বেল হয় না গণধোলাইয়ের দুর্বৃত্ত হত শুনে। বহুকাল হল আইন করে সতীদাহ বন্ধ হয়ে গেছে। মানুষের সেই নৃশংসতা মানুষ এখন বিস্মৃত হয়ে গেছে। এখন এই সময়ে একটি মাত্র সতীদাহের সংবাদে সারা দেশ উত্তাল হয়ে উঠেছিল। উদাহরণ হিসাবে রূপ কানোয়ারের নাম বলা চলে।

আজকাল প্রতি চুয়াল্লিশ মিনিটে দেশের কোন না কোন প্রান্তে একটি মেয়েকে ধর্ষকরা শিকার বানাচ্ছে। যদিও সে জয়ন্তী পাণ্ডের মত ধনবান পরিবারের সদস্য হবার সম্ভাবনা খুবই কম, তবু মেয়ে তো বটে। নিত্যদিন পত্রিকার পাতায় এ খবর পড়ে পড়ে ধর্ষণ মানুষের গা সওয়া হয়ে গেছে। আর কাউকে এ খবর তেমন নাড়া দেয় না। ধর্ষিতা মেয়েটাকে ধর্ষণ দ্বারা খুন করে ফেলাও এখন বিশেষ কোন খবর নয়। প্রমাণ লোপের জন্য ধর্ষকরা এমন তো কতই করে থাকে। এতেও মানুষের ক্রোধ ঘৃণা জিঘাংসার বিস্ফোরণ হয় না। এইসব তথ্য তত্ত্বের আগাম অনুমান করেই জয়ন্তী পাণ্ডের তদন্তকারী অফিসার এবং পোস্টমর্টেম করা ডাক্তার দুজনে বুদ্ধি করে এই বিবৃতি দেয় যে, আগে অপরাধী-কিশোরীটিকে আঘাতে আঘাতে ক্ষত বিক্ষত রক্তাক্ত করে, তারপর গলায় ফাঁসি দিয়ে ধীরে সুস্থে মেরে ফেলে, খুনি ধর্ষক। তারপরে সেই মৃত নিঃসাড় দেহকে ধর্ষণ করে। সে এমন জঘন্য প্রকৃতির কামুক যে মেয়েটার ঠেলে বের হওয়া অক্ষিগোলক, ঝুলে পড়া

জিভ, গালের কষ বেয়ে গড়িয়ে নামা লাল রক্ত আর বাইশটি আঘাতে ছিন্ন ভিন্ন শরীর দেখেও কাম প্রবৃত্তি থেকে নিবৃত হয়নি।

এর ফলে যা স্বাভাবিক তাই হয়, জনমানস ক্ষিপ্ত হয়ে ওঠে। বিক্ষুব্ধ জনতা অপরাধীর চরম শাস্তি দাবি করে। বিচারপতি রথীন্দ্রনাথ চক্রবর্তীকেও চরম শাস্তি দিতে কোন অসুবিধা বোধ করতে হয় না। এই কেসে কোন প্রত্যক্ষদর্শী ছিল না, যে সঠিত তথ্য দিতে পারতো। জয়ন্তী পাণ্ডে মৃত হওয়ায় সত্যটা আর কোনদিন জানা যাবে না। সে জেনেও লাভ নেই আর। বিচারের যে রায় তা আজ নির্বিঘ্নে সম্পন্ন করা গেছে। এখন কোনদিন যদি এমন প্রমাণ পাওয়া যায়, অর্জুন নয়, অপরাধী অন্য কেউ, তবু তার প্রাণ ফিরিয়ে দেওয়া যাবে না।

রথীন্দ্রনাথ চক্রবর্তী নিজেও এমন কয়েকটা কেসের কথা জানেন, যেখানে পরে প্রমাণ হয়েছে যে শাস্তি প্রাপ্ত ব্যক্তি আসল অপরাধী নয়। তবে সে কথা ভেবে মন খারাপ করার অবকাশ কোথায়। কারণ তিনি জানেন এবং মানেন বিষাক্ত আগাছা, পার্থেনিয়ামের জঙ্গল পোড়াতে আগুন লাগালে কিছু কচিঘাস কিছু ফুল কিছু উপকারী বনজও অঙ্গার হয়। শত শত অপরাধীর বিচার করতে গেলে একটা দুটোয় ভুল তো হতেই পারে। সে আর কী করা যাবে।

রথীন্দ্রনাথ এখন দ্বিতীয় কাপ চা খেয়ে কাপ নামিয়ে রেখে সবে একটা সিগারেট ধরিয়েছেন এমন সময়ে কলিংবেলে টুংটাং আওয়াজ হল। বাড়ির কাজের মেয়ে শোভা দরজা খুলে অপরিচিত এক আগন্তুককে দেখে জিজ্ঞাসা করল 'কাকে চাই?' আগন্তুক জবাব দিল - "আর এন চক্রবর্তীকে, উনি কি আছেন?"

-"কোথা থেকে আসছেন?"

রথীন্দ্রনাথ চক্রবর্তী যে ঘরে বসে আছেন সেখান থেকে দরজা দেখা যায়। আগন্তুককে দেখে তাঁর মনে হল, হয়তো কোন সাংবাদিক। কদিন ধরে এই বাড়িতে পত্র পত্রিকার লোকজন খুব আসছে। আরও কিছুদিন এইরকম চলবে। গতকালই তো অনির্বাণ চ্যাটার্জী নামের এক সাংবাদিক সম্পাদক জানিয়েছিল আজ আসবে একটা সাক্ষাৎকার নিতে। সম্ভবতঃ সে-ই। মনে মনে খুশি হলেন রথীন্দ্রনাথ চক্রবর্তী দরজার সামনে দাঁড়ানো আগন্তুককে দেখে। শোভাকে বললেন,

-"ভদ্রলোককে আসতে দে।" অর্জুন রথীন্দ্রনাথ চক্রবর্তীর সামনে এসে দাঁড়ালে বললেন-

-"বসুন।" আগন্তুক বসতেই আবার বলেন তিনি-

-"আপনার পরিচয়?" এ প্রশ্নের জবাবে লোকটার দু ভুরুর বক্রতায় যে উত্তর ফুটে উঠল তাকে অনুবাদ করলে দাঁড়ায় একটু থামুন, চিনিয়ে দিচ্ছি আমি কে। কিন্তু সামান্য হেসে সে মুখে বলল- "আমার নাম এ চ্যাটার্জী। অর্থাৎ অর্জুন চ্যাটার্জী।"

এই নাম শুনে যা স্বাভাবিক তাই হয় রথীন্দ্রনাথ চক্রবর্তীর। একটু বিচলিত হয়ে পড়েন- "আপনার নামও অর্জুন !"

রথীন্দ্রনাথ চক্রবর্তীকে দেখে নিয়ে কেমন যেন লোহা মেশানো ভাষায় বলে লোকটা, "হ্যাঁ আমার নামই অর্জুন চ্যাটার্জী।" এ কথার পর দুজনার মাঝে এক অতল শূন্য হিসহিসিয়ে ওঠে। "আমিই সেই অর্জুন, যার নাম শুনেই আপনার হার্টবিট বেড়ে গেছে। আমাকেই আপনি মৃত্যুদণ্ড দিয়েছিলেন। আজ সূর্যোদয়ের পূর্বেই আমাকে মেরে ফেলা হয়েছে।"

রথীন্দ্রনাথ চক্রবর্তী শব্দহীন মহাসাগরে ভেসে যেতে যেতে লোকটার আপাদমস্তক নিরীক্ষণ করে নিলেন। সাদা পাজামার উপর খাদির পাঞ্জাবি চোখে চশমা। মাথার চুল অবিন্যস্ত যার দু একটায় পাক ধরেছে। সারা মুখমণ্ডল জুড়ে কেমন একটা চাপা অসহিষ্ণুতার উপস্থিতি। কিছু বছর আগে ঠিক এই রকম একদল লোক দেশময় দাপিয়ে বেড়িয়েছিল। যারা কবিতা লিখতে, স্বপন দেখতে, খুন করতে আর মরে যেতে ভালোবাসতো। সেই রকম একজন এই সময় সামনে এসে বসায়, তিনি কেমন যেন অস্বাচ্ছন্দ্য বোধ করেন। একজন প্রথম শ্রেণীর মেজিস্ট্রেট সেই অনায়াসে আয়ত্ব করা দাম্ভিক দাপট ধরে রাখতে অসমর্থ হন। মনে হয় তার সামনে বসা নিতান্ত ভদ্র চেহারার লোকটা নিশ্চয় কোন মনোরোগী। এই রকম এক যাত্রাভিনেতা মনোরোগীর ভিতর ধারণা জন্মেছিল সে নবাব সিরাজউদ্দৌলা। পোশাক-আশাক চলনে বলনে সর্বদাই সে সেই ভাবভঙ্গি দেখাতো। পরে অবশ্য চিকিৎসায় সেরে যায়।

বোঝা যাচ্ছে এরও চিকিৎসার দরকার আছে। কারণ সে নিজেকে এক খুনি বলে ভাবতে শুরু করেছে। এই লোকটি সে কারণে ঠিক নিরাপদ নাও হতে পারে। যে কোন সময় ক্ষিপ্ত হয়ে ওঠা বিচিত্র নয়। উনি সামনের টেবিলের ড্রয়ার খুলে একবার দেখে নিলেন আত্মরক্ষার জন্য রাখা গুলিভরা রিভলবারটি যথাস্থানে আছে কি না। আছে। মনে এবার যথেষ্ট সাহস এল। এমনিতেই উনি খুব সাহসী। সারা জীবন কত ভয়ংকর অপরাধী বিচার করেছেন, কত সাজা দিয়েছেন। একবার তো

কারা যেন বাড়ির দরজায় 'মুণ্ডু নেব' বলে পোস্টার সেঁটে গেছিল। তবু উনি সাহস হারাননি। যদিও এখন বয়স হয়ে গেছে। বয়সের সাথে সাথে মানুষ শক্তি, সাহস, স্মৃতি হারিয়ে ফেলে। সব কিছুতে ভাটার টান ধরলেও তাঁর মনের রসবোধটা এখনও ফুরফুরে। সাময়িক যে বিহ্বলতা এসেছিল তাকে সরিয়ে রেখে একটু মুচকি হেসে বললেন, "তাহলে আপনিই হলেন সেই খ্যাতনামা অর্জুন চ্যাটার্জী। আজ সকালে সারা দেশবাসী যার শ্রীপাদপদ্ম দর্শন করে দিন শুরু করেছে।"

-"কোন সন্দেহ আছে?"

-"খুবই সামান্য।"

-"বলুন।"

-"তা ধরুন প্রায় আট বছর আমার এজলাসে আপনার বিচার চলেছিল। দিনের পর দিন আপনি আমার সামনে কাঠগড়ায় দাঁড়িয়ে থেকেছেন। দেখে দেখে আপনার মুখটা একেবারে মুখস্থ হয়ে গেছিল আমার। সেই মুখ আজ চিনতেই পারছি না। আপনাকে আজ নিজের পরিচয় নিজে দিতে হচ্ছে। সেইজন্যই ব্যাপারটা-"

"আশ্চর্য মনে হচ্ছে।" রথীন্দ্রনাথ চক্রবর্তীর কথার মাঝখানে বলে আগন্তুক।- "বুঝিয়ে বললে ব্যাপারটা মোটেই আশ্চর্য বলে মনে হবে না। ধরুন আজ যদি আপনি কোন মানুষ, কোন পাহাড়, কোন নদী, কোন শহর বা বন্দর খুব ভালো করেও চিনে রাখেন, আজ থেকে পঞ্চাশ, একশো, পাঁচশো বা হাজার বছর পরে সেই চেনা রূপে অপরিবর্তিত আদলে তাকে পাবেন বলে আশা করেন? যে চরিত্র চেহারায় তখন তাকে পাওয়া যাবে, তার সাথে অতীতের কি কোন মিল থাকবে? এই যে আপনি এখন যেখানে বসে আছেন, এইখান দিয়ে এক সময় প্রবাহিত হত বিদ্যাধরী নদী। নদীতে বড় বড় পাল তোলা নৌকা চলত। দূর দূরান্ত থেকে মানুষ নৌকায় চড়ে আসা যাওয়া করত। কেউ আর তা বললে মানবে? অথচ মাত্র ষাট সত্তর বছরে নদী মজে গিয়ে-"

"মানছি। মানছি যে ষাট সত্তর বছরে আমূল পরিবর্তন ঘটে গেছে। ষাট বছর কম সময় নয়। কিন্তু আমি আপনাকে অর্থাৎ অর্জুনকে দেখেছি মাত্র বছর কয়েক আগে। ছয় বছরে এমন বদল !"

আগন্তুক মাথা ঝাঁকায়। "ছয় বছর। এই ছয় বছর সে কোথায় কোন অবস্থায় ছিল কিছু জানা আছে আপনার? আট বাই দশ ফুটের অন্ধকার একটা সেলে একেবারে একা। ছয় বছর অর্থাৎ প্রায় দু হাজার দিন। এই দু হাজার দিনের

প্রত্যেকটা রাত এসেছে ভয়াল মৃত্যু যন্ত্রণা মাখা বিভীষিকা নিয়ে। প্রতিটা প্রহর তাকে তাড়া করেছে মৃত্যুর ভয়। এই বুঝি জল্লাদ আমাকে এসে ধরে নিয়ে যাবে। যার এমন দুশ্চিন্তা নিয়ে কাল কাটাতে হয়, তার কাছে এক একটা রাত যে যন্ত্রণার তা মনে হয় দশ বছরের আয়ুক্ষয় করার মত কষ্টকর কোন রোগের তুল্য। সেই ভীষণতম কাল আমার উপর দিয়ে অতিবাহিত হয়েছে। তার ছাপ পড়েছে শরীরে। প্রচণ্ড তাপে যেমন লোহা গলে গিয়ে অন্য আকার নেয়, আমারও তেমনই অন্য রকম হয়ে গেছে। সেই জন্যই আর চেনা মুখকে কিছুতেই চিনে উঠতে পারছেন না। অচেনা, অন্য মানুষ বলে ভ্রম হচ্ছে। তা হোক, তাতে অবশ্য আমার কোন অসুবিধা হবে না।"

হাতের সিগারেট হাতেই জ্বলে গেছে। তাকে এ্যাসট্রেতে গুঁজে দিয়ে বলেন রথীন্দ্রনাথ চক্রবর্তী- "সে যাক। এখন বলুন তো আমার কাছে ঠিক কী মনে করে আসা হয়েছে?"

-"আমার কয়েকটা প্রশ্নের উত্তর পাওয়া দরকার। যা আপনি ছাড়া কারও জানবার কথা নয়। সেই উত্তরগুলো পাওয়ার জন্যই আমি এসেছি।"

-"যদি আমি কোন প্রশ্নের উত্তর দিতে সম্মত না হই?"

-"নিশ্চয় সম্মত হবেন। আপনি বুদ্ধিমান মানুষ, কোন পরিস্থিতিতে কী করা ঠিক আর কী ঠিক নয়, তা আপনি জানেন। উত্তর আমার চাই। উত্তর দিলে অসম্মত হলে আমি আপনাকে - হ্যাঁ, আমি আপনাকে মেরেও ফেলতে পারি।"

আগন্তুকের স্পর্ধা দেখে বিস্মিত হলেন প্রাক্তন বিচারপতি। চুপ করে তার দুঃসাহসের মাত্রাটা মেপে চলেন তিনি। হাতের নাগালেই রয়েছে থ্রি এইট রিভলবারটা। ট্রিগার টিপলেই সব বেয়াদপি সমাপ্ত হয়ে যাবে। দেখাই যাক বাড়াবাড়ির শেষ সীমা কোথায়। একজন মানসিক রোগগ্রস্তকে তার যতটুকু সমবেদনা প্রাপ্য, একজন দায়বদ্ধ সামাজিক মানুষ হিসাবে ঠিক ততটুকু নিশ্চয় দেবেন রথীন্দ্রনাথবাবু। কিন্তু সে যদি আক্রমক হয়ে ওঠে তখন আর ক্ষমার প্রশ্ন নেই।

আবার বলে আগন্তুক- "আইনের বই বিস্তর পড়েছেন, গীতা পড়েছেন কি? গীতায় বলা হয়েছে- অস্ত্র যাহাকে ছেদন করিতে পারে না, অগ্নি যাহাকে দহন করিতে পারে না, বায়ু যাহাকে শুষ্ক করিতে পারে না; আত্মা হল সেই বস্তু। যার কোন লয়, ক্ষয়, বিনাশ নেই। আত্মা চির অমর অবিনাশী অকৈতব। আমার দেহটির মৃত্যু ঘটেছে বটে কিন্তু আত্মা এখনও অক্ষত। সেই আত্মাই জনৈক অনির্বাণ

চ্যাটার্জীর দেহাশ্রয় করে আপনার সম্মুখে হাজির। আপনার রোষে ক্রোধে অনির্বাণের ক্ষতি হলেও হতে পারে, আমি ধরা ছোঁয়ার বাইরেই রয়ে যাব।"

রথীন্দ্রনাথ চক্রবর্তী এখন মনে মনে পুলিশ ডাকার কথা ভাবেন, সেটা অস্ত্রের ব্যবহারের চেয়ে অনেক বেশি ফলপ্রসূ। কিন্তু সেজন্য একটা ফোন করা দরকার। কিন্তু ফোনটা নাগালে নেই। সেটা রয়েছে আধ পাগল লোকটার সামনে।

আবার বলে আগন্তুক- "আপনি যদি আমাকে অর্জুন বলে স্বীকার করে নেন, তবেই প্রশ্নোত্তর পর্বটা সাবলীল হতে পারে। বলুন আপনি কি মানছেন?"

-"ঠিক আছে, মেনে নিলাম।"

"তাহলে আমি যখন অর্জুন- আমি দেশের বিচার ব্যবস্থাকে কিছু দাম আগাম দিয়ে রেখেছি এটা একমাত্র আমি জানি। চোদ্দ বছর জেলবাস, পরিশেষে ফাঁসি। যা দশ বিশ পঞ্চাশটা খুনের দাম। কিন্তু আমারই দুর্ভাগ্য বলতে হবে যে জীবনে কাউকে খুন করা তো দূরের কথা, মনে মনেও কারো মৃত্যু কামনা করিনি। তবু দাম আমাকে দিতে হয়েছে। জানেন নিশ্চয়, ব্রাহ্মণ সন্তান ব্রাহ্মমুহূর্তে অপঘাতে মারা গেলে ব্রহ্মদৈত্য হয়। ঠাকুরমা দিদিমার কাছে শিশুবেলায় গল্পে শুনেছেন নিশ্চয় ব্রহ্মদৈত্য কত শক্তিমান। সে যা ইচ্ছা করতে পারে। যেখানে ইচ্ছা যেতে পারে। আমি এখন খুঁজতে বের হয়েছি, কার কার গোপন ষড়যন্ত্রে আমার প্রাণটা এমন অকালে চলে গেল। আমি তাদের উপর প্রতিশোধ নেব। প্রতিশোধ না নিলে আমার মনে শান্তি আসবে না। আত্মার একমাত্র আহার শান্তি। শান্তি ছাড়া আর তার কোন কামনা বাসনা থাকে না। যে আত্মা অতৃপ্ত, তার মোক্ষ নেই, মুক্তি নেই, গতি নেই।"

একটু থেমে এক ঢোক জল খায় আগন্তুক। তারপর আবার বলে- "আমার মৃত্যুতে আপনার একটা বিরাট ভূমিকা রয়েছে। জানতে চাইব সেটা প্রধান না অপ্রধান ! সেইজন্যই এত দূর হেঁটে আপনাকে প্রশ্ন করতে আসা। আশা করি আমার মানসিক অবস্থা অনুমান করে নিজের স্বার্থে সত্যি বলবেন।"

অসহিষ্ণু গলায় বলেন রথীন্দ্রনাথ চক্রবর্তী- "বলে ফেলুন কী জানতে চান।"

-"আপনি আমাকে মৃত্যুদণ্ডই কেন দিলেন? অন্য কোন সাজা কেন দিলেন না? কোন অপরাধীকে প্রাণদণ্ডের মত চরম দণ্ড দেবার আগে যে কোন ন্যায় বিচারক একশোর মধ্যে একশো দশভাগ নিশ্চিন্ত না হলে এমন দণ্ড দেবেন না। কারণ এ এমন এক দণ্ড যাতে ভুল হয়ে গেলে আর সংশোধনের কোন উপায় থাকে না। আমার কেসে কেউ প্রত্যক্ষদর্শী সাক্ষী ছিল না। বিচার হয়েছে সম্পূর্ণ

অনুমানের উপর নির্ভর করে। আজ পর্যন্ত কাউকেই অনুমানের বশবর্তী হয়ে মৃত্যুদণ্ড দেওয়া হয়নি। আমার বেলা তাই হল। কেন হল? কেন আপনি আমাকে ফাঁসির সাজা দিলেন? বলুন আপনার কী বলার আছে।"

নরম গলায় বলেন রথীন্দ্রনাথবাবু- "ধর্ষণ এমন একটি অপরাধ যা কখনও প্রকাশ্যে সংঘটিত হয় না। মেয়েটিকে ধর্ষণের উদ্দেশ্যে খুন করা হয়েছিল। এসব ক্ষেত্রে পারিপার্শ্বিক তথ্য প্রমাণের উপর নির্ভর করেই বিচারককে বিচার করতে হয়। যে সব তথ্য প্রমাণ পাওয়া গেছে তা আপনার বিরুদ্ধে গেছে।"

-"যেমন?"

-"যেমন আপনি ওই বাড়ির সিকিউরিটি গার্ড ছিলেন। আপনার দায়িত্ব এবং কর্তব্য হচ্ছে গৃহকর্তার জীবন-সম্ভ্রম-সম্পত্তি রক্ষা করা। সেটাই করবেন এই শর্তে আপনাকে চাকরিতে নেওয়া। কিন্তু উল্টে রক্ষক হয়ে আপনিই ভক্ষক হলেন। যে দায়িত্ব পালনের জন্য মাসের পর মাস মাইনে নিলেন সেই দায়িত্ব পালন না করে গৃহকর্তার পূর্ণ বিশ্বাসের সুযোগ নিয়ে অন্নদাতা প্রভুর সম্ভ্রম এবং জীবন হানির মত নারকীয় পাপাচার করেছেন। এর মৃত্যুদণ্ড ছাড়া আর কোন সাজাই উপযুক্ত নয়।"

-"আপনি কি স্থির নিশ্চিত যে অপরাধী আমিই?"

-"নিশ্চয়। সেই সময় আপনি ছাড়া আর কারও পক্ষে কিছু করা অসম্ভব ছিল।"

-"বাইরে থেকে কেউ এসে এ ঘটনা ঘটিয়ে যেতে পারে না?"

-"তাহলে আপনি বাধা দিতেন। একা না পারলে চিৎকার চেঁচামেচি করে লোক জড়ো করতেন। সেটাই আপনার ডিউটি ছিল। কিন্তু আপনি এর কিছুই করেননি। এর অর্থ একটাই হতে পারে, যদি কেউ বাইরে থেকে এসেও থাকে; তার সাথে আপনার কোন গোপন বোঝাপড়া ছিল। সে ক্ষেত্রে আপনি মোটেই নিরাপরাধ নন।" আগন্তুক কিছুক্ষণ স্তব্ধ হয়ে বসে থাকে। পেপার ওয়েট ঘোরায়।

আর কী যেন ভাবে। শেষে বলে,

-"আচ্ছা ধরুন ঠিক দুপুরবেলা, যখন সেই প্রাসাদোপম বাড়িটায় আর কেউ থাকে না, গৃহকর্তা চলে যান তাঁর নিজস্ব অফিসে এবং গৃহকর্ত্রী যান পুজো দিতে- বিচার চলাকালীন সময়ে যেমন বলা হয়েছিল। ধরেই নেওয়া যাক যে তিনি পুজো দিতেই গিয়েছিলেন। রোজই তাই যান। ড্রাইভার গৃহকর্তাকে অফিসে পৌঁছে দিয়ে গাড়ি নিয়ে বাড়ি ফিরে গৃহকর্ত্রীকে নিয়ে যায়। ফেরার সময় ফেরে দুজনে এক সাথে। নিয়মমত সেদিনও গেছে দুজন। এমন সময় তাদের মেয়েটা, কী যেন নাম?"

-"জয়ন্তী পাণ্ডে।"

-"সে স্কুল থেকে ফিরল। ফিরল এক যুবকের মোটর বাইকে। উচ্চবিত্ত সমাজের আধুনিক মেয়েদের ইদানিং ছেলে বন্ধু বানাবার একটা নতুন সংস্কৃতির প্রচলন হয়েছে। যে মেয়ের কোন বয়ফ্রেন্ড থাকে না, সে নাকি হীনমন্যতায় ভোগে, ম্রিয়মান থাকে, যথাযথ মানসিক বিকাশ হয় না এবং নানা ধরণের মানসিক রোগের শিকার হয়ে পড়ে। তা সে যাই হোক, জয়ন্তী তার বয়ফ্রেন্ডকে নিয়ে ফাঁকা বাড়িতে ফিরে এল। এ রকম বন্ধু নিয়ে মাঝে মাঝেই সে আসে। কেউ মোটর বাইকে, কেউ নিজস্ব মোটরে। তারা এসে ঘন্টা দু-ঘন্টা থেকে চলে যায়। এই রকম খালি বাড়ির বন্ধ ঘরে একটা মেয়ের ছেলে বন্ধু নিয়ে সময় কাটানো এদের মত বিত্তবান সমাজে কোন নিন্দা বা বদনামের বিষয় নয়। মা, বাবা, দাদা, কাকা, মামা, মাসি, পিসি- সবারই এরকম বন্ধু থাকে। যাদের বলা হয় বয়ফ্রেন্ড। তার সাথে যা ইচ্ছা তা করায় কোন সামাজিক বা আইনগত বাধা নেই। তা জয়ন্তী পাণ্ডে আর তার বন্ধু যখন এল তখন আমি ডিউটিতে আছি। আমার দিকে তাকিয়ে তারা একটু হাসল। এই হাসির অর্থ আমি জানি। যখন বন্ধু বের হয়ে যাবে পঞ্চাশ একশো বকশিশ দেবে। যখন যে আসে সে দিয়ে যায়। বড়লোকের ছেলে ওরা, ওদের কি পয়সার উপর কোন মায়া আছে? লাল মারুতি কার চালিয়ে যে আসে, সে তো একবার একশো ভেবে পাঁচশো টাকার নোট দিয়ে চলে গিয়েছিল। আর ফেরত নেয়নি।

ওরা ঘরে ঢুকে দরজা বন্ধ করল। আমি বড় আশায় আশায় বসে রইলাম। ঘন্টা দু-ঘন্টা পরেই মোটরবাইক আরোহী সেই বন্ধু নেমে আসবে। কিন্তু সেদিন দেখলাম সেই বন্ধু মাত্র মিনিট কুড়ি পঁচিশ পরেই হন্তদন্ত হয়ে নিচে নেমে এল। লিফটে নয়, সিঁড়ি দিয়ে প্রায় দৌড়ে। আর আমাকে কোন বকশিশও দিল না। দ্রুত হেঁটে বাইরে বেরিয়ে বাইরে স্টার্ট দিয়ে উধাও হয়ে গেল।

আমি ভাবলাম নিশ্চয় একটা কিছু গোলমাল মনোমালিন্য হয়েছে দুজনের। না হলে বন্ধুটি ওভাবে যাবে কেন। অন্যদিন তো জয়ন্তী পাণ্ডে নিজেও নিচে নেমে আসে সাথে। বন্ধুদের হাত নাড়িয়ে বিদায় জানায় 'মিট এগেইন' বলে। কী হয়েছে জানবার জন্য সিঁড়ি বেয়ে উপরে উঠলাম। ওই সময় কেউ একজন আমাকে যেতে দেখল। তা সে লিফটম্যান বা যে কেউ হতে পারে।"

এবার আগন্তুককে থামিয়ে অভিজ্ঞ আইনজীবীর মত জানতে চাইলেন রথীন্দ্রনাথবাবু- "আপনি লিফট্ কেন ব্যবহার করলেন না? সিঁড়ি চড়ার শ্রম কেন করতে গেলেন?"

"লিফ্‌টে গেলাম না তার কারণ আমি যে জয়ন্তী পাণ্ডের কাছে যাচ্ছি তা লিফ্‌ট ম্যান বা অন্য কাউকে জানাতে চাইনি। এই ফ্ল্যাট বাড়িটার নানা ফ্ল্যাটে প্রায় আট দশটি মেয়ে ঝিয়ের কাজ করে। তারা এক একটা ফ্ল্যাটের এক একটা মেয়ের নাম জড়িয়ে কোন গাড়ির ড্রাইভার, কী কোন রাঁধুনি, কী বাগানের মালি, কী ইলেকট্রিক মিস্ত্রি -যাকে তাদের ইচ্ছা নোংরা নোংরা কথা বলে ইয়ার্কি ফাজলামো করে। জয়ন্তী পাণ্ডেকে নিয়ে আমাকেও ক'বার খুব আজেবাজে রসিকতা করেছে। ওরা বলত আমি নাকি স্টেপনি। জয়ন্তী পাণ্ডের গাড়ির কোন চাকা লিক হয়ে গেলে আমাকে দিয়ে কাজটা চালিয়ে নেয়। সেদিন দুপুরে যখন জয়ন্তী পাণ্ডে একা একা ঘরে ছিল, তখন আমাকে কেউ যেতে দেখলে রসালো গল্প ফেঁদে সবাই হাসাহাসি করবে ভেবেছিলাম। সেই ভয়ে লুকিয়ে সিঁড়ি দিয়ে উঠছিলাম। কিন্তু লুকাতে পারিনি, কেউ একজন আমাকে দেখেছিল। সে কোর্টে সাক্ষী দিয়েছে আমার বিরুদ্ধে।

আমি গিয়ে প্রথমে কলিংবেল বাজালাম। কিন্তু কেউ দরজা খুলল না। দু-তিনবার বেল বাজালাম। পরেও যখন কারও সাড়া পেলাম না তখন কী মনে করে যেন দরজার লক ঘোরালাম। দরজা খুলে গেল। কিন্তু ঘরের মধ্যে কোন জনপ্রাণী আছে বলে মনে হল না। দু-বার জয়ন্তী পাণ্ডেকে 'দিদিমণি, দিদিমণি' বলে ডাকলাম। কেউ উত্তর দিল না। তখন কী হয়েছে দেখবার জন্য ভিতরে ঢুকলাম। বসার ঘরের মধ্যে দিয়ে একটু এগিয়ে গেলে ডান দিকে দুটো বেডরুম। একটার দিকে উঁকি দিয়েই আমার বুকের রক্ত হিম হয়ে গেল। মাথার মধ্যে বনবন করে উঠল। কোনমতে নিজেকে সামলে নিয়ে দেখলাম, ঘরখানা আলুথালু। উল্টে পড়ে আছে টেবিল ল্যাম্প আর মেঝেয় পড়ে আছে জয়ন্তী বলে মেয়েটা। কাছে গিয়ে দেখলাম, তার চোখ ঠিকরে বের হচ্ছে, জিভ ঝুলে পড়েছে, গলায় একটা ফাঁস। শরীরে কোন পোশাক নেই। ভয়ে সারা শরীর কেঁপে গেল আমার। ঘেমে নেয়ে উঠলাম। কেউ যদি দেখে ফেলে ! উপায়ান্তর না দেখে তারাতাড়ি ছুটে বের হলাম ঘর থেকে। দৌড়ে নেমে এলাম নিচে। তাড়াহুড়োয় দরজার কাছে পড়ে রইল আমার সস্তার চটি জোড়া। দরজার হাতলে কলিংবেলে রয়ে গেল আঙুলের ছাপ। যে আমাকে উপরে উঠতে দেখেছিল সে লুকিয়ে নামতেও দেখল।"

বিচারপতি রথীন্দ্রনাথ চক্রবর্তীর অস্থির অস্থির লাগছে। আগন্তুকের সামনে থকে উঠে যেতে পারলে বাঁচেন। ঘরখানার আবহাওয়া যেন বদলে গেছে। কেমন এক বদ্ধ বন্ধ- কবর কবর পরিবেশ। আবার বলে আগন্তুক, "নিচে বসে বার কয়েক

এদিক সেদিক ব্যর্থ ছোটাছুটি করলাম। বোধবুদ্ধি তখন ভোঁতা হয়ে গেছে। কী করব মনস্থির করতে পারলাম না। মনে পড়ল ঘরের দরজায় ফেলে আসা জুতোর কথা। গোয়েন্দা কাহিনী পড়া জ্ঞান দিল বলে দিল দরজার হাতলে হাতের ছাপ, ঘরের মেঝেয় পায়ের ছাপের কথা। এগুলোই আমাকে অপরাধী প্রমাণ করে দেবে। যে এসেছিল সে যা করার তা করে পালিয়েছে। তখন আমার ডিউটি ছিল। নিয়মমত তার নাম পরিচয় গেট রেজিস্টারে লিখে নেবার নিয়ম। সেও কিছু লেখেনি আর আমিও লিখতে জোর করিনি। এখন কেমন করে প্রমাণ দেব কেউ এসেছিল। তার কথা বললে কে বা বিশ্বাস করবে। যদি তা করেও বা; তার হয়তো ধনবান বাপ, ক্ষমতাবান মামা কাকারা তাকে আড়াল করে দাঁড়াবে, বাঁচিয়ে নেবে। আমাকে কে বাঁচাবে মামা কাকার ক্রোধ থেকে! যদি তারা কোন কৌশলে আমাকেই ফাঁসিয়ে দেয়?

পুলিশে ছুঁলে বত্রিশ ঘা। আমাদের গ্রামের কেশব জানাকে পুলিশে ধরেছিল। থানা লকআপে তাকে পিটিয়ে পিটিয়ে মেরে ফাঁস দিয়ে ঝুলিয়ে দিয়ে পুলিশ বলে, কেশব আত্মহত্যা করেছে। আমাকেও যদি তাই করে দেয়। এর চেয়ে বাঁচতে চাও তো পালাও। পুলিশকে কোন বিশ্বাস নেই। ওরা পয়সা পেলে রামের পাছার বাঁশ শ্যামের পাছায় ঠেলে দিতে পারে।"

আগন্তুক সরাসরি রথীন্দ্রনাথ চক্রবর্তীর চোখে চোখ ফেলে বলে,

-"আমি যে জেলার লোক, জানেন নিশ্চয় সেই জেলার লোকদের নিয়ে নির্বুদ্ধিতার অনেক গল্প আছে। তারা নাকি পাছায় কালি মেখে ইংরেজকে কামানের ভয় দেখাতে চেয়েছিল। সেটা সত্যি নয় তবে এটা সত্যি যে, জলবায়ুর কারণেই সরল বা ধূর্ত, সাহসী বা ভীতু হয়। আমাদের জেলার মানুষ সরল সোজা। সেই মাটির মানুষ বলে চোখের সামনে একটা তরতাজা মেয়ের মৃতদেহ দেখে ভয় পেয়ে একটা বোকামি করে ফেললাম। কাউকে কিছু না বলে পালিয়ে গেলাম, ভাবলাম পালিয়ে বাড়ি চলে গেলে আর আমার কিছু হবে না। কোথায় কলকাতা আর কোথায় আমাদের গ্রাম। ধরে নিয়ে এল পুলিশ আমাকে। বলুন, এমন কি হতে পারে না?"

রথীন্দ্রনাথ চক্রবর্তী কিছুক্ষণ নিষ্পলক তাকিয়ে থেকে আগন্তুককে জিজ্ঞাসা করলেন,

"গল্প-টল্প লেখেন নাকি? না লিখলে লেখার চেষ্টা করে দেখতে পারেন। আপনার কল্পনার জগত এত বিস্তৃত, বুনুনি এত আঁটোসাঁটো যে প্রশংসা না করে

পারবে না কেউ। গল্প-টল্প লিখলে খুব নাম করতে পারবেন। তবে বিচারালয় বা বিচারপতি আপনার এই গল্পের যথার্থ কদর করতে পারবে না। সেখানে কোন কল্পনা বিলাস আবেগের কানাকড়ি দাম নেই। দাম আছে সাক্ষ্য প্রমাণের। যদি কিছু সময়ের জন্য ধরে নিই, যে গল্প আপনি শোনালেন সেটা সত্যি। তাহলে যে প্রশ্নটা আসে তা হচ্ছে আপনি যদি ধোয়া তুলসী পাতাই হন, তবে আপনাকে এ্যারেস্ট করার পর আপনার বাড়ি যখন সার্চ করা হয় মনে আছে নিশ্চয়, তখন আপনার ঘর থেকে মৃত মেয়েটার একটা হাত ঘড়ি পাওয়া গিয়েছিল। ওটা ওখানে গেল কী করে?"

এবার হাসে আগন্তুক। সে হাসি বন্য, বিকৃত, বিষাক্ত। বলে, "ধন্যবাদ আপনাকে। ধন্যবাদ- আপনি যে আইনের কিতাব পড়ে এমন বিচার করতে শিখেছেন সেই কিতাবকে। একটা হাত ঘড়ি পাওয়া গেছে। এক মৃত কিশোরীর। এতেই প্রমাণ হয়ে গেল আমিই খুনি। যদি সত্যিই আমি ঘড়িটা নিয়ে গিয়ে থাকি সেটা তো তিনশো আশি ধারায় একটা সাধারণ চুরির কেস। তার সাথে তিনশো দুই বাই চৌত্রিশের কী সম্পর্ক? তাছাড়া ঘড়িটা যে সেই দিনই চুরি হয়েছে, তার তিন কী ছয় মাস আগে নয়, তা বা আপনি কী করে বুঝলেন? যে মানুষ একটা মেয়েকে গলায় ফাঁস দিয়ে মেরে ফেলবার পর ধর্ষণ- না, এটাকে ধর্ষণ বলা চলে না। আইনি পরিভাষায় বলা হয়েছে, ইচ্ছার বিরুদ্ধে সহবাস করার নাম ধর্ষণ। এ ক্ষেত্রে মেয়েটি যখন মারা গেছে, তারপরই সহবাস ঘটেছে- আপনারা তো তাই বলেছেন। তো তা হলে মৃত শরীর ইচ্ছা বা অনিচ্ছা প্রকাশ করার যখন ক্ষমতা রহিত, তখন তাকে ধর্ষণ বলা যাচ্ছে না। হ্যাঁ, মৃতার সঙ্গে সহবাস বলা যায়। সে যাইহোক, এক খুনি যে একটা খুন করে ফেলার পরেও স্থির মস্তিষ্কে সহবাস করার মত মানসিক শক্তির অধিকারী, সে সামান্য একটা হাতঘড়ি নিয়ে কেন সন্তুষ্ট হয়ে চলে যাবে ! কেন সে আলমারি খুলে সব গয়না, অলঙ্কার হাতিয়ে নেবে না। বিশাল বড়লোকের বাড়ি। আর না হলেও কমপক্ষে দু-তিন লক্ষ টাকার গয়না তো ছিলই ঘরে। বহুবার অর্জুন, জয়ন্তী পাণ্ডে আর তার মাকে সেই সব মূল্যবান গয়নায় সেজেগুজে বিয়েতে, পার্টিতে, অনুষ্ঠানে যেতে দেখেছে। তবু সে সব লোভ পরিত্যাগ করে শুধুমাত্র ধর্ষণের স্মৃতিচিহ্ন স্বরূপ একটা তিনশো টাকার ঘড়ি নিয়ে চলে গেল? বোকা জেলার লোক বলে এত বোকা?"

বহু জেরা শুনেছেন রথীন্দ্রনাথ চক্রবর্তী, করেছেনও বহু জেরা। নিজে কখনও এমন জেরার সামনে পড়েননি। কথা হারিয়ে তিনি তাকিয়ে থাকেন

আগন্তুকের মুখের দিকে। একটু থেমে আবার বলে আগন্তুক- "ঘড়ি। একটা মাত্র ঘড়ি। এত বড় মামলায় এই হচ্ছে প্রমাণ। আপনি ওই পুলিশগুলোকে চেনেন না? এরা না করতে পারে এমন কুকর্ম কি আছে? আপনি কি জোর দিয়ে বলতে পারেন তারা অর্জুনকে তুলে আনতে যাবার সময় ঘড়িটা পকেটে করে নিয়ে যায়নি। সত্তরের দশকে এমন কাণ্ড তারা শত শত ঘটিয়েছিল। কত নিরীহ যুবককে ধরে এনে আর্মস অ্যাক্টে চালান দিয়েছে আপনি জানেন না?"

বিব্রত বা বলা চলে বিতর্কে দেওয়ালে পিঠ ঠেসে যাওয়া প্রাক্তন বিচারপতি ঘামতে থাকেন। আগন্তুক উঠে গিয়ে পাখার স্পিড বাড়িয়ে দিয়ে আবার বসে বলে- "আপনি বলেছিলেন না আমি গল্প বানাতে পারি। এবার একটা সত্যি গল্প শোনাবো। এক উচ্চাভিলাষী বিচারপতির গল্প। দেখুন তো নিজের সাথে মিল পান কি না!

এক যে ছিল বিচারপতি, সে ছিল ভীষণ লোভী। তার অনেক অনেক টাকার লোভ ছিল, উঁচু পদের লোভ ছিল। সেই কারণেই সে বিচারকের আসনে বসেও নিজের বিবেক, বিচার, বিবেচনা, ন্যায় অনুসারে কোন বিচার করতে চাইলেও করতে পারত না। সত্তরের দশকে দেশে একটা কৃষক বিদ্রোহের পরিস্থিতি দেখা দেয়। নানা জায়গায় কৃষকরা সরাসরি সরকারি বাহিনীর সাথে সংঘাতে নেমে পড়ে। দেশের পরিস্থিতি অগ্নিগর্ভ হয়ে ওঠে। পরিস্থিতি নিয়ন্ত্রণে আনতে সরকার কঠোরভাবে বিদ্রোহী কৃষকদের দমন করা শুরু করে। হাজার হাজার কৃষক গ্রেপ্তার হয়। এরপর সেই কৃষক সংগ্রামের নেতাদের বাছাই করে খুন ষড়যন্ত্র এমন কী রাজদ্রোহের মামলা চাপানো হয়। এইসব মামলা সেই কোর্টেই বিচার করা হয় যে কোর্টে উক্ত বিচারপতি বসেন। কারণ তাঁর মত নির্ভরযোগ্য লোক তখন সরকারের কাছে আর কেউ ছিল না। উনি সে আস্থার মর্যাদা রাখেন। কোন কেসের রায় কী হওয়া উচিৎ সে বিষয়ে সাক্ষ্য প্রমাণ নয়, উনি নির্ভর করে থাকেন সরকারি গোপন নির্দেশের উপর। উনি সর্ব মোট ঊনসত্তরটা কেসের ফয়সালা করেন। সব কেসের আসামিরই জোটে কপালে চরম দণ্ড। আটত্রিশজন পায় সাত থেকে দশ বছর সশ্রম কারাবাস। বাইশজন যাবজ্জীবন আর নয়জন মৃত্যুদণ্ড।একটি কেসে একজনও রেহাই পায় না, উনি এই আনুগত্য দেখিয়েছিলেন একটি মাত্র লোভে। শাসক দল থেকে তাঁকে প্রতিশ্রুতি দেওয়া হয়েছিল, যখন তিনি চাকরি থেকে অবসর নেবেন, তখন সেই দলের পক্ষ থেকে নির্বাচনে লড়ার

টিকিট পাবেন। আর জয়ী হলে পাবেন মন্ত্রীত্ব। সব কিছু মসৃণভাবে চলছিল। কিন্তু তাঁর যখন অবসর নিতে আর মাত্র বছর দুয়েক বাকি, তখনই এক সাংবাদিক- সেও খুব মহৎ উদ্দেশ্যে ব্যাপারটা করেছিল তা নয়, তারও কাজের পিছনে রাজনৈতিক অভিসন্ধি ছিল। সে উক্ত বিচারপতির চাকরিকালীন দীর্ঘ ইতিহাস তুলে ধরে প্রমাণ করতে চাইল, এদেশের বিচার ব্যবস্থাও অন্যান্য ব্যবস্থার মত জাতপাত দোষে দুষ্ট এবং উচ্চবর্ণের বিচারকগণ নিম্নবর্ণের মানুষের প্রতি অকরুণ আক্রমণাত্মক ও দমনমূলক মনোভাব নিয়েই বিচার করেন।

সে দেখায় যে উক্ত বিচারপতির আদালতে আজ পর্যন্ত যত কেসের বিচার হয়েছে, গুরুতর অপরাধ করেও কোন উচ্চবর্ণের লোক কখনও কোন কঠিন সাজা পায়নি। স্বশ্রেণীর, স্বজাতির লোককে তিনি দয়াপরবশ হয়ে হয় মুক্তি নয় লঘু সাজা দিয়েছেন। আর ঠিক তার উলটো দিকে, নিম্নবর্ণের গরীব লোকদের লঘু অপরাধে দিয়েছেন কঠিন সাজা। সাংবাদিক ওই মৃত্যুদণ্ড প্রাপ্ত নয়জন আর যাবজ্জীবন সাজা প্রাপ্ত বাইশজনের উদাহরণ দিয়ে লেখে যে এরা সবাই তথাকথিত নিচু জাতের বলেই বিদ্বেষ বশতঃ বিচারক এই সাজা দিয়েছেন। এতে সেই সাংবাদিকের ক্ষতি হয় খুব সামান্যই। একটা কেস খায়। কিন্তু বিচারপতির যা সর্বনাশ হবার তা হয়ে যায়। যে কেন্দ্র থেকে উনি ভোটে দাঁড়াবেন এবং জিতেও যাবেন বলে আশা করেছিলেন সেই কেন্দ্রের অধিকাংশ মানুষ কাওড়া, বাগদি, নমো, পোদ, মালো সম্প্রদায়ভুক্ত হওয়ার হারণে বিচারপতির এই বর্ণ বিদ্বেষী মনোভাব ভবিষ্যৎ সম্ভাবনার উপর কালো ছায়া ফেলে দেয়। তবে তখনও তাঁর অবসর নিতে দু-বছর বাকি। চেষ্টায় থাকেন উনি যে কোনোভাবে ভাবমূর্তিটা শুধরে নেওয়ার।"

রথীন্দ্রনাথ চক্রবর্তী আর এসব বাক্যবাণ সহ্য করতে পারেন না। মনে হয় কেউ যেন তাঁর চোয়ালে অনবরত ঘুষির পর ঘুষি মেরে যাচ্ছে, আর তিনি বিনা প্রতিবাদে মার খেয়ে চলেছেন। তিনি এবার পাল্টা আক্রমণে যান। আগন্তুককে থামিয়ে দিয়ে রেগে গিয়ে বলেন- "তারপর একদিন সে সুযোগ পেয়ে গেল। সেই বিচারকের এজলাসে এল অর্জুন চ্যাটার্জী বনাম সরকার পক্ষের কেস। সেই কেসে পুঙ্খানুপুঙ্খ বিচার বিশ্লেষণ করলে অর্জুনের ফাঁসি তো হয়ই না এমন কী খালাস পর্যন্ত হয়ে যেতে পারে। কিন্তু বিচারপতি তা করল না। নিজের বর্ণশত্রু ছবি মুছে ফেলার জন্য স্বজাতির একজনকে সাজা দিয়ে দিল ফাঁসির। এতদিনে তার একটা

বলার মত কথা জোগাড় হল, দেখো আমি ব্রাহ্মণ হয়েও আর এক ব্রাহ্মণকে মৃত্যুদণ্ড দিয়েছি। আমি আসলে কোন জাতপাতের নই, ন্যায় বিচারের পক্ষে। যেই অপরাধ করুক তার প্রতি আমি কঠোর। আপনি নিশ্চয় ঠিক এই কথাটা বলতে চাইছেন?"

"সেটা বলা কি খুব একটা ভুল বলা হবে?" পাল্টা প্রশ্ন করে আগন্তুক।- "এটা কতখানি সত্যি আর কতখানি সত্যের কাছাকাছি তা আপনার চেয়ে ভালো আর কে জানে !"

"শুনুন মিস্টার, আমি চার বছর রিটায়ার করেছি। এর মধ্যে দুবার নির্বাচন হয়ে গেছে। আমি কোন ভোটে দাঁড়াইনি।"

-"সেটায় আপনার কোন ভূমিকা বা কৃতিত্ব না থাকার কারণ, যে দলের জন্য আপনি আনুগত্য দেখিয়েছিলেন তাদের কাছে বর্তমানে আপনার কোন মূল্য নেই। তাদের কাছে সেই ব্যক্তি মূল্যবান যার কিছু জনসংযোগ আছে। আপনার তা কোথায়? ভোটে দাঁড়ালে কী করে জিতবেন? দুধ থেকে পিঁপড়ে বের করে ফেলার মত কাজ আদায় করে নিয়ে আপনাকে ছুঁড়ে ফেলে দিয়েছে ওরা।"

রথীন্দ্রনাথ চক্রবর্তী আর নিজের পক্ষে দেবার মত কোন জোরালো যুক্তি হাতড়ে পান না, যে যুক্তি তাকে মামলায় জেতাতে পারে। পরাজিত যোদ্ধার মত ভূপতিত হয়ে বসে থাকেন। আগন্তুক উঠে দাঁড়িয়ে বলে- "আপনার ব্যক্তিগত মহত্মাকাঙ্খা চরিতার্থ করার জন্য, আপনি আমাকে অত্যন্ত ধীর স্থির মস্তিষ্কে সুপরিকল্পিতভাবে হত্যা করেছেন। যা ভারতীয় দণ্ডবিধির তিনশো দুই বাই চৌত্রিশ ধারা অনুসারে শাস্তিযোগ্য অপরাধ। তবে আমি আপনার মত হীন প্রবৃত্তির নই বলে মৃত্যুদণ্ড দিচ্ছি না। ইচ্ছা করলেই আমি তা পারি। আপনার গুলিভরা রিভলবার আপনাকে বাঁচাতে পারবে না। জানেন তো হাজার হাজার রাইফেল রিভলবার মারণাস্ত্রের নিশ্ছিদ্র পাহারায় থেকেও আমেরিকা এবং আরও বেশ কয়েকটি দেশের রাষ্ট্রপ্রধানকে বাঁচাতে পারেনি। আপনি ওই একটা পুচকে রিভলবার দিয়ে কী করবেন ! যেহেতু আমি মৃত্যুদণ্ড ভোগ করেছি- আমি জানি, প্রাণ একবার নিয়ে নিলে আর তা ফিরিয়ে দেওয়া যায় না। তাই এত বড় অপরাধ সত্ত্বেও আপনার প্রাণ নিলাম না। ওটা আমি আপনাকে দান করে গেলাম। যতদিন বাঁচবেন, জানবেন আমার দয়ায় বেঁচে আছেন।"

একটু দম নিয়ে বিচারকের রায় দানের মত ঘোষণা করে আগন্তুক। বলে- "আপনার জন্য এই রইল- সারা জীবন আপনি আপনার চারপাশে যে সব মানুষ

পাবেন, তারা আপনাকে আপনার কৃতকর্মের জন্য অনবরত ঘৃণার আগুন ছেটাবে। আপনি সেই আগুনে আজীবন জ্বলবেন, আত্মগ্লানিতে দগ্ধ হবেন। আপনার লোভের জন্য আমার বুড়ো মা বাবা শোকের সাগরে ডুবে তিলে তিলে মারা যাচ্ছে। আপনিও সেই রকম তিলে তিলে মরবেন। সেই মৃত্যুর জন্যই আপনাকে বাঁচিয়ে রেখে গেলাম।"

দরজা বন্ধ ছিল। আগন্তুক সেই দরজা খুলে যেন হঠাৎ করে বাতাসে উড়ে চলে গেল। তারপরই প্রাক্তন বিচারপতি টেলিফোনের ডায়াল ঘোরালেন, ওয়ান ডবল জিরো। - "হ্যালো, পুলিশ স্টেশন...

...কুইক

...কাম হিয়ার।"

৫

মিসেস এম মুখার্জীর পুরো নাম মধুমিতা মুখার্জী। উনি এখনই স্নান করে নিয়েছেন। সুগন্ধী সাবান, দামী শ্যাম্পুর যথেচ্ছ ব্যবহারে শরীর মন একেবারে ফুরফুরে। এরপর যথোচত প্রসাধনে সজ্জিত করলেন নিজেকে। উনি জানেন এমনভাবে নিজেকে সাজাতে হয় যেন বোঝা না যায় যে সেজেছেন। দামী একখানা শাড়ি শরীরে জড়িয়ে ড্রেসিং টেবিলের সামনে দাঁড়িয়ে নিজের মনে হেসে উঠলেন। "কচি কলাপাতা রঙের শাড়িখানা যেন লতার মত পেঁচিয়ে পেঁচিয়ে উঠে গেছে উপরে তার অপরূপ দেহ সৌষ্ঠবকে ঢেকে রাখার জন্য। কিন্তু পারেনি। বরং আরও সুন্দর সুগঠিত হয়ে তনুখানি যেন প্রতীক্ষা করছে দয়িতের কাছে আত্মসমর্পনের আকুল বাসনায়।" কবে কোথায় পড়া এই কথাগুলো মনে পড়াই তাঁর হাসির কারণ।

এখন তাঁর মনে হল তিনি আর সেই চল্লিশ উত্তীর্ণ সমাজসেবী মহিলা নন। যেন সেই কবে কোন কালে পেরিয়ে আসা ইউনিভার্সিটিতে পড়া তন্বী তরুণী। বড় আনন্দ আর উদ্দামতার ছিল সেইসব দিনগুলো। কফি হাউস, বোটানিক্যাল গার্ডেন, মেট্রোয় নুন শো, বাবুঘাটে হাতে হাত রেখে হাঁটা, কবিতা উৎসব, নাট্যমেলা, উষা উত্থুপের গানে নাচা, রাজনীতি নিয়ে বিতর্ক। আর থেকে থেকে অকারণে হেসে ওঠা।

সব চলে যায়। সময়ের কালস্রোত সব কিছু মুছে দিয়ে চলে যায়। রয়ে যায় অবাধ্য অবোধ যন্ত্রনার স্মৃতি মেদুর দাগ। যার জীবনে এই সব দাগ যন্ত্রণা নেই, সে জীবন অপূর্ণ। জীবন রসের পাত্র তার শূন্য। যার নেই এ দাগ সে বড়ই দীন; বড়ই ভাগ্যহীন। মিসেস মুখার্জীর কাছে অলস সময়ে রোমন্থনই আনন্দদায়ক অবলম্বন। আছে প্রাণ আর মনের আরামদায়ক যন্ত্রণা।

নিজের প্রতিফলিত প্রতিবিম্ব দর্পণে দেখে মুগ্ধ হলেন মিসেস মুখার্জী। সময়ের দাগ তাঁর শরীরে এখনও দাঁত বসাতে পারেনি। এখনও তিনি সেই তিরিশের কোঠায় আটকে রেখেছেন শারীরিক গঠনকে। এর জন্য স্বাস্থ্যবিধি মেনে নিয়মিত যোগাসন, সাঁতার, পরিমিত আহার এবং বিশ্রাম নেন। অভিজ্ঞ বিউটিশিয়ানের তত্ত্বাবধানে রূপ চর্চা করেন। এখনও উনি যে সব সভা সমিতি পার্টি

বা প্রোগ্রামে অংশ নেন, সবাই লুব্ধ সপ্রশংস দৃষ্টিতে ওনার দিকে তাকায়। কিন্তু তবুও- শত শত রূপ পাগলের অপলক দৃষ্টিক্ষেপণের পরেও- মনটা তাঁর কেমন যেন আশাহত অতৃপ্ত হয়ে থাকে। এই রূপ লাবণ্য রজত দেখতে পাচ্ছে না। সে না দেখলে আর যেই দেখুক, যতই প্রশংসা করুক- মনের আনাচ কানাচ ভরে না। খালি খালি ঠেকে।

রজত। সৌম্য সুদর্শন রজত। আহঃ বুকটা ব্যথায় টনটন করে ওঠে। কত রাত কত দিন কত মাস তুমি আমাকে দেখোনি। নির্নিমেষ আমার দিকে তাকাওনি। অস্ফুট চিৎকারে বলোনি- "তুমি কত সুন্দর, কত সুন্দর তুমি। তোমার চোখে চোখ রেখে জীবনের হাজার মাইল হেঁটে যাওয়া যায়।" কতদিন বলোনি- আমার শরীরের আঁক-বাঁক ভাঁজ নিয়ে কোনও কবিতা।

সাজসজ্জা সমাপন করে দুটো বিস্কিট আর এক কাপ হরলিক্স খেলেন মিসেস মুখার্জী। কাকে যেন ফোন করলেন। ওদিক থেকে জবাব এল- আপনি কোন চিন্তা করবেন না। সব কিছু পরিকল্পনা মতই হয়েছে, কোন অসুবিধা হয়নি। আর ঘন্টা খানেক-। উনি এরপর ড্রাইভারকে গাড়ি বের করতে নির্দেশ দিলেন। গাড়ি ওনাকে নিয়ে এসে থামল বিখ্যাত এক হাসপাতালের সামনে। উনি লিফটে করে পৌঁছে গেলেন পঞ্চম তলার চতুর্থ কেবিনে। এইখানে চিকিৎসাধীন রয়েছে রজত। ডক্টর রজত বন্দ্যোপাধ্যায়। উনি কেমিস্ট্রির প্রফেসর। বিদেশের দু দুটো বিশ্ববিদ্যালয়ে অধ্যাপনা করেছেন। সম্প্রতি দেশে ফিরে রিসার্চ করছিলেন কী একটা বিষয় নিয়ে যেন। ল্যাবটারিতে এক বিশেষ পরীক্ষার সময় দুর্ঘটনায় চোখে রাসায়নিক পদার্থ পড়ে যায়। তার ফলে চিরতরে দৃষ্টিশক্তি হারিয়ে ফেলেছেন। সে প্রায় তিন বছর হল। দৃষ্টি ক্ষমতা ফিরে পেতে পারেন, কোন নতুন সুস্থ চক্ষু প্রত্যারোপন হলে। উপযুক্ত চোখ না পাওয়ায় তা হয়নি।

মিসেস মুখার্জী কেবিনে ঢুকতেই উপস্থিত নার্স আয়া নিঃশব্দে বাইরে বের হয়ে গেল। তারা জানে এ সময়ে এখানে থাকতে নেই। রজত বন্দ্যোপাধ্যায়ের তো চোখে দেখার প্রশ্নই নেই। বিবর্ণ নিষ্প্রভ মণিকর্ণিকা দুটোর উপর কাপড়ের পট্টি বাঁধা। তবু লোক বদল তার ষষ্ঠ ইন্দ্রিয়তে অজ্ঞাত রইল না। আঢাকা সারা মুখে তার ছড়িয়ে গেল খুশির আলো। মৃদু গলায় বলল-

-"চেয়ারটা সরিয়ে আমার কাছে এসে বোসো, তুমি এলে অনেক দিনের পর। যেন বৃষ্টি এল। কাছে এসো, তোমাকে একটু ছুঁয়ে দেখি। আজ কিন্তু তোমাকে খুব সুন্দর লাগছে।"

-"কী করে বুঝলে? কী করে বুঝলে সুন্দর?"

-"আমি তো তোমাকে দেখতে পাচ্ছি। দেখতে পাচ্ছি আমার মনের চোখ দিয়ে।" এক মুহূর্তে চুপ করে থেকে ফের রজত বলল,

-"এখানকার কথা ছেড়ে দাও। যখন ইউনিভার্সিটিতে ছাত্র ছিলাম তখনও তুমি চুপিচুপি পিছনে এসে দাঁড়ালেও ঠিক বুঝে যেতাম। বলো যেতাম না?"

-রজতের মনে পড়ে যায় মিসেস মুখার্জীর পুরনো দিনের কথা।

বলেছিল তখন রজত- "যে সেন্ট পারফিউম তুমি ব্যবহার করো, তার সাথে তোমার গায়ের গন্ধ মিলে এমন একটা গন্ধ সৃষ্টি হয় তাতেই চোখ বুজে টের পেয়ে যাই তোমার অস্তিত্ব।"

মিসেস মুখার্জী তখন যে সব প্রসাধন ব্যবহার করতেন এখন আর তা করেন না। সময়ের সাথে সাথে সব বদলে গেছে। তবু রজতের অন্ধ চোখে ধরা পড়ে যায় মিসেস মুখার্জীর উপস্থিতি। কেমন করে?

রজত বলে, "এই কেবিনে গত দু সপ্তাহ থেকে আজ পর্যন্ত মাত্র চারজন মানুষ আসে। ডাক্তার নার্স আয়া আর তুমি। প্রত্যেকের পায়ের শব্দ আলাদা আলাদা। আয়া আসে, তার পায়ের শব্দে থাকে ভয়, দ্বিধা, আজ্ঞা পালনের নিষ্ঠা। আর মানসিক দুর্বলতা জড়িন জড়তা। পা চেপে চেপে ধীরে ধীরে হাঁটে। নার্স আসে যান্ত্রিক নিয়মে দায়িত্ব আর রুটিন কর্তব্যের তাড়নায়। তার পায়ে দ্রুত কর্ম সম্পাদন আর এ্যাপ্রনের খসখস মিলে যে আওয়াজ তা একান্ত তারই। ডাক্তার আসে, তার পায়ের আওয়াজে থাকে গভীর পর্যবেক্ষণ। অনুভব আর প্রতীক্ষা।"

-"আমার?"

-"তোমার চলার শব্দে থাকে উদ্বেগ, কষ্ট আর ভালোবাসা।"

আজও রজত সেই আগের মত কথা বলতে জানে। সেই জন্যই রজত অনন্য সাধারণ। সে কবেকার কথা। দুজনের পরিচয়, প্রেম। তখন বয়স অল্প। মনে রামধনুর সাত রঙ। রঙিন প্রজাপতির মত উড়ছে দুজনার দুটি মন। সেদিনের কথা মনে পড়ায় বুক কাঁপিয়ে দীর্ঘশ্বাস ঝরে মিসেস মুখার্জীর। সে সব দিন আর কি ফিরে আসবে ! বড় ভালো ছিল তখনকার বর্ণময় দিনগুলো। এখন বড় কষ্ট হয় সেই সব আকুল করা দিনগুলোর জন্য। কী নেই আজ মিসেস মুখার্জীর। বিত্ত বৈভব আর দেশ বিখ্যাত স্বামী, বাড়ি, গাড়ি, গা ভরা গয়না। যা-যা পেলে মেয়ে জীবন সার্থক আর সম্পূর্ণ। তবু মিসেস মুখার্জীর বুকের মধ্যে সব সময় একটা হাহাকার। না পাওয়ার বেদনা গুমরে ওঠে।

মিসেস মুখার্জীর স্বামী মিস্টার অরুণ মুখার্জী এমন এক মানুষ, যেন কোন আবেগ শূন্য যন্ত্রদানব। দেশের রাজনীতিতে স্তম্ভ সদৃশ্য এই মানুষটা যতই অপরিহার্য হন, যতই তিনি সম্ভাবনাময় হন, কোন নারীর হৃদয়নাথ হওয়ার পক্ষে নিতান্তই তিনি অযোগ্য। সব কিছু তাঁর নিয়ম মেনে ঘড়ির কাঁটা ধরে চলে। ঠিক সকাল ছটায় ঘুম থেকে ওঠেন তিনি। এক ঘন্টা ফ্রি হ্যান্ড এক্সারসাইজ করেন। সাতটায় ঈষদুষ্ণ জলে স্নান করে ব্রেকফাস্ট সেরে বেরিয়ে যান। দুপুরের খাওয়া এবং বিশ্রাম অন্যত্র। বাড়ি ফেরেন রাত দশটায়। তারপর হাত মুখ ধুয়ে হালকা কিছু খেয়ে সোজা বিছানায়। এগারোটা থেকে সাড়ে এগারোটা আধঘন্টা স্ত্রীসঙ্গ। তার মধ্যে প্রেম নেই, থাকে শুধু প্রয়োজন। এত অল্পে মন ভরে না মিসেস মুখার্জীর। তিনি চান স্বামী তাঁর সঙ্গে সারারাত জাগুক। চাঁদ তারা গ্রহপুঞ্জ, রূপো গলা জোছনায় শরীর ডুবিয়ে ছাদে বসে থাকুক। রাজনীতি সমাজনীতি অর্থনীতির সীমানা ছাড়িয়ে হারিয়ে যাক কোন কাব্যময় ছন্দিল স্রোতে। হয় না। কাঠখোট্টা রাজনীতিজ্ঞ অরুণবাবু যত স্বচ্ছন্দে 'দাস্ ক্যাপিটাল' নিয়ে আলোচনা করতে পারেন, জীবনানন্দ নিয়ে পারেন না। এটাই মিসেস মুখার্জীর কষ্ট, অপ্রাপ্তি। যে মানুষ কবিতার রসাস্বাদন করতে অক্ষম সে আর যাই হোক যথাযথ প্রেমিক হতে পারেন না। শুধু কর্তব্যনিষ্ঠ স্বামী নয়, তার মধ্যে একজন সংবেদনশীল মানুষ চেয়েছিলেন মিসেস মুখার্জী। পাননি, তাই তার বুক জোড়া হাহাকার। তাই রজতের তালাশ। দুটো আধুলি জুড়েই টাকা বানাবার প্রয়াস। এর যা নেই তা ওর আছে।

একদিন বলেছিলেন মিসেস মুখার্জী- "দাঁত যখন থাকে মানুষ দাঁতের মর্ম বোঝে না। আমিও তোমার মূল্য বুঝিনি রজত। বুঝতে পারিনি আমার জন্য তুমি কতখানি প্রয়োজনীয়। আবার আমি তোমাকে ফিরে পেতে চাই। আর হারাতে চাই না।"

মিসেস মুখার্জী এখন রজতের চোখ দুটোর দিকে তাকান। মনটা ব্যথায় আপ্লুত হয়ে ওঠে তাঁর। ভাবেন, যখন রজতের চোখ ছিল সেই চোখে চোখ রেখে কত স্বপ্ন, কত আশার জাল বোনা হয়েছিল একদিন। সে আশা- স্বপ্ন না থাক, অন্তত চোখদুটো যদি ঠিক থাকত, বিত্ত বৈভবের এই একঘেয়েমি জীবনের মাঝে কিছু আলো, কিছু ভালো লাগা বৈচিত্র শরতের হিমেল বাতাসের মত ছুঁয়ে ছুঁয়ে যেত। উপভোগ করা যেত সেই ফেলে আসা সময়ের উত্তাপ; আবার নতুন করে।

কেবিনের ধবধবে বিছানায় আধশোয়া রজত। সারা কেবিন জুড়ে ওষুধের তীব্র ঘ্রাণ। এই ঘরটায় মনে হচ্ছে কার যেন বিদেহী আত্মা ওত পেতে আছে।

রজতের হাতটা নিজের হাতের মুঠোয় নিয়ে মৃদু মৃদু চাপ দিতে দিতে বলেন মিসেস মুখার্জী-

-"তোমাকে সারাজীবনে কিছুই দিতে পারিনি আমি, ব্যথা ছাড়া। কিন্তু বিশ্বাস করো সে ব্যথা আমি শত গুণ বেশি ফিরে পেয়েছি। সাময়িক যে বিভ্রান্তি আমাকে মোহগ্রস্ত করে দিয়েছিল, ছয় মাসে তা কেটে গেছে। তারপর থেকে আর একদিনও এমন হয়নি যে তোমার কথা বিস্মৃত হয়েছি। সব সময় তোমার কথা মনে পড়ত। তোমার মুখ ভেসে উঠত আমার চোখের সামনে।"

রজত বলে, "তুমি চলে যাবার পর আমার অবশ্য প্রথম দিকে বছর খানেক খুব কষ্ট হত। তারপর ধীরে ধীরে সামলে নিয়েছিলাম। যদি আর দেখা না হত তাহলে হয়তো জীবনটা কোনোভাবে ঠিক কাটিয়ে দিতাম। কিন্তু দেখা হয়েই কেমন যেন উন্মাদ হয়ে গেলাম। তোমার কথা ভাবতে ভাবতে অন্যমনস্ক হয়েই তো বিপদটা ঘটে গেল।"

"প্লিজ আর ও কথা মনে করিয়ে দিও না। তোমার আলোর জগৎটা আমারই জন্য অন্ধকার হয়ে গেছে, সে কথা মনে পড়লেই আমার মনে যেতে ইচ্ছা করে। নিজেকে ভীষণ অপরাধী মনে হয়।"

সেদিনের সেই ঘটনা যার পর থেকে রজতের রাত দিন এক সমান তা আজও মিসেস মুখার্জীর মনের পর্দায় হুবহু চলচ্চিত্রের ছবির মত ফুটে ওঠে। আট বছরের দীর্ঘ অদর্শনের পর সেদিন দেখা হয়েছিল দুজনার সাথে দুজনার। এ দেখা, চলার পথে অকস্মাৎ ঘটে যাওয়া কোন ঘটনা নয়, অনেক খুঁজে খুঁজে পৌঁছেছিলেন মিসেস মুখার্জী তাঁর হারিয়ে ফেলা প্রাণ আর মনের আরামের আশ্রয়ে।

এক সময়ে ওরা দুজন একই সাথে একই ইউনিভার্সিটিতে পড়ত। সেখানেই দুজনার পরিচয় বদলে যায় বন্ধুত্বে। তারপর প্রেমে। তবে এ প্রেম সে প্রেম নয়, যে প্রেম নরনারীকে আজীবন বন্ধনে বেঁধে ফেলতে ম্যারেজ রেজিস্ট্রি অফিসে নিয়ে গিয়ে ব্যক্তি স্বাধীনতাকে ধ্বংস করে দেয়। এ প্রেম ছিল নিতান্তই প্রেমের জন্য প্রেম। শরীরে শরীর ডুবিয়ে শর্তহীন অমৃত অবগাহন। প্রায় পাঁচ ছয় বছর দুজনের চলেছিল এই খেলা।

এই ইউনিভার্সিটির আর এক ছাত্র ছিল অরুণ মুখার্জী। অরুণের সাথেও বন্ধুত্ব ছিল মধুমিতার। সে তখনই এক বিশিষ্ট ছাত্র-নেতা হয়ে উঠেছিল। পড়াশোনার

পাট চুকে গেলে অরুণ রাজনীতিতেই আত্মনিবেশ করে। দেখতে দেখতে সে দেশের উঠতি নেতাদের মধ্যে অন্যতম হয়ে ওঠে। তখনই সবাই অনুমান করে নেয় একদিন অরুণ মুখার্জী নিশ্চয় কোন মন্ত্রী পদ পাবে।

অরুণ মুখার্জী আংশিক নয়, সর্বক্ষণের জন্য মধুমিতাকে নিজের সঙ্গী করে নিতে চাইল। প্রস্তাব দিল, "আমাকে বিয়ে করো।" মধুমিতার মঞ্চে আসার, দর্শকের চোখে দ্রষ্টব্য হয়ে ওঠার শখ ছিল। সে আবৃত্তি নাটক করত। কিন্তু সে সব ছিল ছোট মঞ্চে সীমিত দর্শকের সামনে ছোট অনুষ্ঠান। তার লোভ ছিল একটা বড় মঞ্চের, বড় ব্যানারের। সেই টোপটাই অরুণ ঝুলিয়ে দেয় তার সামনে। বলল, "যদি আমার জীবনের সাথে তোমার জীবন যোগ করে নাও; ওই সব, যা পাওয়ার আকাঙ্খা তোমার, সব পেতে পারো। আমি আমার প্রভাব, প্রতিষ্ঠা, জনপ্রিয়তা- সব তোমাকে ব্যবহার করতে দেব।" এ প্রলোভন মধুমিতার পক্ষে ত্যাগ করা অসম্ভব বলে মনে হয়। তাই সে অরুণ মুখার্জীকে বিয়ে করে মধুমিতা দাশগুপ্ত থেকে মধুমিতা মুখার্জী হয়ে যায়।

সে যে খুব শীঘ্রই বিয়ে করতে যাচ্ছে তা রজতের সামনে এসে বলতে কেমন বাধো বাধো ঠেকেছিল মধুমিতার। তাই একটা চিঠি লিখে জানিয়েছিল- অবশেষে পায়ে শিকল পরতেই হচ্ছে। আমি একান্তই নিরুপায়। সময়ের সাথে সাথে আমি বড় হতে চাই। অনেক বড়। যেন সব মাথা ছাড়িয়ে আমার মাথা উপরে উঠে যায়। এর জন্য আমার চাই একটা উঁচু মই। সেই মই বেয়ে পৌঁছে যেতে পারি কাঙ্ক্ষিত ঠিকানায়। তাই অরুণকে বেছে নিলাম। আশা করি তুমি আমার অবস্থা সহৃদয়তার সাথে বুঝতে চেষ্টা করবে। তোমার সঙ্গে আগে যা সম্পর্ক ছিল, শর্তহীন সেই ভালোবাসার সম্পর্ক চিরদিন থাকবে। বিয়ের মত সামান্য সংস্কার সে সম্পর্ককে ভুলিয়ে দিতে পারবে না। আর কী লিখি। ভালো থেকো। অনেক অনেক ভালোবাসা নিও। ইতি তোমার মধু।

এরই কদিন পর রজত কানাডায় চলে যায়। সেখানেই এক বিবাহ বিচ্ছিন্না অনাবাসী ভারতীয় মহিলার সাথে বসবাস করতে থাকে। এদিকে অঙ্কশাস্ত্রের নিয়মে অরুণ মুখার্জী একদিন মন্ত্রী হয়ে যায়। স্বামীর পদের প্রভাবে মিসেস মুখার্জীও বিখ্যাত হতে থাকেন। পত্র পত্রিকা টিভিতে রেডিওয় অনবরত মুখ দেখানো, কথা বলার সুযোগ পেতে থাকেন। তিনি তাঁর স্বামীকে ছুটির দিকে কী কী রেঁধে খাওয়াতে ভালোবাসেন তা নিয়েও দৈনিক পত্রিকায় কভার স্টোরিক করে। অরুণ মুখার্জীর কারণেই মধুমিতা অনেকগুলো মহিলা সংগঠনের শীর্ষে উঠে

বসেন। সভা, সমিতি, করতালি, ফুলের স্তবক আর ফ্ল্যাশবাল্বের আলোয় জীবন কানায় কানায় ভরে ওঠে তাঁর।

তবু তারই মাঝে মাঝে কখনও কোন অলস সময়ে, অজান্তে মনের দরজায় কড়া নেড়ে যায় ফেলে আসা উন্মাদনাময় দিনগুলো। তখন আর মিসেস মুখার্জী স্বনামধন্য স্বামীর সহধর্মিনী, বিশিষ্ট সমাজ সেবিকা, মিসেস এম মুখার্জী থাকতে পারেন না। নিভৃতে মনের তলদেশে তোলপাড় হয় রজত নামের সেই তেজী ঘোড়ার মত বন্য আর দুরন্ত মানুষটার জন্য, যে ঝড়ের মত উড়িয়ে নিয়ে যেতে জানে, ভাসিয়ে দিতে জানে বন্যার মত। যার স্পর্শে দেহের আনাচে কানাচে স্তুপাকার বারুদে বিস্ফোরণ ঘটতে পারে।

মধুমিতা সেই পৌরাণিক কাহিনীর নায়িকা দ্রৌপদীর অ-সুখে আক্রান্ত হয়ে অসুখে ভোগেন। যে সর্বগুণে গুণবান পাঁচ পতি পেয়েও কর্ণকে না পাওয়ার কষ্টে ম্রিয়মাণ হয়েছিলেন। রজত অবশ্য না পাওয়া নয়, পেয়ে হারানো। সেইজন্য কষ্টটা আরও বেশি।

একদিন জানতে পারেন মিসেস মুখার্জী কানাড়ার সাথে সব সম্পর্ক শেষ করে ফিরে এসেছে রজত। আর তখনই মিসেস মুখার্জী মধুময় হয়ে ওঠা মন নিয়ে নিজেই গাড়ি চালিয়ে চলে যান বাইপাসের ধারে সদ্য গড়ে ওঠা এক উপনগরীর ফ্ল্যাটে। খুব বেশি খুঁজতে হয়নি রজতের এ্যাপার্টমেন্ট। সে এখানে আপাতত একাই আছে। যেন ব্যর্থ প্রেমের জ্বালা বুকে নিয়ে পরাজিত দেবদাসতুল্য রজত বহুতল কুঠুরির এক কোণে মুখ লুকিয়ে বসে আছে। এটাই তার নিজস্ব ল্যাবরেটারি। এখানেই সে দিবারাত্র নিমগ্ন থাকে কী এক নতুনতর আবিষ্কারের সাধনায়।

মিসেস মুখার্জীকে নয়, রজত সেদিন যেন তার মধ্যে দেখেছিল স্তব্ধ আর হারিয়ে যাওয়া এক অতীতকে। থরো থরো আবেগে হাত চেপে ধরে বলেছিল সে, -"এলে?"

-"এলাম।"

-"কী করে খুঁজে পেলে আমাকে? আমি তো কাউকেই আমার ঠিকানা দিইনি-।"

মিসেস মুখার্জীর ইচ্ছে করেছিল,বলে- বাগানের ফোটা ফুল আর তার সুগন্ধের উপমা। বলে মৃগনাভির কথা। কিন্তু সে কিছুতেই বলতে পারেনি। দীর্ঘ অদর্শনের পর প্রাক্তন প্রেমিকের কাছে পৌঁছে মনটা বিহ্বল হয়ে গিয়েছিল তার।

যেন কোন যুগান্তের তৃষ্ণার্ত পৌঁছে গেছে অমৃত সাগরের তীরে। আঁজলা ভরে আকণ্ঠ পান করছে সুধা।

-"বলো না কী করে পেলে আমার সন্ধান?"

-"কায়মনোবাক্যে যদি ভগবানের কাছে কিছু চাওয়া যায় তিনি বিমুখ করেন না।"

-"তুমি ভগবান মানো?"

-"আগে মানতাম না, এখন মানি। ভাগবানই তোমাকে মিলিয়ে দিয়েছেন আবার। না হলে তুমি কানাডা থেকে কেন ফিরলে?"

-"তারপর বলো আছো কেমন?"

পাল্টা প্রশ্ন করেন মিসেস মুখার্জী- "কেমন দেখছ আমাকে, সুখী?"

-"উপর থেকে দেখে কি বোঝা যায় কে সুখী আর কে সুখী নয়। সুখটা তো একটা মানসিক অবস্থার নাম। সেটা একমাত্র সে ছাড়া অন্য কারও পক্ষে জানবার কোন উপায় নেই। আমি কী করে বলতে পারি তুমি কেমন আছো। যতদূর যা জানি তাতে তোমার সুখেই থাকার কথা।"

-"আমি সুখে নেই।"

-"দুঃখে আছো?"

-"দুঃখেও নেই।"

-"তবে !"

-"অপূর্ণ হয়ে আছি। অসমাপ্ত হয়ে আছি। আমার সত্ত্বা খন্ডিত হয়ে আছে। তাই এক পরিতৃপ্তিহীন রাজপ্রাসাদের ধ্বংসস্তুপের মধ্যে আবদ্ধ হয়ে গেছি আমি। চারিদিকে প্রচুর আলোর ঝলমল। শুধু আমার বুকের মধ্যে সীমাহীন নৈরাজ্যের অন্ধকার। অন্ধকারের মধ্যে হাহাকারের ক্ষুধিত মুখ। সেই মুখ আমাকে অনবরত দংশায়। ক্ষত বিক্ষত করে। রক্ত ছড়ায়। বিদ্রূপ করে। অভিশাপ দেয়। সুখ স্বস্তি কেড়ে নিয়ে মৃতপ্রায় করে রাখে। তাই আমি সুখে নেই। আত্মার গভীর অসুখে আছি-।"

মনে হয় রজতের, সংলাপগুলো খুবই চেনা, বার বার শোনা। এটা কি গ্রীক নাটকের ভাগ্য বিড়ম্বিত কোন চরিত্রের মুখ থেকে চুরি করে নেওয়া কোন ভাষ্য। হতে পারে, নাও হতে পারে। কিছু যায় আসে না। আমরা যা বলি, যা লিখি, যা ভাবি, যা করি, তার কতটুকুই বা মৌলিক? সবই প্রায় পূর্বতন থেকে ধার করা, আয়ত্ব অনুকরণ করা। হোক অনুকরণ, তবু। তবু এক ব্যথিত চিত্তের আর্তি হৃদয় ছুঁয়ে যায়। মন ভারাক্রান্ত করে দেয়।

-"কিন্তু কেন- ! তোমার এ অ-সুখ কেন?"

-"তোমার জন্য। আমার সুখ শান্তি নষ্ট করার জন্য তুমি দায়ী।"

-"আমি-!"

-"তুমি। হ্যাঁ আর কেউ নয়, তুমি। যদি তোমার সাথে আমার কোনদিন কোন সম্পর্ক না থাকত, অতীত এত পীড়াদায়ক হত না। বর্তমানকে নিয়ে সুখে কাল কাটাতে পারতাম। পারছি না শুধু সেই ফেলে আসা দিনগুলোর জন্য। তারা যেন আজকে প্রশ্নবোধক চিহ্নের মত ফনা দোলায়। আমাকে উপহাস করে।"

-"অরুণ কি তোমাকে ভালোবাসে না?"

-"আমি জানি না। তার দায়িত্ববোধ, কর্তব্যবোধ আছে। প্রয়োজনবোধ আছে তা জানি। ভালোবাসা আছে কি না তা জানি না। তাই আমার বর্তমান কালটা জলহীন মরুভূমির মত। কাতর গলায় বলেন মিসেস মুখার্জী- তুমি আমার বর্তমানটা সজল করে দাও। সুন্দর করে দাও।"

-"কেমন করে!"

-"ভুলে যাও আমার এখনকার পরিচয়। মনে করো আমি তোমার সেই মধু যাকে আদরে আলিঙ্গনে তুমি পাগল করে দিতে। মনে করো তাকে হারিয়ে আবার ফিরে পেয়েছ। আবার তুমি আমার আত্মার সাথে একাত্ম হও। ভালোবাসো, খুব ভালোবাসো আমাকে।"

রজত বন্দ্যোপাধ্যায় দুলে যান। বুকের মধ্যে সেই যুবা রক্তের অমোঘ তুফান টের পান। অনেক দিন আগের সেই ফেলে আসা, কলেজ পালানো দুপুর, সেই গঙ্গবক্ষে ছই ঢাকা নৌকোয় ভেসে যাওয়া সন্ধ্যা যেন হাতছানি দেয়। মুহূর্তে সব মান অভিমান ধুলো ধুলো হয়ে উড়ে যায়। গলায় এসে জমা হয় ঘন আবেগ -

-"আবার দূরে সরে যাবে না তো!"

-"আমি দূরে যাইনি তো। তুমি কানাডা চলে গিয়েছিলে। কলকাতায় থাকলে ঠিকই তোমার সাথে দেখা করতাম।"

বলেন রজত- "অনেক কষ্টে তোমার বিচ্ছেদ ক্ষত সারিয়ে তুলেছি। কানাডায় না গেলে কিছুতেই পারতাম না। আবার সেই ক্ষতকে জাগিয়ে দিয়ে যদি তুমি চলে যাও, আমি পাগল হয়ে যাব।"

-"না গো। আর তোমার কাছ থেকে কোথাও যাব না। ভুল একবার করেছি, আমাকে তার প্রায়শ্চিত্ত করার সুযোগ দাও। আমি তোমাকে কী দিতে এসেছি তা জানি না, কিন্তু আমি যে অনেকখানি পাব তা জানি। যা আমার

বাঁচাটাকে মসৃণ করে দেবে। তোমার কাছ থেকে আমি আর কোনোদিন কোথাও চলে যাব না। সামাজিক যে পরিচয়- মিস্টার অরুণ মুখার্জীর স্ত্রী, তা তোলা থাক সমাজের জন্য। তোমার কাছে শুধু মধু মধুমিতা হয়েই সারাজীবন থেকে যেতে দাও।"

আরও অনেক কথা বলে ওরা দুজনে। অনেকক্ষণ বসে একসাথে। দিনের আলো নিভে গিয়ে সমাসন্ন হয়ে ওঠে রাত্রির আগমন বার্তা। ধীরে ধীরে সব দূরত্ব ফুরিয়ে গিয়ে নৈকট্য ঘন হয় দুজনার। শরীরের কানায় কানায় জেগে ওঠে সমুদ্র তৃষ্ণা। রজত মধুমিতার কোমর বেষ্টন করে নিয়ে চলে যায় সেই কামরার দিকে যে কামরায় কর্মের অবসরে বিশ্রাম নেন তিনি। মিসেস মুখার্জী বাধা দেন না। কেন দেবেন। আর তিনি অনূঢ়া নন, অপরিণত, অনভিজ্ঞা নন। তিনি প্রাপ্তবয়স্ক, প্রাপ্তমনস্ক এবং প্রাপ্তির জন্য আতুর।

হয়তো আধঘন্টা কাটিয়েছিল তারা দুজনে সেই কামরায়। প্রাপ্তির প্রাথমিক উন্মাদনা প্রশমিত হবার পর হঠাৎ মনে পড়ে যায় রজতের, ল্যাবরেটরিতে হিটারের উপর বসানো টেস্ট টিউব প্রয়োজনের চেয়ে অতিরিক্ত গরম হচ্ছে। সে দ্রুত হিটার অফ করতে এগিয়ে যায়। সেই সময় বিস্ফোরণ ঘটে টিউবে। তার মধ্যের গরম তরল রাসায়নিক ছিটকে এসে পড়ে তার চোখে। মুহূর্তে দশদিক অন্ধকার হয়ে যায় কেমিস্ট্রির অধ্যাপক রজত বন্দ্যোপাধ্যায়ের।

এখন রজতের হাতে মৃদু চাপ দিয়ে বলেন মিসেস মুখার্জী- "আমার জন্য তোমার চোখ থেকে আলো চলে গেছে। আমি আবার তোমার দৃষ্টি ফিরিয়ে দেব। তোমাকে বলিনি, বললে বুঝতে এর জন্য গত তিনমাস কী কঠিন পরিশ্রম করেছি। যতক্ষণ না তোমার জন্য দুটো সুস্থ চোখ জোগাড় করতে পেরেছি, আমার খাওয়া ঘুম ছিল না। এই কিছুক্ষণ আগে খবর পেলাম সব ব্যবস্থা হয়ে গেছে। আশা করছি আজকালের মধ্যেই তোমার চক্ষু প্রত্যারোপন হয়ে যাবে। আবার তুমি সবকিছু দেখতে পাবে।"

কিছু সময় পরে আবার বলেন মিসেস মুখার্জী- "অনেক আগেই তোমার দৃষ্টি ফিরে পেয়ে যেতে। এক জোড়া চোখ পাওয়া গিয়েছিল। শেষ সময়ে তোমরা বেঁকে বসলে -"

মিসেস মুখার্জীর গলায় উষ্মা ছিল, অভিযোগ ছিল। যা রজতের কানে লাগে। মনে কষ্টের উদ্রেক করে। সে বলে- "ওই চোখ লাগাতে আমার আপত্তি ছিল না। কিন্তু মা বাবা দুজনে কিছুতে রাজি হলেন না।"

-"আধুনিক যুগে কেউ এসব জাতপাত মানে !"

-"যারা মানে তারা মানে। যারা মানে না তারা মানে না।"

-"তুমি তো বিজ্ঞানী। কতদিন বিদেশে ছিলে। ওদের বুঝিয়ে সুঝিয়ে রাজি করালে এতদিনে চক্ষুষ্মান হয়ে যেতে। মুচি তো কী হয়েছে, চোখদুটো তো মূল্যবান।"

-"সে চেষ্টা করেছিলাম। মা বাবা দুজনেই বললেন, রাবা রজত, বহু পুন্যবলে ব্রাহ্মণ কুলে জন্ম নিয়েছি আমরা। শাস্ত্র রীতি বিসর্জন দিলে আর আমাদের কী থাকে। যে লোকের ছায়া স্পর্শ করতে শাস্ত্রের নিষেধ তারই চোখ সারাজীবন শরীরে বয়ে বেড়াবি ! গা ঘিনঘিন করবে না? আমি অবশ্য জাতপাত মানি না কিন্তু মা বাবা মানেন। তারা সব পুরনো ধ্যান ধারণার লোক। ভাবলাম বুড়ো মানুষ দুজনার মনে কষ্ট দেব না। কোন ব্রাহ্মণের চোখ কি পাওয়া যাবে না? নিশ্চয়ই পাওয়া যাবে। টাকা থাকলে কী না পাওয়া যায়! হয়তো এক দুমাস অপেক্ষা করতে হবে। তখন কী করে জানব যে আই ব্যাঙ্কে আর কোন চোখই জমা পড়বে না।

বলেন মিসেস মুখার্জী- "এর জন্য সাংবাদিক কী যেন নাম- অনির্বাণ চ্যাটার্জী দায়ী। সে তার পত্রিকায় বেশ ক'টা তথ্যমূলক প্রতিবেদন প্রকাশ করে দেখিয়েছেন যে দান করা চোখ যথোপযুক্ত ব্যক্তি পায় না। এই সব চোখ নিয়ে একটা দুষ্ট চক্র প্রত্যারোপন করে থাকে। এরই ফলে জনমানসে একটা বিভ্রান্তির সৃষ্টি হয়। যে সেবা ভাবনা থেকে লোকে চক্ষু দান করতে চাইছে না। এই যে কদিন আগের কথা, এক বিখ্যাত কবি সুভাষ মুখার্জী মারা গেলেন। কিন্তু তাঁর স্বাক্ষর থাকা সত্ত্বেও তাঁর আত্মীয় স্বজন বেঁকে বসায় চোখ দুটো আর পাওয়া গেল না। কুলীন ব্রাহ্মণের দুটো তাজা চোখ আগুনে ছাই হয়ে গেল।"

একটু থেমে আবার বলেন মিসেস মুখার্জী- "তোমার বাবা মায়ের- কিছু মনে কোরো না, ওনাদের প্রতি যথেষ্ট শ্রদ্ধা রেখেই বলছি, এত গোঁড়ামি করা ঠিক হয়নি। ছেলে হারিয়ে জগৎ অন্ধকার করে বসে আছে, কীভাবে তার দৃষ্টি ফিরে আসে সেটাই আগে ভাবা দরকার ছিল। জাত পাত তার পরে-। হাতে পেয়েও সেই মুচি লোকটার চোখ দুটো হারালাম। এদিকে খাঁটি বামুনের চোখ তো কিছুতেই পাই না। কী যে করি। তখন আমার পাগল পাগল অবস্থা। শেষে অতিকষ্টে দুটো চোখ জোগাড় হয়েছে। আসল বামুন চোখ-।"

-"কী করে অসাধ্য সাধন করলে?"

-"সে এক মহা সংগ্রামের কাহিনী। না শুনলে বিশ্বাস করতে পারবে না। কী অমানুষিক কাণ্ড করতে হয়েছে। চারিদিকে কত নিন্দা সমালোচনা। কিচ্ছু গায়ে মাখিনি। যেভাবেই হোক চোখ পেতে হবে। উন্মাদের মত সেই চেষ্টা করেছি। তুমি অন্ধ হয়ে বসে আছো, তোমার দৃষ্টি ফেরানোর চাইতে আমার কাছে আর কিছু বড় কাজ নেই। অবশেষে পেয়ে গেলাম-।"

-"কী করে পেলে সেটাই তো বললে না।"

-"তোমার প্রশান্তর কথা মনে আছে? প্রশান্ত এখন সেন্ট্রাল জেলের সুপারিনটেন্ডেন্ট। হঠাৎ করে ওর সাথে একটা পার্টিতে দেখা হয়ে গেল একদিন। নানা কথা হল। তোমার কথাও জিজ্ঞাসা করল। বললাম। সব শুনে বড় আক্ষেপ করল। তোমার মা বাবার জাতপাত বিষয়ক মনোবৃত্তির কথা জেনে সে বড় অবাক হল। আজকের যুগেও মানুষ যে এত কুসংস্কার আঁকড়ে থাকতে পার- "

-"তুমি কিন্তু আসল কথা না বলে আমার পূজনীয় মাতা পিতার নামে যা-তা বলে যাচ্ছ। যা হবার তা তো হয়েই গেছে। তা নিয়ে বলে আর কী হবে। বোকামি তো আমিও করেছি। এরকম যে হবে কল্পনাও করতে পারিনি। বিদেশে থেকে ভুলেই গিয়েছিলাম দেশটার অবস্থার কথা। এমন দরিদ্র দেশ পৃথিবীর কোথাও নেই যেখানে আই ব্যাঙ্কে দু বছরে দুটো চোখ জমা পড়ে না। যাচ্ছেতাই দেশ।"

"তো সেই প্রশান্ত বলল যে, জেলে এক আসামি কন্ডেমড সেলে বসে ফাঁসির দিন গুনছে। লোকটা জাতিতে ব্রাহ্মণ। যদি তাকে ফাঁসিতে ঝুলিয়ে দেওয়া যায় তবে চোখ দুটো পাওয়া যেতে পারে। বললাম- আমার একটু উপকার করো ভাই। যত তাড়াতাড়ি হয় ফাঁসিতে ঝুলিয়ে দাও। সব তোমার হাতে। বলল প্রশান্ত- 'তোমার জন্য মধুদি সব করতে পারি। কিন্তু লোকটাকে ফাঁসি দেওয়ার একটু অসুবিধা আছে। উচ্চতর আদালত স্থগিতাদেশ দিয়ে রেখেছে। ছয় বছর হয়ে গেছে,কবে আদেশ প্রত্যাহার হবে তা কে জানে। ওটা না হলে কী করে ফাঁসি দেব।' খবরটা পেয়ে একটা আশার আলো দেখতে দেখতে পেলাম। তখন বাড়ি গিয়ে ধরলাম অরুণকে। বললাম তোমার কথা। বললাম ওই চোখ দুটো আমার চাই। অরুণ নানা ঝামেলার মানুষ, সব মনে রাখতে পারে না। রাত দিন ওর পিছনে পড়ে থেকে কোর্টের আদেশ প্রত্যাহারের জন্য সরকারি তরফে যা যা করা দরকার সব করিয়ে নিশ্চিন্ত হতে পারছিলাম না। ফালতু তোমাকে আশা দিতে মন চায়নি। যাতে এ খবর কিছু তোমার কাছে কেউ

না বলে তার জন্য আমি প্রয়োজনীয় ব্যবস্থা নিয়েছিলাম। কী যে টানা পোড়েনে ছিলাম, কী তোমাকে বলি। হাইকোর্টের স্থগিতাদেশ প্রত্যাহার হবার পর প্রশান্তকে নিয়ে ফাঁসির দিনক্ষণ স্থির করাই। যখন সব ঠিকঠাক হয়ে যায় আশায় বুক বাঁধি, তখনই আসামির পক্ষ থেকে আবার পুনঃবিচারের আবেদন জমা পড়ে কোন এক কোর্টে, বিচারের কোন এক অংশের অসারতা দেখিয়ে। সেটার ফয়সালা হয় তো আবার আর একটা। তিন মাসে এইরকম আটবার। রাষ্ট্রপ্রধান আগেই প্রাণদণ্ড মকুবের আবেদন খারিজ করে দিয়েছিলেন। আবার তাঁর কাছে নতুন করে প্রানভিক্ষার আবেদন্ পাঠায়। আমি চাইছি লোকটা তাড়াতাড়ি মরে যাক। কিন্তু সে বাঁচার জন্য প্রাণান্তকর প্রয়াস করে যায়। নতুন করে রাষ্ট্রপ্রধানের কাছে আবেদন দেওয়ায় আমার যে কী ভয় করেছিল তার আর কী বলব তোমাকে। একবার যদি রাষ্ট্রপ্রধান ফাঁসি রদ করে দেয়, তীরে এসে তরী ডুবে যাবে। আমার সব চেষ্টা ব্যর্থ হয়ে যাবে।"

রুদ্ধশ্বাসে শুনে যাচ্ছে রজত। এক মহিলা বলে চলে জেদ আর হার না মানা লড়াইয়ের ইতিবৃত্ত। সবই তার জন্য। তাকে আবার বর্ণময় পৃথিবীতে ফিরিয়ে দেবার জন্য।

-"তখন আবার গিয়ে ধরলাম অরুণকে। বললাম- একটা কিছু করো। কথা রাখলো আমার। সে তার ব্যক্তিগত প্রভাব খাটিয়ে মন্ত্রীমণ্ডলীর কাছে আবেদন পাঠাল এই বলে, যে প্রাদেশিক সরকার ওই রকম ঘৃণিত অপরাধীর মৃত্যুদণ্ড ছাড়া অন্য কোন সাজা যথোপযুক্ত মনে করে না। এইরকম জঘন্য অপরাধী রক্ষা পেয়ে গেলে মানুষের মধ্যে অপরাধ প্রবণতা বৃদ্ধি পাবে, ইত্যাদি। একদিকে প্রশাসনিক চাপ, অন্যদিকে আমি শুরু করলাম জনমত সপক্ষে আনার জন্য মিটিং মিছিল সভা সমিতি। জল্লাদ বেঁটে মল্লিককেও সাথে নিয়ে নিলাম। যত লোক আমাকে দেখতে জমা হয়, জল্লাদ দেখতেও তার চেয়ে কম নয়। জনসভায় লোক উপচে পড়ে। প্রচার মিডিয়াগুলোও আমাকে প্রচুর সহযোগিতা দেয়। ফলে ফাঁসির পক্ষে প্রচার তুঙ্গে উঠে যায়। যার ফলে জনমত উপেক্ষা করে রাষ্ট্রপ্রধান আর অর্জুন চ্যাটার্জীর মৃত্যুদণ্ড রদ করার ঝুঁকি নিতে সাহস পেলেন না। বুঝে গিয়েছিল যদি ওর ফাঁসি না হয় ক্ষিপ্ত মানুষ নিজের হাতে আইন তুলে নেবে। সত্যি বলছি তোমাকে, যদি ওর ফাঁসি রদ হয়ে যেত আমি আমার সংগঠনের ব্যানারে প্রদেশ বনধ্ ডেকে দিতাম।"

দুরু দুরু বুকে জানতে চায় রজত- "ফাঁসি হবে কবে?"

"হয়ে গেছে গতকাল৷ সেই খবরটা দিতেই তো ছুটে এলাম৷ অর্জুন চ্যাটার্জীর চোখ দুটো তোমার জন্য আগামী দিনের নতুন আলো নিয়ে আসছে৷ আমার শ্রম সার্থক হয়েছে৷ আবার তুমি সব দেখতে পাবে৷"

আনন্দে রজতের গলা ধরে আসে৷ "আবার সব দেখতে পাব৷ আবার আমি সব কিছু দেখতে পাব৷ তোমাকে দেখতে পাব৷ কী আনন্দ !"

বলেন মিসেস মুখার্জী- "অপারেশনের পর যেদিন প্রথম তোমার চোখের পট্টি খোলা হবে প্রথম তুমি আমাকে দেখবে৷ আর আমি তোমার সেই চোখের দিকে তাকিয়ে দেখব আমার বিজয়-"

সুসংবাদটি রজতকে জানিয়ে আরও কিছুক্ষণ গল্প-সল্প করে হাসপাতালের কেবিন থেকে বেরিয়ে লফটে চড়ে নেমে কার পার্কিং জোনের দিকে এগোলেন মিসেস মুখার্জী৷ হঠাৎ দেখলেন পথ রধ করে দাঁড়িয়েছে জঙ্গি জঙ্গি চেহারার একজন লোক৷

-"দাঁড়ান৷" বিরক্তির চিহ্ন ফুটে উঠল মিসেস মুখার্জীর মুখাবয়বে- "কে আপনি? কী চাই?"

-"কথা বলতে চাই৷"

-"কথা বলতে চাইলে আমার বাড়িতে আসুন৷"

-"গিয়েছিলাম৷ দেখলাম আপনি বেরিয়ে যাচ্ছেন৷ কোথায় যেতে পারেন তা আমার জানা ছিল৷ চলে এলাম৷"

-"কিন্তু এইভাবে আমি কারও সাথে কথা বলি না৷"

-"আমার সঙ্গে বলবেন৷ - বলতে হবে৷"

-"আপনি মশাই কে বলুন তো৷"

হাসে জঙ্গি লোকটা৷ "আমি আমার কী পরিচয় আপনাকে এখন দিই বলুন তো৷ কোন মানুষের কোন পরিচয়ই তো যথার্থ হয় না৷ স্থান ভেদে মানুষের পরিচয়ও তো বদলে বদলে যায়৷ নিজেকে দিয়েই দেখুন- এখন এইখানে আপনার যে পরিচয়, আর বাড়ি ফিরে গেলে যে পরিচয়, দুটো নিশ্চয় এক নয়৷ আমারও সেই রকম দুটো পরিচয়৷ যেভাবে আপনার পিছন পিছন ধাওয়া করে এলাম তাতে কেউ কেউ আমাকে পাপারাৎজি বলতে পারে৷ তবে আমি তা নই৷ আমি কী, সেই কথা বলা এবং শোনা- এইগুলোর জন্যই আপনাকে কিছু সময় দিতে হবে৷"

মিসেস মুখার্জী পরিবেশ পরিস্থিতি ভুলে ক্ষিপ্ত গলায় বলেন-

-"আমি আপনার সাথে কোন কথা বলতে চাই না। একজন সম্মানীয় মহিলার সঙ্গে কীভাবে কথা বলতে হয় সেটা শিখে তারপর আসবেন। যান চলে যান। না হলে মুশকিলে পড়বেন।"

লোকটা পথ ছাড়ে না। বলে- "আমি কারও অনুমতি নিয়ে আসিনি। কারও আদেশেও যাব না।"

-"একটু নিচু গলায় কথা বলুন। চিৎকার করলে অসুবিধায় পড়বেন আপনি।"

-"আমি সব রকম সম্ভাবনার কথা মাথায় রেখেই আপনার পথ আগলে দাঁড়িয়েছি। মানব বোম জানেন তো, আমি তাই। আমার শরীরে মনে এত বিস্ফোরক জমে আছে যা বিস্ফোরণ হলে নিশ্চিহ্ন হয়ে যাবেন। নিজের মঙ্গলের জন্যই শান্ত থাকুন।"

মিসেস মুখার্জী কী করবেন কী বলবেন ভেবে না পেয়ে চুপ করে দাঁড়িয়ে থাকেন। আবার বলে জঙ্গি লোকটা-

-"আপনি ঠিক বলেছেন। সত্যিই আমি ভদ্রতা কাকে বলে সঠিক জানি না। তাই ভদ্রতা রক্ষা করে কথা বলা আমার পক্ষে সম্ভব হচ্ছে না। সত্যের জন্য যত অভদ্রতা করতে হবে তা করতে আমি বাধ্য। আমি সত্য উদঘাটনের জন্য অভদ্রতার যে কোন সীমা অতিক্রম করে যেতে পারি।"

মিসেস মুখার্জী প্রকাশ্য দিনের আলোয় উন্মুক্ত স্থানে একজন বেপরোয়া মানুষের কথার ধরণে রাগে জ্বলতে থাকেন। বুকের ভিতর অপমানের আগুন দাউ দাউ হয়ে ওঠে। চারদিকে তাকান তিনি। যদি কোন সাহায্যকারীর সাক্ষাৎ পান বদ লোকটাকে সমুচিৎ শিক্ষা দেওয়া যায়। কেউ নেই সহায়ক। কথার ফাঁদে আটকে ফেলে দিলে হাতে কিছুটা সময় পাওয়া যেতে পারে। অপেক্ষা করা যেতে পারে কারও আসার। সেই কৌশল করেন তিনি। বলেন- "বলুন কী বলতে চান আর কী শুনতে চান।"

-"সর্ব প্রথমে আমি আমার পরিচয়টা দিয়ে নিচ্ছি। বর্তমান পরিচয়, আপনি আমাকে অপঘাতে মৃত অর্জুন চ্যাটার্জীর প্রেতাত্মা ভাবতে পারেন। যদি যুক্তিবাদী হন, ভূত প্রেতে বিশ্বাস না থাকে তাহলে তার বিশেষ প্রতিনিধি, পাওয়ার অব এটর্নি হোল্ডার ট্রাস্টি বা ওই রকম কিছু একটা ধরে নিতে পারেন। এবার বুঝে নিন কী ব্যাপারে আপনাকে জিজ্ঞাসাবাদ করতে চাইছি। যদি এখানে উত্তর দিতে অসুবিধা থাকে তাহলে অন্য কোথাও গিয়ে বসা যেতে পারে।"

অর্জুন নামটা কানে যেতেই মিসেস মুখার্জী সন্ত্রস্ত হয়ে ওঠেন। তিন চার মাস ওই নামটা মন মস্তিষ্ককে আচ্ছন্ন করে রেখেছে। ভাবে, কবে যে এ থেকে মুক্তি মিলবে তা কে জানে। ভেবেছিলাম ও পর্ব আজ অর্জুন ফাঁসিকাঠে ঝুলে পড়ার পর মিটে গেছে। মেটেনি যে তা এখন বোঝা যাচ্ছে। রজতের জন্য-। তার অমোঘ আকর্ষণ এক বিশ্রী ঘটনার সাথে সারা জীবনের মত জড়িয়ে দিয়েছে তাকে। এ থেকে আর পরিত্রান নেই। অনেক মানুষের অনেক প্রশ্নের অদৃশ্য আঙুল তাক করে আছে তার দিকে ধারালো বেয়নেটের মত। সবচেয়ে কঠিন বা মর্মভেদী আঙুল তুলেছিল অরুণের দলেরই এক আদর্শবান যুবা কর্মী। বলেছিল- "এ তুমি কী করছ দিদি? অরুণদা আমি আমাদের দলের সবাই জীবনের পক্ষে, মানবাধিকারের পক্ষে লরাই করেছি। চিরকাল লড়ব বলে মানুষের কাছে অঙ্গীকার করেছি। তুমি অরুণদার স্ত্রী হয়ে, মহিলা সংগঠনের সভানেত্রী হয়ে আজ এক মৃত্যুর জন্য আন্দোলন করছ ! জনমতকে বিষিয়ে দিচ্ছ।"

তখন বলেছিলেন মিসেস মুখার্জী-

-"একজন জঘন্যতম অপরাধী, যে এক নাবালিকা কিশোরীকে ধর্ষণ এবং হত্যার মত অপকর্ম করে, আমি মনে করি না তার বেঁচে থাকার কোন অধিকার আছে। আমি একজন নারী। ধর্ষণ যে নারী জাতির কাছে কতখানি অপমান আর যন্ত্রণার তা তোমরা বুঝবে না। সেই কারণেই আমি ওর মৃত্যুদণ্ড বহাল রাখার জন্য যা করা উচিৎ বলে মনে করেছি তা করেছি।"

কথাটা বলে মনে হয়েছিল মিসেস মুখার্জীর, যে যুক্তি তিনি দিলেন তা যথেষ্ট জোরালো হয়নি। তাই আবার যোগ করেছিলেন-

-"আমাদের দেশে ফাঁসি তো প্রায় হয় না বললেই চলে। বারো বছর পর এই একজন মরবে। পৃথিবীর অন্য দেশগুলোর দিকে তাকাও যদি তাহলে দেখতে পাবে কত লোক মৃত্যুদণ্ড পেয়েছে, পাচ্ছে। সংশোধন অযোগ্য অপরাধীর ক্ষেত্রে চরম শাস্তির বিধান সাম্যবাদী দেশ চীন আর পুঁজিবাদী আমেরিকাও মেনে নিয়েছে। এই দুই দেশ যখন এক বিন্দুতে একটি প্রশ্নে একমত তখন আমাদেরও মেনে না নিয়ে উপায় নেই। যে যতই মানবতার পক্ষে জীবনের পক্ষে মিছিল করি বা শ্লোগান দিই, সংশোধন অযোগ্য অপরাধীকে চরম দণ্ড না দিলে সমাজে অপরাধ প্রবণতা হ্রাস পাবে না।"

"সংশোধন অযোগ্য অপরাধী-! কথাটা চমৎকার বলেছ, হ্যাঁ, যে কুকুর পাগল হয়ে গেছে তাকে মেরে ফেলাই দরকার। কিন্তু কী দিয়ে প্রমাণ হবে কুকুরটা

পাগল। কী দিয়ে প্রমাণ হবে লোকটা সংশোধন অযোগ্য অপরাধী। সংশোধনের কোন কোন প্রক্রিয়া বা পদ্ধতি তার উপর প্রয়োগ করা হয়েছে, যার দ্বারা প্রমাণিত হয়ে গেছে লোকটার কোন পরিবর্তন হবে না। তেমন কোন মনোবৈজ্ঞানিক সমীক্ষা বা পর্যবেক্ষণ ব্যবস্থা কী আমাদের দেশে হয়? কে বলে দিল যে চোদ্দ বা বিশ পঁচিশ বছর জেলাবাসের পর যদি সে কোনোদিন ছাড়া পায়, সেই বৃদ্ধাবস্থায় আবার সে আর একটা ধর্ষণ করতে ছুটে যাবে?"

সেই যুবা কর্মীর গলায় যেন জমা হয়েছিল আক্ষেপ।

-"দিদি আমাদের দেশের বিচার ব্যবস্থা কী তা আমরা জানি না এমন তো নয়। এর মত ত্রুটিপূর্ণ বিচার পদ্ধতি পৃথিবীর আর কোন দেশে আছে বলতে পারো? চিন বা আমেরিকা মৃত্যুদণ্ড দেয় সেই যুক্তিতে আমরাও যদি এই দণ্ডের সমর্থন করি সেটা আর যাকি হোক সুযুক্তি নয়। সেটা করার আগে আমাদের বিচার পদ্ধতিও ওদের মত নিখুঁত করা দরকার আছে। আজ আমরা সরকারে আছি। একদিন বিরোধী ছিলাম। আমরা আমাদের তখনকার অভিজ্ঞতায় জেনে গিয়েছিলাম এদেশের বিচার ব্যবস্থা কতখানি অন্ধ পক্ষপাতমূলক ত্রুটিপূর্ণ এবং ক্রয়যগ্য পণ্য। তখনকার সময়ে আমাদের কর্মী সমর্থকদের দমন পীড়ন করার জন্য তৎকালীন শাসক দল এই আইনকে কীভাবে ব্যবহার করেছে। আমাদের হাজার হাজার নিরাপরাধ নির্দোষ বন্ধুকে এই আইন আর বিচার পদ্ধতির সাহায্যে বছরের পর বছর জেলখানায় ফেলে পচিয়ে দিয়েছে। তখন আমরা যেহেতু শাসন ক্ষমতা থেকে দূরে ছিলাম, যেহেতু আমাদের দূরতম কল্পনাতেও ছিল না যে আমরাও কোনোদিন শাসন ক্ষমতা পেয়ে যেতে পারি- তাই তখন আমরা চিৎকার করতাম- এই বিচার ব্যবস্থা, আইন, অমানুষিক, পাশবিক আর জনগণের স্বার্থ বিরোধী বলে। তখন আমরা বলতাম- এ সব আইন বড় রাজা তাঁর শোষণমূলক শাসন ব্যবস্থাকে টিকিয়ে রাখার প্রয়োজনে তৈরি করেছেন যা তাঁর উত্তরসূরি ছোট রাজাও একইভাবে ব্যবহার করছে। আজ আমরা ক্ষমতায় এসেছি, ছোট রাজার শাসনতান্ত্রিক পরিকাঠামোতে ভাগ পেয়ে- পুরনো বিধি ব্যবস্থার কোন রকম কোন সংস্কার না করে বিগত শাসক দলের মত একইভাবে আমরাও আজ দেশের মানুষের অপরাধের বিচার করছি। সেদিনের সেই অমানবিক পক্ষপাত দুষ্ট পদ্ধতির আর নিন্দা করছি না। উল্টে তারই গুণ গাইছি। এই আইনে বিচার করে যে ব্যক্তি অপরাধী প্রমাণিত হল সে সত্যিই অপরাধী কি না, ন্যায় বিচার হল কি না, আজ আর কোন প্রশ্ন বা সন্দেহ করছি না। এটা কেন? আমাদের দেশের শতকরা

আশিজন মানুষ দরিদ্র। কোর্ট ফি, উকিল, মুহুরির যে বিরাট খাঁই তা মেটাবার ক্ষমতা কি তাদের আছে? শুধুমাত্র দারিদ্রতার কারণেই সে ফেঁসে গেল কি না তার বিচার কে করবে?"

কিছুক্ষন চুপ করে থেকে আবার জ্বলে উঠেছিল সেই যুবা কর্মী-

-"তুমি দিদি কিছুক্ষণ আগে বললে- এই রকম জঘন্য অপরাধীর সমাজে বেঁচে থাকার কোন অধিকার নেই। সে নারী জাতির চরম অপমান করেছে। খুব ভালো কথা। তা এই ক্ষোভ একা হতভাগা অর্জুনের জন্য কেন? কেন অন্য সবার জন্য নয়? তোমার কি জানা আছে লালবাজারে ঝুনু গুহ নিয়োগী নামের পুলিশ অফিসারের কথা। সে তখনকার শাসক দলের নির্দেশে, রাজনৈতিক বন্দিদের উপর পৈশাচিক অত্যাচার চালিয়েছিল। বিশেষ করে মহিলা বন্দিদের উপর সে যে ধরণের অত্যাচার করেছিল তা কোন সভ্য মানুষ পারে না। অপর্ণা গুহ নামের এক বন্দিনী তার অত্যাচারে চিরকালের জন্য পঙ্গু হয়ে গিয়েছিল। মহিলা বন্দিদের উলঙ্গ করে সারা গায়ে বিশেষ করে স্তনের চারপাশে চুরুটের ছ্যাঁকা, সেদ্ধ গরম ডিম যৌনাঙ্গে ধুকিয়ে দেওয়া, দলবদ্ধ ধর্ষণ কী না করে না সে। আমরা তখন তাকে কসাই বলতাম, নর পিশাচ বলতাম। বলতাম যদি আমরা কোনোদিন দেশের শাসন ক্ষমতা হাতে পাই লোকটাকে তার কৃত অপরাধের সাজা দেব, দেবই। কিন্তু শাসন ক্ষমতায় এসে সাজা তো দূরের কথা আমরা তাকে প্রমোশন দিলাম। জন আক্রোশ থেকে রক্ষা করতে সব রকম ব্যবস্থা নিলাম। অবসর গ্রহণের পরেও নিরাপদ পুলিশ হেড কোয়ার্টারে থাকতে দিলাম। শত শত ধর্ষণের অপরাধে যে অপরাধী, তার প্রতি উদারতা দেখালাম। দেশের কোন নারীবাদী আন্দোলনের কর্মকর্তারা গর্জে উঠে বলল না, জামাই আদর নয়, শয়তানটার বিচার চাই। -তুমিও নীরব ছিলে। আর আজ অর্জুন চ্যাটার্জী নামের এক গরীব মানুষের প্রণ নেবার জন্য হিংস্র হয়ে উঠেছ। দু-জনার জন্য এই রকম দুই ব্যবহার কেন?"

মিসেস মুখার্জীর কানে হিংস্র শব্দটা বড় লেগেছিল। তাঁর বলতে ইচ্ছা করেছিল- আমাকে ভুল বুঝিস না। আমি হিংস্র নই। না রে অর্জুন নামক অভাগার প্রতি আমার কোন রাগ দ্বেষ হিংসা নেই। কেন থাকবে? অসুস্থ প্রিয়জনের জন্য ডাক্তারের নির্দেশে বাজার থেকে আমরা কচি পাঁঠার মেটুলি আনতে যাই। কসাই দু-পায়ের ফাঁকে ফেলে পাঁঠাটাকে কুচিয়ে কুচিয়ে কাটে। সেটা বীভৎস হতে পারে, নির্মম হতে পারে, নির্দয় হতে পারে, কিন্তু কোন মতেই হিংস্রতা নয়। প্রয়োজন কোন নিয়ম নীতি - দয়া মায়া মানে না। প্রিয়জনের প্রাণ বিপন্ন, তখন

পাঁঠার উপর দয়া দেখালে প্রিয়জনের উপর নির্দয়তা হয়ে যায়। দয়া মায়া দ্বারা চালিত হলে পৃথিবীতে সে মানুষের প্রয়োজন পূর্তি কী করে হবে!

বলতে ইচ্ছা করেছিল মিসেস মুখার্জীর। বুঝলে বন্ধু, সব সময় সব নিয়ম যথাযথ মেনে চলা যায় না। যদি তা হত তবে তুমি ছেঁড়া পাঞ্জাবি আর হাওয়াই চটি পরে কোন কুলি মজুর চাষাভুষো বস্তিতে পড়ে থাকতে। তোমাদের দলের কোন নেতাই কোটিপতি হতে পারত না। সময় বদলে গেছে, মানসিকতাতেও বদল ঘটতে বাধ্য। কাল যা বলার ছিল আজ তা অন্যায় নয়? আজ যা অন্যায় কাল হয়তো তা আর অন্যায় থাকবে না। যদি ধরে নেওয়া হয় যে অর্জুনের সাথে একটু অন্যায় হয়ে গেছে কিন্তু সে তো একা নয়, তার মত হাজার লোকের সাথে অন্যায় হচ্ছে, অন্যায় হবে। এই যে আজ তোমাদের পুলিশ সন্দেহ বশে কাউকে কাউকে ধরে এনে থানায় পিটিয়ে পিটিয়ে মেরে ফেলছে, অন্যায় নয়? এই যে রাত্রির অন্ধকারে বিরোধী দলের কর্মীদের গুম খুন করিয়ে দেওয়া হচ্ছে, অন্যায় নয়? যে তোমাদের অন্যায় কাজের সমালোচনা করছে, বিরুদ্ধতা করছে, নানাভাবে তাকে হেনস্থা করা হচ্ছে, সেটা অন্যায় নয়? তবে একা অর্জুনের জন্য আফসোস করে কার কী লাভ? গরীব মানুষ! রোগে, শোকে, অনাহারে, বিনা চিকিৎসায় এমন কতই তো মরে। সে মৃত্যু ব্যর্থ যায়। কিন্তু আজ অর্জুন যেভাবে মরেছে তাতে অন্তত একটা উপকার হচ্ছে। রজত বিজ্ঞানী। কে বলতে পারে সে দৃষ্টি ফিরে পেলে এমন কোন একটা আবিষ্কার করে ফেলবে যাতে বিশ্বের দরবারে দেশের সম্মান বেড়ে যাবে কি না। অর্জুনের চাইতে রজতের মূল্য কয়েক কোটি গুণ বেশি। রজতের স্বার্থেই অর্জুনের মারা যাওয়ার দরকার আছে। অর্জুনের শ্রমে-ঘামে-ত্যাগে-সেবায় আমাদের জন্মগত অধিকার।

মিসেস মুখার্জী মনে মনে প্রস্তুত হলেন সেই কথাগুলো বলার জন্য। উনি জানেন এ সময় সাহসিকতার প্রয়োজন। প্রয়োজন অনুকূল অবস্থার জন্য স্থির প্রতীক্ষা।

-"বলুন কী আপনার জিজ্ঞাসা।"

-"অন্য কোথাও যাবেন না?"

-"না, এইখানে বলুন।"

একটু কেশে গলা সাফ করে নিয়ে বলে সেই জঙ্গি জঙ্গি লোকটা- "সর্ব দেশে সর্বকালের এটা একটা নিয়ম যে জিনিসের যা দাম তা যদি আমি দিয়ে থাকি জিনিসটা আমার পাওয়ার অধিকার জন্মায়। কিন্তু আমি অর্জুন চ্যাটার্জী একটা

ধর্ষণের যে মূল্য আমাদের বিচার ব্যবস্থা ধার্য করেছে তার মূল্য আমি দিয়েছি। আমার কাছ থেকে জোর করে কেড়ে নেওয়া হয়েছে। সাধারণতঃ তিনশো ছিয়াত্তর ধারার কেসে সাত বছর জেল হয়। আমাকে আটকে রাখা হয়েছিল চোদ্দ বছর। অর্থাৎ ডবল আদায় করা হয়েছে। আর তারপর দেওয়া হল ফাঁসি, যা একটা-একটা বা বলি কেন, দশ বিশ একশোটা খুনের মূল্য। মূল্য আমি দিয়েছি কিন্তু জিনিসগুলো পাইনি।"

মিসেস মুখার্জী আশেপাশে তাকান। সহায়তা করার মত কাউকে দেখতে না পেয়ে চরম অস্বস্তিতে ভোগেন। তাঁর এখন মনে হয় অর্জুনের ফাঁসি হওয়া সত্ত্বেও ধর্ষক মনোবৃত্তির লোকেরা আতঙ্কিত বা সংযত হয়নি। অন্য কোন কড়া ওষুধ আবশ্যক।

বলে জঙ্গি- "আমার প্রাণ এবং মূল্যবান সময় কেড়ে নেবার পিছনে আপনার একটা ষড়যন্ত্র ছিল। এখন আমার পাওনা মিটিয়ে দেবার দায় আপনি এড়িয়ে যেতে চাইবেন না। কীভাবে ওগুলো পেতে পারি তার কথা কিছু বলুন।"

মিসেস মুখার্জী বিহ্বল বিব্রত অবস্থা সামলে ওঠার আগেই বলে জঙ্গি,

-"আমি আজ যাচ্ছি। পরে আবার আপনার সাথে দেখা হবে। চিন্তা ভাবনা করে দেখুন কীভাবে আপনারা আমার প্রাপ্য আমাকে মিটিয়ে দেবেন। -চলি।"

বিপদ মুক্ত মিসেস মুখার্জী মোবাইল হাতে নেন।

৬

ভয়। এক আগাপাশতলা সর্পচক্ষু ভয়, একটা গোপন পাপ তাড়া করে নিয়ে বেড়াচ্ছে সফল ব্যবসায়ী শ্রীলাল পাণ্ডেকে। তা থেকে কিছুতেই রেহাই পাচ্ছেন না। এক শহর থেকে আর এক শহর, এক প্রদেশ থেকে আর এক প্রদেশ- বিগত কয়েক বছর ধরে অনবরত পালিয়ে বেড়িয়েছেন তিনি। শহর থেকে পালানো সহজ কিন্তু নিজের কাছ থেকে পালানো অত সহজ নয়। সেই অন্তর্দাহের হাত থেকে নিস্তার পেতে কত তীর্থ ভ্রমণ কত ভজন পূজন দান যজ্ঞ তবু মনে শান্তি এল কই। চোখ বুজলে ঘুম ঘোরে কে যেন কারত কণ্ঠে বলে ওঠে -"বাঁচাও - আমাকে বাঁচাও।" কিছুতেই সেই আর্তি তাঁকে ঘুমাতে দেয় না। স্বস্তিতে থাকতে দেয় না। মনের মধ্যে কে যেন কেঁদে কেঁদে বলে- "পারতাম, আমি বাঁচতে পারতাম। বাঁচাইনি সেটাই আমার পাপ।"

সব শেষে উনি এখন আত্মগোপন করেছেন মুম্বাইয়ের বান্দ্রা রোডের বহুতল ইমারতের এক কক্ষে। কাছে থাকে সেবা শুশ্রূষার জন্য এক পরিচারিকা। সে বাজার হাট করে, রান্না-বান্না করে, ওষুধপত্র দেয়। তারই মাধ্যমে বাইরের জগতের সাথে যা কিছু সামান্য আদান-প্রদান। শ্রীলাল পাণ্ডে পারতপক্ষে বাড়ির বাইরে যান না। তেমন শারীরিক সক্ষমতা আর নেই। এখন উনি শয্যাশায়ী। বলা চলে মৃত্যু পথযাত্রী। উনি এক অনারোগ্য রোগে আক্রান্ত। যে রোগ নিরাময় হবার মত ওষুধ আজও অনাবিষ্কৃত। ডাক্তার বলে দিয়েছে- ঈশ্বর চাইলে আপনি নিশ্চয়ই সেরে উঠবেন। শ্রীলাল পাণ্ডের মন বলে দিয়েছে- ঈশ্বর চাইবেন না। তাই আয়ু বড়জোর ছয় মাস। উনি এক রকম প্রস্তুত হয়ে বসে আছেন সেই চরম ক্ষণের জন্য। যাকে পাশ কাটানোর উপায় নেই, তাকে স্বাভাবিক পরিণতি ভেবে গ্রহণ করায় তাঁর মধ্যে ঋষিসুলভ এক স্থিরতা এসে গেছে।

খরের গাদায় সূঁচ হারালে যদি বা তাকে খুঁজে পাওয়া সম্ভব হয়, কিন্তু কোনো মহানগরের কংক্রিটের জঙ্গলে কোন মানুষ যদি লুকায়, তাকে খুঁজে বের করা অসম্ভব। সেই অসম্ভবকে সম্ভব করে ফেলেছে অনির্বাণ চ্যাটার্জী। নামী পত্রিকার

সাংবাদিকবৃন্দ, স্কটল্যান্ড ইয়ার্ডের সাথে পাল্লা দেওয়া দেশি গোয়েন্দা বিভাগ যা পারেনি, সেই জয়ন্তী পাণ্ডের বাবা শ্রীলাল পাণ্ডেকে মুম্বাইয়ের বহুতল মঞ্জিলে সন্ধান পেয়ে এক মহানগর থেকে আর এক মহানগর ইচ্ছের পাখায় ভর করে উড়ে গেছে৷ গিয়েই কিন্তু শ্রীলাল পাণ্ডের সামনা সামনি হতে পারেনি৷ তিনি কারও সাথে মেলামেশা করেন না, বলেছিল সেই সংবাদদাতা- বিশেষ কথাবার্তাও আর বলতে পারে না৷ বন্ধ ঘরের মধ্যে দিনরাত পড়ে পড়ে অন্তিম প্রহর গুনছেন৷

কোন গোপন চাবির সাহায্যে ঠিক কী কৌশলে বন্ধ দরজা খুলে অনির্বাণ পৌঁছে যেতে পেরেছে শ্রীলাল পাণ্ডের সামনে তা সে নিজেও জানে না৷ যেন কোন অদৃশ্য শক্তি তাকে দিয়ে এমন অসাধ্য সাধন করিয়ে নিয়েছে৷ যে তাকে সামনে থেকে চুম্বকার্ষণে টানছে বা পিছন থেকে সজোরে ঠেলে দিচ্ছে৷ যাও অনির্বাণ যাও৷ তুমি সত্যকে জানো৷ সত্যই তোমাকে দেবে মানসিক যন্ত্রণা থেকে মুক্তি৷ অথবা দেবে আরও কোন মহত্তর যন্ত্রণা৷ যে যন্ত্রণা চিরতরে এই ভূখণ্ড থেকে আড়ম্বরপূর্ণ নরহত্যা প্রিয় বিচার ব্যবস্থাকে তার প্রিয় খেলা থেকে বিরত করবে৷ থেমো না বন্ধু৷ এগিয়ে চলো৷ তোমার পদচিহ্ন ধরে এগোবার জন্য ইতিহাসের মানুষ অপেক্ষা করে আছে৷ আর অপেক্ষা করে আছে সেই সব অতৃপ্ত আত্মা৷ যারা বিচার ব্যবস্থার কারণে নির্মমভাবে নিহত৷ তারা কাঁদছে আর বলছে কোন হতভাগ্য যেন আমাদের মত রাষ্ট্রীয় ক্রূরতা, অন্ধত্ব আর প্রিয় খেলার বলি না হয়৷ তোমার অনুসন্ধিৎসা সংগ্রহ করে আনুক সেই সব তথ্য প্রমাণ যার যে কোন একটা সত্য হলে, একচুল এদিক ওদিক সরে গেলে যা হয়েছে তা আর হত না৷ যা হয়নি তা হতো৷

শ্রীলাল পাণ্ডে এখন বিছানায় পড়ে আছেন৷ মাথার কাছে টেবিলের উপর সাজানো দেশি বিদেশি নানা রকম দুর্মূল্য ওষুধপত্র৷ এইসব ওষুধ নিরাময় দিতে পারে না, শুধুমাত্র মৃত্যুকে বিলম্বিত করতে পারে৷ অনির্বাণ তার কাছে গিয়ে অনেক কাল আগে হারিয়ে যাওয়া বন্ধুর মত হেসে বলে,

-"কেমন আছেন? আশাই করতে পারিনি যে আপনাকে খুঁজ বের করতে পারব৷ এত বড় শহরে ঠিকানা ছাড়া মানুষকে খুঁজে পাওয়া সহজ ব্যাপার নয়৷ সেই কাজটা করতে পেরে আত্মবিশ্বাস বেড়ে গেল৷ মনে হচ্ছে যে আমি ইচ্ছা করলেই সব কিছু করতে পারি৷"

শ্রীলাল পাণ্ডে ঘোলা চোখ তুলে অনির্বাণকে দেখে৷ ধূসর আবছা অচেনা একটা মুখ৷

-"আপনি কে? কেন খুঁজছেন আমাকে?"

"আমার পরিচয় একটু পরে দিচ্ছি। খোঁজার কারণটা বলি, আমি সত্য জানতে উৎসুক। আপনি নিহত কিশোরীর বাবা। যে কেস নিয়ে সারা দেশের মানুষের মধ্যে তোলপাড় কাণ্ড ঘটেছে। হাজার হাজার লোক হাজার হাজার কথা বলছে। কেউ পক্ষে কেউ বিপক্ষে। কিন্তু যার এই কেসের সাথে সবচেয়ে বেশি সম্পর্ক, সেই আপনি কেন কে জানে আশ্চর্যজনকভাবে নিশ্চুপ। একটাও কথা বলেননি দীর্ঘদিন। সংবাদ মাধ্যম থেকে জনসাধারণের কাছ থেকে আত্মগোপন করে আছেন। এই ব্যাপারটা আমার কাছে বড় বিসদৃশ্য লেগেছে। সেই কৌতূহল আমাকে কলকাতা থেকে মুম্বাই টেনে এনেছে। বলতে পারেন আমি সত্যের প্রয়োজনেই এসেছি। আশা করছি আপনি আমার মানসিক অস্থিরতা শান্ত করবেন।"

শ্রীলাল পাণ্ডে ঘরের সিলিংয়ের দিকে তাকিয়ে থাকেন। তাঁর দৃষ্টি যেন বদ্ধ ঘরের চার দেওয়ালের সীমানা ছাড়িয়ে অতীত এক অধ্যায়ের অস্পষ্ট আঁকিবুঁকির উপর কী যেন খুঁজে বেড়ায়। তারপর বিড়বিড় করে কী যেন বলেন। যা বলেন তার অর্থ কী হয় তা তিনি নিজেও জানেন না।

অনির্বাণ তাঁর মুখের উপর ঝুঁকে বলে- "অর্জুন চ্যাটার্জী তার কৃতকর্মের সাজা পেয়ে গেছে। আপনি কি এখন সন্তুষ্ট?" অসুস্থ শ্রীলাল পাণ্ডে বসে থাকে। তার কিছু জিজ্ঞাসার জবাব দরকার অনির্বাণের। তার আগে শ্রীলাল পাণ্ডেকে যেন মরে যাওয়ারও সময় দেবে না। যেন সে এক সতর্ক পাহারাদার। যে রোগে শ্রীলাল পাণ্ডে ভুগছেন তার যন্ত্রণা অনেকটা ঘড়ির কাঁটার নিয়মে বাড়ে কমে। এক থেকে শুরু করে একশো পর্যন্ত বেড়ে গেলে আবার তা সেই নিয়মে কমে আসে। অপেক্ষা করে অনির্বাণ। একটা আক্রমণ শেষ হয়ে দ্বিতীয় আক্রমণ শুরু হওয়ার মধ্যবর্তী সময়ে অপেক্ষাকৃত সুস্থ আবার। এর জন্য তাকে অনেক সময় অপেক্ষা করতে হয়। যখন সেই অবস্থা আসে, আবার সে সেই প্রশ্ন করে- "আপনার মেয়ের হত্যাকারীর ফাঁসি হয়ে গেছে এতে কি আপনি সন্তুষ্ট?"

অনির্বাণ একখানি বিদেশি ফিল্ম দেখেছিল দিন কয়েক আগে। ডকুমেন্টারি। মার্কিন যুক্তরাষ্ট্রের মৃত্যুদণ্ডাজ্ঞা প্রাপ্ত বন্দির মৃত্যু দৃশ্য ক্লোজ সার্কিট টিভির মাধ্যমে সরাসরি ক্ষতিগ্রস্থ পরিবারকে দেখার সুযোগ দেওয়া হয়। সে যাই হোক বিষ ইনজেকশানের ফলে এক অপরাধী মৃত্যুর কোলে ঢলে পড়ার পর এক ধর্ষিতা এবং এক নিহত কিশোরীর পিতাকে প্রশ্ন করা হয়- এবার আপনি নিশ্চয় সন্তুষ্ট? জবাবে সে বলে- আমার মেয়ের শরীরে বত্রিশটা আঘাতের চিহ্ন ছিল। ভাবতে

পারো কতখানি কষ্ট পেয়ে সে মারা গেছে? এই অপরাধীর এত সহজে মৃত্যু হয়ে গেল এতে কী করে তৃপ্ত হওয়া যায়? যদি ওকে খুঁচিয়ে খুঁচিয়ে ওই রকম একশো বত্রিশটা ঘা করে মারা হত তবেই আমার শান্তি হত। অপেক্ষা করে থাকে অনির্বাণ, ঠিক ওইরকম একটা জবাবের জন্য। জবাবও আশানুরূপ আসে। তবে অন্য ধরণের শব্দে- "খুশি হতাম। খুবই খুশি হতাম যদি-"

-"বলুন।"

-"যদি নিশ্চিত হতে পারতাম সে প্রকৃত অপরাধী।"

-"কী ! কী বলছেন আপনি? একরাশ বিস্ময় ঝরে পড়ে অনির্বাণের গলায়- আপনি কি নিশ্চিত নন যে অর্জুনই প্রকৃত অপরাধী।"

-"নিশ্চিত নই।"

-"কিন্তু বিচার ব্যবস্থা- সাক্ষ্য প্রমাণ... পত্র পত্রিকা... দেশবাসী সবাই যাকে...। আপনি কি সত্যিই সন্দেহ করেন যে সে..."

অসুস্থ শ্রীলাল পাণ্ডে শোয়া থেকে উঠে বসেন। খাটে হেলান দিয়ে বসতে সাহায্য করে অনির্বাণ। তারপর হঠাৎ অনির্বাণকে প্রশ্ন করেন তিনি।

-"সূর্য কোনদিকে ওঠে?"

এ আবার কেমন প্রশ্ন? কোন চিন্তা না করে বলে অনির্বাণ - "পুবদিক থেকেই ওঠে।"

-"আপনি কেন, সবাই তাই বলে। সূর্য পুবদিক থেকে ওঠে। কিন্তু না সূর্য পূর্বদিক থেকে ওঠে না। সূর্য যেদিন থেকেই উঠুক না কেন লোকে সেই দিকটাকে পুবদিক বলে। -আমি কী বললাম বুঝতে পারছেন? অর্জুন না হয়ে ওই কেসে যে কেউ অপরাধী প্রতিপন্ন হতে পারত। সূর্য যেমন দিকের অধীন নয়, যে কেউ অপরাধী হিসাবে সাব্যস্ত হলে তার বিরুদ্ধে মানুষ একই কথা বলত যা আজ অর্জুনকে বলছে।"

যে আক্রমক মেজাজ নিয়ে শ্রীলাল পাণ্ডের মুখোমুখি হয়েছিল অনির্বাণ সে মেজাজের ধার কমে যায়। এক অটল স্তব্ধতা নিয়ে বসে থাকে সে। আবার বলেন শ্রীলাল পাণ্ডে-

-"পৃথিবীর প্রত্যেকটা সভ্য দেশে অভিযুক্তকে বিচারক বিচার চলা কালে নিরাপরাধ ধরে নিয়ে অভিযোগ পক্ষের বক্তব্য সাক্ষ্য প্রমাণ দেখেন, বিচার বিশ্লেষণ করেন তারপর রায় দেন। অভিযুক্তকে অপরাধী প্রমাণ করার দায় থাকে অভিযোগ পক্ষের। বিচারক তাদের পেশ করা প্রমাণাদির নিরপেক্ষ

বিশ্লেষণ করে বুঝতে চাইবেন যা বলা হচ্ছে তার মধ্যে কতটা সত্য আর কতটা বানানো, মিথ্যায়, মনগড়া। অর্জুনের ক্ষেত্রে সাক্ষ্য প্রমাণ সব সত্য বলে দেখা বা শোনা হয়েছে। এটাই হয়ে গেছে একটা মুশকিল। যদি আপনি ভূতে বিশ্বাস করেন তাহলে অন্ধকার রাস্তায় একটা গাছের ডাল নড়ে উঠলেই ধারণা হবে ভূত ছাড়া অন্য কিছু নয়। কিন্তু যুক্তিবাদী হলে ভাবনাটা অন্য ধরণের হবে- কেউ ডালটা নড়াচ্ছে না তো ! কোন পাখি বা হনুমান ডালে বসে নেই তো ! অর্জুনকে প্রথম অবস্থা থেকে সবাই- এমনকি বিচারকও এক জঘন্য কাণ্ডের নায়ক ভেবে নেওয়ায় যে ন্যায় তার পাওয়া উচিৎ ছিল তা সে পায়নি। মরে গেল বেচারা।"

-"এ কথা আপনি বলছেন ! আশ্চর্য তো!"

-"কেন এতে আশ্চর্য হবার কী আছে!"

-"আপনার বক্তব্য কি তারই পক্ষে যাচ্ছে না, যার বিরুদ্ধে আপনার সবচেয়ে বেশি রাগ থাকা উচিৎ ছিল।"

-"অবশ্যই তা থাকত। যদি জানতাম সে অপরাধী। যদি আপনি ওই কেসের সমস্ত নথিপত্র দেখেন-"

-"দেখা যাবে না। নথিপত্র পাওয়া যাচ্ছে না। জয়দীপ বাগচি নামে যে ব্যারিস্টার অর্জুনের কেসটা শেষ সময়ে লড়েছিল, অনেক খুঁজেও সে কোন কাগজপত্র পায়নি। উচ্চ আদালতে নিম্ন আদালতের রায়ের কপি ছাড়া আর কোন কাগজই নেই। কেই জানে না কেসের পুরো নথিপত্র কোথায় গেছে। মনে হয় তা নষ্ট করে ফেলা হয়েছে। কে একজন বলেছিল, বারো বছর পর্যন্ত নথিপত্র রাখার পর তা পুড়িয়ে ফেলা হয়। সেটাই নাকি নিয়ম।"

"তাহলে আর কিছু জানার উপায় নেই। তবে যদি তা না হয়, যদি কাগজপত্র পাওয়া যায়, পড়লে প্রমাণ পাবেন পুরো মামলায় আমি এমন একটা কথাও বলিনি যা অর্জুনের বিরুদ্ধে যায়। পুলিশ তদন্ত করেছে। যাকে তাদের সন্দেহ হয়েছে এ্যারেস্ট করেছে। সাক্ষ্য প্রমাণ সংগ্রহ করে কেস চালিয়েছে। সমগ্র বিষয়টার উপর আমার ব্যক্তিগত কোন ভূমিকাই ছিল না।"

-"কিন্তু কেন ! আপনারই তো সব চেয়ে সরব থাকা স্বাভাবিক ছিল। আপনার এই নীরবতা অনেক সন্দেহের জন্ম দেয়।"

-"কী ধরণের সন্দেহ !"

-"আপনি জানতেন আসল অপরাধী কে?"

-"হয়তো জানতাম। হয়তো জানতাম না। সে সব নিয়ে মাথা ঘামিয়ে আর লাভ নেই। সব শেষ হয়ে গেছে। এখন জানা আর না জানা, বলা আর না বলা সব সমান। সত্য মিথ্যা সব অর্জুনের ডেডবডির সাথে চিতায় ছাই হয়ে গেছে।"

-"সত্য চিরদিনই সত্য, তা ছাই হবার নয়। আর লাভ ক্ষতির ব্যাপারটাও তাৎক্ষণিক। কোন যোগ বিয়োগের মধ্যে পড়ে না। যাকে আজ অলাভ বলে মনে হচ্ছে, তা আগামী দিনে মানুষের পক্ষে অনেক বড় লাভজনক সিদ্ধ হতে পারে।"

-"যেমন?"

-"যদি প্রমাণ হয় যে অর্জুন অপরাধী ছিল না, অপরাধী অন্য কেউ, তাহলে সেই দৃষ্টান্ত দিয়ে, যারা জীবনের পক্ষে- সেইসব মানবাধিকার সংগঠনগুলো মৃত্যুদণ্ডের বিরুদ্ধে জনমত গড়ে সরকারকে চাপ দিয়ে চিরতরে ওই দণ্ড বিলোপ করতে বাধ্য করতে পারে। এবং তারা সফল হলে আগামী দিনে অনেক দরিদ্র দুর্বল নিরপরাধ মৃত্যু থেকে রক্ষা পেতে পারে।"

-"যে কথা আমি কাউকে কোনোদিন বলতে পারিনি, পাছে কেউ আমার গোপন পাপের কথা জেনে ফেলে আমাকে ঘৃণা করে, বাঁকা চোখে তাকায়। সেই আশঙ্কায় পরিচিত শহর ছেড়ে বহুদূরে নির্বাসিত জীবন যাপন করছি। আজ আপনি এত বছর পরে সেই গুপ্ত বিষয় প্রকাশ করতে বলছেন।"

-"আপনি ঈশ্বর বিশ্বাসি ধর্মপ্রাণ মানুষ। ভারত সেবাশ্রম সংঘের যত জন বড় দাতা আছে তার মধ্যে আপনি একজন। পুণ্যার্জনের সব প্রয়াস আপনার ব্যর্থ যাবে সত্যটা যদি প্রকাশ না করে যান। নিজের কাছে এবং ঈশ্বরের কাছেও অপরাধী হয়ে থাকবেন। মৃত্যুর পরেও আত্মা শান্তি পাবে না। কনফেশন মনকে শুদ্ধ পবিত্র ও নির্ভার করে। আপনি নির্ভয়ে আমার কাছে সব স্বীকার করে যান। আর আপনার হারাবার কী আছে? কীসের ভয়ে আর মুখ বন্ধ রাখবেন? কথা দিচ্ছি আপনার জীবিত থাকা কাল পর্যন্ত কাউকে আমি এ কথা প্রকাশ করব না।"

শ্রীলাল পাণ্ডের মনের মধ্যে তুমুল ঝড় বইতে থাকে। না আর তার হারাবার মত কিছু নেই। যা কিছু স্থাবর অস্থাবর সব ভারত সেবাশ্রম সংঘকে উইল করে দিয়েছেন। সামান্য কিছু দিয়েছেন অর্জুন চ্যাটার্জীর বৃদ্ধ মা বাবা আর বিধবা স্ত্রীকে। এখন আর গোনাগুনতি গোটা কয়েক নিঃশ্বাস ছাড়া নিজের বলতে কিছুই নেই। এতকাল মনের দরজায় যে দেওয়াল তুলে রেখেছিলেন সেই দৃঢ় সংযমের দেওয়ালে ফাটল ধরে। যে গোপন পাপ দীর্ঘদিন বয়ে বেড়াচ্ছেন তা দুঃসহ হয়ে

ওঠে। যথা সময়ে উনি মুখ খুলতে পারেননি। যদি সাহসের সাথে তা পারতেন একটা প্রাণ রক্ষা পেত। আসন্ন মৃত্যুর সামনে দাঁড়িয়ে আর তিনি পুরনো অবস্থানে অটল দাঁড়াতে পারেন না।

আবার বলে অনির্বাণ- "আপনি অর্জুনের উপর অনেক অন্যায় করে ফেলেছেন। আপনার জন্যই মৃত্যু ঘটেছে তার। পুত্রশোক তার বৃদ্ধ মা বাবাকেও মৃত্যুর দিকে ঠেলছে, তার স্ত্রী অকালে বিধবা হয়ে গেছে। আপনি চাইলে ঘটনা অন্য রকম ঘটতে পারত। বলুন, পারত না?"

হাঁপাচ্ছেন অসুস্থ শ্রীলাল পাণ্ডে। ধীরে ধীরে বলেন তিনি- "আমি ওকে বাঁচাতে সাধ্যমত চেষ্টা করেছিলাম। তবে তখন অনেক দেরী হয়ে গিয়েছিল। চেষ্টায় কোন কাজ হয়নি। যখন ঘটনা ঘটে তখন আমি বাড়ি ছিলাম না। পুলিশকে বলেছিলাম আমি কাউকে সন্দেহ করি না। আপনারা তদন্ত করে দেখুন কে অপরাধী। ওরা অর্জুনকে পলাতক জেনে সন্দেহ করে আর তারপর ওদের গ্রাম থেকে ধরে নিয়ে আসে। তারপর যা হয়েছে তা তো জানেনই। -শুনেছি অর্জুন নাকি থানায় দোষ স্বীকার করেছিল।"

-"করেছিল। আপনি কখনও কোনো কেসে পুলিশের হাতে ধরা পড়েছেন? তাহলে ওদের জিজ্ঞাসাবাদের পদ্ধতিগুলো জানতেন। রাত একটা দেড়টার সময় চার পাঁচজন মদ্যপ যেভাবে একটা লোকের উপর অমানুষিক অত্যাচার শুরু করে, যাকে সাংকেতিক ভাষায় বলে থার্ড ডিগ্রি- সেই থার্ড ডিগ্রির সামনে দিনের পর দিন যাকে পড়তে হয় অপরাধ নিজের ঘাড়ে নেওয়া ছাড়া অন্য কোন উপায় নেই।"

অনির্বাণ এতক্ষণ যেভাবে কথা বলছিল তাতে তাকে অর্জুনের প্রতিপক্ষ বলে মানায়। আর শ্রীলাল পাণ্ডে যেন অর্জুনের পক্ষ। হঠাৎ কী যেন এক ঝাঁকুনি খেয়ে জেগে ওঠে অনির্বাণ। ভীষণ উত্তেজনা বোধ করে। বলে ওঠে,

-"আমি সেই জরুরি অবস্থার কালে অনেকদিন জেলে ছিলাম। এমন অনেক জেলবন্দিকে চিনি যারা অকথ্য অত্যাচার সহ্য করতে না পেরে এমন সম অভিযোগ স্বীকার করে নিতে বাধ্য হয় যে বিষয়ে তার বিন্দুবিসর্গ জানা নেই।"

এখন অনির্বাণের মনে পড়ে যায় কালিদাস মেটের কথা। বোড়াল খাল পাড়ের বাসিন্দা কালিদাস দিনে কাগজ কুড়াত আর রাত হলে ছোটখাটো চুরি-ফুরি করত। একদিন তুমুল বর্ষার রাতে সে তালা ভাঙার যন্ত্রপাতি নিয়ে বেরিয়েছিল 'রাউন্ডে।' যদি কোথাও কিছু মেলে এই আশায়। রাত তখন অনেক।

পথঘাট একদম শুনশান। সেটা সেই সত্তরের দশকের প্রথম দিককার কথা। তখন রাত আটটা- নটার মধ্যে মানুষ ঘরে ফিরে দরজায় খিল দিত। রাতের রাস্তায় পাক খেয়ে ঘুরে বেড়াত পুলিশ ভ্যান। সেই রকম এক রাতে ঘুরতে ঘুরতে কালিদাস এক বাস রাস্তার মোড়ে আসে, দেখে খানিক আগের এক পশলা বৃষ্টিতে ভিজে রাস্তার কিনারে পড়ে আছে একজন লোক। যদিও লোকটা মারা গেছে কিন্তু তার হাতের কবজিতে বাঁধা শিকো ঘড়িটা তখনও সচল। মনে ভাবে কালিদাস, নির্ঘাৎ কোন মদখোর। যাকে আর এক মদখোর গাড়ির ড্রাইভার ধাক্কা দিয়ে মেরে ফেলে চলে গেছে। এখন কী হবে ! সকালবেলা লাশ থানায় যাবে। থানা থেকে যাবে পোস্টমর্টেম হতে কাঁটাপুকুর। এই যাওয়া আসার পথে কেউ না কেউ ঘড়িটা নির্ঘাৎ হাতিয়ে নেবে। তাহলে অন্যে কেন নেবে? সে যখন প্রথম দেখেছে, কাছে পিঠেও কেউ নেই, অনায়াসে সে তো সেই ঘড়িটা নিয়ে নিতে পারে। আর তা নেওয়াই উচিৎ। তালা ভাঙতে হচ্ছে না, ঝাঁপ খুলতে হচ্ছে না, পড়ে পাওয়া দামি ঘড়িটা তো বলতে গেলে ভগবানের দান। তাই তার ঘড়িটা নিয়ে নেয় চোর কালিদাস। কিন্তু সে জানত না ঘড়ির সাথে সে কত বড় বিপদ ঘরে নিয়ে তুলছে।

মৃত লোকটা কোন সাধারণ লোক ছিল না। সে ছিল কলকাতা পুলিশের এক কনস্টেবল। যে কোন এক নিষিদ্ধ গলির নিষিদ্ধ প্রেম নগদ দামে কিনতে যাচ্ছিল। মাঝে মাঝেই যায়। অনেকদিন ধরে তার উপর নজর রেখেছিল একটি নিষিদ্ধ রাজনৈতিক দলের কট্টর কর্মীরা। ঝেড়ে দিয়েছে। পুলিশকে যাকে যেখানে সুযোগ পেত তারা মেরে ফেলত। তবে তারা 'পুলিশ খতম' করতে যতটা উৎসাহী ছিল, ঘড়ি টাকা আংটি গলার চেন এসব নিতে মোটেই উৎসাহ দেখাত না। তাই নিহত কনস্টেবলের হাতের ঘড়ি হাতেই ছিল। ওই ঘড়িই কাল হল কালিদাসের। বিক্রি করতে গিয়ে ধরা পড়ে গেল পুলিশের হাতে। তারপর আর কী, থানার চাতালে ফেলে আড়ং ধোলাই। বল শুয়োরের বাচ্চা, খুন করেছিস। না হলে মেরে শেষ করে ফেলব। মারের চোটে মিথ্যা স্বীকার করল সে, "হ্যাঁ, আমিই খুন করেছি। না, সাথে কেউ ছিল না। আমি একাই মেরেছি। যে মেয়েটার কাছে ও যেত, আমি তাকে ভালবাসতাম। তার কাছে যায় বলে রাগে-।" সেই কেসে যাবজ্জীবন সাজা হয়ে গেছে কালিদাসের। এখন সে আলিপুর সেন্ট্রাল জেলের মেট।

বলেন শ্রীলাল পাণ্ডে- "আমি বড়ই আশ্চর্য হয়ে গিয়েছিলাম যখন শুনলাম যে অর্জুন অপরাধ কবুল করে নিয়েছে। বুঝতে পারছিলাম বোকা লোকটার চারপাশ ঘিরে একটা অদৃশ্য ফাঁস আঁটসাঁটো হয়ে আসছে। কিন্তু তখন আমি এমন

একটা অবস্থার হাতে বন্দি হয়ে পড়েছিলাম যে ওর জন্য কিছু বলা বা করা সম্ভব হচ্ছিল না। তখন মনে মনে ভাবতাম সত্যের জয় নিশ্চয় হবে। বিশ্বাস করতাম যে সত্য সূর্যকে ঢেকে রাখা মেঘ একদিন না একদিন নিশ্চয় সরে যাবে। নিশ্চয় অর্জুন বিচারে বেকসুর প্রমাণিত হবে। -ছাড়া পাবে। যখন সেটা হবে তার কাছে গিয়ে দাঁড়াতে আমার কোন বাধা থাকবে না। যে বাধা এখন আছে। আমার এক ব্যারিস্টার বন্ধু বলেছিল- সেটা অবশ্য তার আক্ষেপ ছিল-। বলেছিল- 'হারামির বাচ্চাটার বিরুদ্ধে তেমন কোন এভিডেন্স নেই যে আটকানো যায়। নির্ঘাৎ খালাস হয়ে যাবে। বলো তো কোন ভারাটে খুনি লাগিয়ে উড়িয়ে দেব।' কিন্তু যেদিন সেশন কোর্টের রায় বের হয়, বন্ধুও অবাক হয়ে যায়- কী আশ্চর্য ব্যাপার। কীসের ভিত্তিতে মৃত্যুদণ্ড দেওয়া হল কিছুই বুঝে উঠতে পারছি না। যাক গে, যা চেয়েছিলাম তা পাওয়া গেল।"

শ্রীলাল পাণ্ডে আগের চেয়ে বেশি হাঁপাচ্ছেন। আর একবার রোগের আক্রমণের সময় এগিয়ে আসছে। তখন আর কোন কথা বলার মত অবস্থায় থাকবেন না তিনি। যন্ত্রণায় ছটফট করবেন। উনি কাছেপিঠে কোন সহায়ক রাখেননি। যেন একা নিঃশব্দে মৃত্যুবরণের জন্য অপেক্ষা করে আছেন।

আবার বলেন তিনি- "নিজের মধ্যে একটা পাপবোধ অনবরত আমাকে সাপের মত ছোবল দিতে থাকল। সে ছোবল আরও অসহ্য হয়ে উঠল। যখন উচ্চ আদালত ও নিম্ন আদালতের রায়ের বিরুদ্ধে আপিল করলে উচ্চ আদালতে সব নথিপত্র পাঠানো হয় না। শুধু রায়ের কপি দেখে দণ্ডের যৌক্তিকতা খতিয়ে দেখা হয়। যখন বুঝতে পারলাম লোকটার বাঁচার রাস্তায় একটার পর একটা কাঁটা জমা হচ্ছে তখন ভীষণ মনোকষ্টে ভুগতে শুরু করলাম। তখন আমি এক লোক মারফত গোপনে এক বিখ্যাত আইনজীবীকে নিয়োগ করলাম। বলে দিলাম- যত টাকা লাগে লাগুক তবু লোকটাকে বাঁচাতেই হবে। সর্ব মোট আটবার পুনর্বিচারের আবেদন করা হয় কিন্তু কিছুতেই কিছু হল না। বড্ড দেরি করে ফেলেছিলাম। যদি নিম্ন আদালতে কেস চলার সময় কোন ভালো আইনজীবী দিতাম, তাহলে এমন হত না। বিচার ব্যবস্থা হচ্ছে অনেকটা সিমেন্টের মত। যা করতে হবে তা জল ঢালার সময় করে নিতে হবে। একবার জমে যাবার সময় পেয়ে গেলে আর কিছু করার উপায় থাকে না।"

শ্রীলাল পাণ্ডে থেমে গেলে বলে অনির্বাণ- "আমি অনুমান করেছিলাম। অর্জুনের আর্থিক সঙ্গতি এমন নয় যে আটবার উচ্চ আদালতে আপিল করতে

পারে। যখন সেটা হল বুঝলাম কোন না কোন ধনী মানুষ গোপনে ওই বিপুল অর্থের যোগান দিয়ে যাচ্ছে। সে কে হতে পারে ! তখনই কেন জানি না আপনার নাম মাথায় এল। কেন এল তা জানি না। মনস্থির করে নিলাম, যে করেই হোক আপনার সাক্ষাৎকার নিতেই হবে। জেনে নিতে হবে সন্দেহটা সত্য কি না। তাই প্রথমে দেখা করলাম জয়দীপ বাগচির সাথে। উনি যার ঠিকানা দিলেন তার কাছে পেয়ে গেলাম আপনার সন্ধান।"

"যা আমার বলার ছিল সব বলা হয়ে গেছে। আর কিছু নেই। এবার আমাকে বিশ্রাম নিতে হবে।"

শ্রীলাল পাণ্ডের অসুস্থতার কথা ভেবে অনির্বাণের মনে সমবেদনা জাগা অতি স্বাভাবিক। কিন্তু সেই মানসিক অবস্থার কাছে আত্মসমর্পণ করলে যে সত্যানুসন্ধান সম্পূর্ণ হবে না। তাই সে শ্রীলাল পাণ্ডেকে বিশ্রাম দিতে পারে না। বলে- "অনেক অজানা তথ্য আপনার কাছে পেয়ে গেলাম। যতটা জানতে পারার আশা করেছিলাম তার চেয়ে অনেক বেশি জেনেছি। কিন্তু আপনি সেই কথাটা এখনও বলেননি যে কেন আপনি অর্জুনের প্রাণরক্ষার জন্য লাখ লাখ টাকা খরচ করে দিলেন। তার উপর আপনার কীসের জন্য দয়া মায়। সে তো একটা সিকিউরিটি গার্ড মাত্র এবং সে আপনারই পারিবারিক সম্মান ও জীবনহানির অভিযোগে অভিযুক্ত। অপরাধী প্রমাণিত। তার জন্য আপনার দরদের কোন যুক্তিসংগত কারণ খুঁজে পাচ্ছি না।"

"একজন নিরপরাধ- যাকে আমি নিরপরাধ বলে জানি- তার প্রাণটা চলে যাক, আমি তা সহ্য করতে পারছিলাম না। কেন কে জানে ভীষণ কষ্ট হচ্ছিল।"

-"আপনি যখন জানেন অর্জুন নিরপরাধ, তখন এও নিশ্চয় জানেন প্রকৃত অপরাধী কে?"

-"আমাকে আর কোন প্রশ্ন করবেন না। আমি আর কিছু বলতে পারব না, প্লিজ।"

অনির্বাণ যেন দাউ দাউ করে জ্বলে ওঠে- "যদি আপনি তার নাম না বলেন আমি আপনাকে সন্দেহ করব।"

শ্রীলাল পাণ্ডে অনির্বাণের বদলে যাওয়া চেহারার দিকে তাকাতে সাহস পান না। মনে হয় দুটো চোখের দৃষ্টিতে কোন ভীষণ অভিশাপ আছে। বলে অনির্বাণ- "আমি আপনাকে সবচেয়ে জঘন্য, সবচেয়ে ঘৃণ্য অভিযোগে অভিযুক্ত করব। আপনিই জয়ন্তীর হত্যাকারী।"

অসুস্থ শ্রীলাল আর্তনাদ করে ওঠেন। "প্লিজ আমাকে হত্যাকারী বলবেন না। আমি তাকে খুব ভালোবাসতাম। তার শখ আহ্লাদে কোনোদিন বাদ সাধিনি। তার কোন ইচ্ছা অপূর্ণ রাখিনি, স্বাধীনতায় হস্তক্ষেপ করিনি। এটাই আমার অপরাধ। এই কারণেই মেয়েটা বখে গিয়েছিল। যা তার মৃত্যুর পরোক্ষ কারণ। এতটা প্রশ্রয় না পেলে অকালে মারা যেত না।"

শ্রীলাল পাণ্ডে বিছানায় নড়েচড়ে বসেন। তাঁর চোখের কোণে জল চিকচিক করে ওঠে। হাতের উল্টো পিঠে চোখ মুছে বলেন তিনি- "আমার কী রোগ জানেন? ব্লাড ক্যানসার। খুব শীঘ্রই জীবন দীপ নিভে যাবে আমার। সেইজন্য প্রস্তুত হয়ে বসে আছি। কবে ডাক আসবে তা জানি না। যে কথা চোদ্দ বছর ধরে বুকের মধ্যে লুকিয়ে রেখেছি আর তা প্রকাশ করে কার কী লাভ!"

"লাভ আর কারও নয়, লাভ আপনার। সত্য প্রকাশ করে ভারমুক্ত হোন। আজ যদি তা না বলে যান, ঈশ্বরের কাছে কী জবাব দেবেন? বিশ্বাস করতে পারেন আমি এমন কিছু করব না যে আপনার ক্ষতি হয়।"

-"আর আমার ক্ষতি কী হবে ! আমি তো মরতে বসেছি।"

-"তবে বলুন। বলুন।"

ধীরে ধীরে বলেন শ্রীলাল পাণ্ডে- "কাউকে ভয় পেত না জয়ন্তী। যা ওর মনে আসত তা করে বেড়াত। অনেক কটা বদ ছেলের সঙ্গে সম্পর্ক গড়ে উঠেছিল। যার মধ্যে একটা মুলুক চাঁদ শ্রীবাস্তবের ছেলে ইন্দর।"

-"কোন মুলুক চাঁদ? যার পাঁচ ছটা সিনেমা হল আছে? যে আন্তর্জাতিক সোনা পাচার চক্রের বস বলে সবাই জানে?"

-"সেই মুলুক চাঁদ। ইন্দরও তার বাপের মতই ভয়ংকর জীব। আমাদের বারণ সত্ত্বেও জয়ন্তী ইন্দরের সাথে বন্ধুত্ব করেছিল। ইন্দর চাইত না জয়ন্তী তাকে ছাড়া অন্য কারও সাথে কোন সম্পর্ক রাখুক। কিন্তু জয়ন্তী তার বারণ মানবে কেন? সেই নিয়ে ঈর্ষা ক্রোধ এবং পরিণতিতে যা ঘটবার তা ঘটে যায়।"

শ্রীলাল এতক্ষণ ধরে এক নাগাড়ে কথা বলার জন্য এবং মানসিক উত্তেজনার কারণেও বেজায় হাঁপাচ্ছেন। শরীরের কোষে কোষে নিদারুণ ক্যানসারের কীটাণু কামড় বসাচ্ছে। তবু বলে চলেন তিনি- "আমি পুলিশের কাছে এ সব কথা বলতে পারিনি। মুলুক চাঁদের সাথে অনেক কটা ব্যবসায় জড়িয়ে আছি। তারই ছেলের বিরুদ্ধে মুখ খুললে আর্থিক ক্ষতি তো ছিলই, প্রাণ বিপন্ন হত। তাই- যা হবার তা হয়ে গেছে ভেবে চুপ করে থাকতে বাধ্য হয়েছিলাম।"

ক্ষিপ্ত গলায় বলে অনির্বাণ- "এটা আপনি সত্য বলেননি। জয়ন্তী আপনার মেয়ে। -একমাত্র মেয়ে। তাকে মেরে বসেছে, আর আপনি সামান্য আর্থিক ক্ষতির জন্য খুনিকে রেহাই করে দিলেন এটা বিশ্বাসযোগ্য নয়। কোন বাপ তা পারে না।"

-"আপনি ঠিক বলেছেন। কোন বাপ তা পারে না। বাপ হলে আমিও হয়তো পারতাম না। আমি ওর বাপ নই বলেই সেই সময় আমার নিজের দিকটা বড় বেশি চোখে পড়েছিল।"

- "জয়ন্তী আপনার মেয়ে ছিল না!"

-"ঔরস জাত মেয়ে ছিল না। আমি ওকে দত্তক নিয়েছিলাম। আজ বুঝতে পারছি নিজের মেয়ে আর মেয়ের মত মানুষ করা মেয়ে, দুজনার মধ্যে স্নেহের পার্থক্য কতটা থাকে।"

-"কিন্তু ইন্দরই যে জয়ন্তীকে মেরেছে তা আপনি কী করে জানলেন? আপনি তখন তো বাড়ি ছিলেন না।"

-"ও-ই আমাকে ফোন করে মুখ বন্ধ রাখতে বলে। তাতে ধমকি ছিল। তাই করতে হয়েছে আমাকে। না করে তখন কোন উপায় ছিল না।"

মাথার চুল খামচে ধরে অনির্বাণ- "কী বিচ্ছিরি। আসল অপরাধী রয়ে গেল ধরা ছোঁয়ার বাইরে, আর সেই অপরাধের দায় ঘাড়ে নিয়ে মরে গেল একজন নিরপরাধ মানুষ।"

শ্রীলাল পাণ্ডে আর কোন কথা বলছেন না। তাঁর গালের কষ বেয়ে লালা গড়িয়ে নামতে লাগল। চোখের কোল বেয়ে নামতে লাগল জলের ধারা। একটা তাঁর রোগজনিত। অন্যটা নিজের অক্ষমতা লুকানো অপরাধের জন্য।

৭

কফি হাউসের টেবিল ঘিরে লেখক কবিদের সাপ্তাহিক আড্ডা জমে উঠেছে। শুধু এই একটা দিন গল্প গুজব হাসি তামাশা আর চিন্তার আদান প্রদানের জন্য বরাদ্দ। একপ্রস্থ কফি পান চুকে যাবার পর গল্পকার সাধন দত্ত সামনে বসা প্রাবন্ধিক আফিক খানকে বলেন- "কী ব্যাপার বলো তো, আজও কি অনির্বাণ আসবে না নাকি। কিছুতেই যোগাযোগ করতে পারছি না। বাড়িতে ফোন করলে জবাব আসছে, বাড়িতে নেই। কোথায় গেছে কিছু বলে যায়নি। কী যে করবে কিছু বোঝা যাচ্ছে না।" আফিক সাধন দত্তের দিকে তাকিয়ে বলে,

-"আপনি ওর কোন খবর জানেন না?"

-"না তো। কী হয়েছে অনির্বাণের?"

-"সত্যিই আপনি জানেন না?"

-"কী আশ্চর্য, জানলে জিজ্ঞাসা করি।"

আফিক একটু মানসিক দোলাচলে পড়ে যায়। কথাটা কীভাবে বলবে ভেবে পায় না। শেষে অনেক দূর থেকে ধীরে ধীরে মূল বক্তব্যের দিকে আসার চেষ্টায় বলে- "গ্রাম বাংলার মানুষ ততটা প্রভাবিত হয়নি হয়তো, কিন্তু শহর কলকাতাতে অর্জুন চ্যাটার্জীর ব্যাপারটা একটা প্রবল ঝাঁকুনি দিয়েছে। অনেকেই এই ঘটনায় মানসিক ভারসাম্য হারিয়ে ফেলেছে। আমার এক ডাক্তার বন্ধু, আই মিন মনোরোগ বিশেষজ্ঞ বলেন- বেশ কিছু মানুষ নাকি তার কাছে ট্রিটমেন্ট নিচ্ছে। অনির্বাণও শুনছি মানসিক রোগের শিকার হয়ে পড়েছে। সে এখন নাকি নিজেকেই অর্জুন চ্যাটার্জীর জায়গায় বসিয়ে গোটা বিষয়টার ময়না তদন্ত শুরু করেছে। যাকে তাকে পাকড়াও করে উল্টোপাল্টা প্রশ্ন করে বেড়াচ্ছে।"

চিন্তাক্লিষ্ট দেখায় সাধন দত্তের মুখ। বলেন- "পত্র পত্রিকা টিভি কদিন ধরে যা মাতামাতি করল সে আর বলার নয়। এর জন্য সবচেয়ে ক্ষতি হয়েছে

বাচ্চা ছেলেমেয়েগুলোর। ফাঁসি ফাঁসি খেলতে গিয়ে আট-দশটা বাচ্চা মারা পড়েছে। বিশ্রী অবস্থা হয়েছে; কিন্তু অনির্বাণও। শুনে খুব খারাপ লাগছে। যা শুনলাম তাতে ওর পত্রিকার কী হবে। পূজা সংখ্যা বের হবে কি হবে না, কে জানে।"

"মনে হচ্ছে না এবার 'জিজীবিষা' ঠিক সময়ে প্রকাশ হবে। আমাকে লিখতে বলেছিল জনমানসে দৃশ্য মাধ্যের প্রত্যক্ষ ও অপ্রত্যক্ষ প্রভাব নিয়ে। যদি 'জিজীবিষা' প্রকাশ না হয়, কাকে লেখাটা দেব তাই ভাবছি।"

সাংবাদিক সলিল দে গতকাল পত্রিকায় লেখেন। তাঁর প্রিয় বিষয় নৈশ কলকাতায় বিনোদন। তিনি বলেন-

- "গতদিন কী হয়েছে জানেন সাধন দা, হঠাৎ আমার অফিসে অনির্বাণ গিয়ে হাজির। কী রাগ আমার উপর। বলে, তোমাদের জন্যই একটা মানুষের প্রাণ গেছে। তোমরা পত্র পত্রিকায় এত লেখালেখি না করলে জনতা এত খেপে যেত না। তাহলে রাষ্ট্রপ্রধান নিশ্চয় তার প্রাণভিক্ষার আবেদন মঞ্জুর করত।"

-"নিজেকে সে অর্জুন চ্যাটার্জী বলেছি?" আফিক খানের সহাস্য জিজ্ঞাসা।

-"সেটাই তো বলছে। অর্জুন নাকি ভূত হয়ে তার কাঁধে চেপেছে। এ ভূত নাকি দেশ থেকে মৃত্যুদণ্ড বিলোপের আগে আর নামবে না। যে সব প্রশ্ন আমাকে করছে তা নাকি অর্জুনের আত্মার শান্তির জন্য।"

-"তা তুমি কী করলে?" জানতে চায় সাধন দত্ত।

-"কী আর করব। বললাম যে, যে কোন পত্রিকার পরিচালক বর্গের ব্যবসায়িক নীতি হচ্ছে, জনসাধারণ যে সংবাদ যেমন ভাবে পরিবেশন করলে আকৃষ্ট হয় সেটা করা। আফটার অল এটাও একটা বিজনেস। সব বিজনেসেই লাভের দিকটা দেখতে হয়।"

কবি শান্তনু রায় সব সময় কম কথা বলেন। বক্তার চাইতে উনি শ্রোতা থাকাই বেশি পছন্দ করেন। এখন উনি হঠাৎ বলে ওঠেন, "অবশ্যই পত্রিকা চালানো একটা ব্যবসা। কিন্তু এ ব্যবসাটা কখনোই আলু পেঁয়াজের সমতুল্য নয়। কখনোই পত্রিকার কাজ পাঠক যা খায় তাই খাইয়ে যাওয়া নয়। সে যে কোন বিষয়ে স্পষ্টতার সাথে নিজস্ব মতামত দেবে। সত্য সুন্দরের পক্ষে দাঁড়াবে এবং জনমত সংগঠিত করবে। আমার মনে হয় পত্র পত্রিকা তাদের সেই দায়িত্ব পালন করতে ব্যর্থ হয়েছে। তারা যে কাজ করেছে তা একজন আদর্শচ্যুত বেনিয়ার কাজ। তুমি অনির্বাণকে এই কথাগুলো বলতে পারলে সেটাই সাংবাদিকতার সততা হত।"

সলিল দে-কে কেমন ম্লান হয়ে যেতে হয় কবি শান্তনু রায়ের বাক্যাঘাতে। তবে পরক্ষণে সামলে নিয়ে বলেন- "যেটা আপনি বললেন যদি তা যথার্থ বলে স্বীকার করে নিই তাহলে পরোক্ষে আমিও কি অপরাধী হয়ে পড়ি না? আমি যখন পত্রিকার চাকরি করি, পত্রিকার শর্ত মেনেই আমাকে নীরবে কাজ করে যেতে হবে। নিজস্ব মতামত গোপন রাখতে হবে। না হলে চাকরি থাকবে না। কাজেই যে যা ভাবুক বলুক আমাকে সর্বদা এটাই বলতে হবে যে আমাদের পত্রিকা ন্যায় নিষ্ঠ নিরপেক্ষ এবং সত্যপ্রিয় পথেই চলছে।"

-"এটা কী নিজের সঙ্গে নিজের প্রতারণা হয়ে যায় না!"

-"হলেও আমার কিছু করার নেই। আমরা সব হাত পা বাঁধা বলির পাঁঠার মত খোঁয়াড়ে পড়ে আছি। বাবার হাঁপানি, মায়ের বাত, ছেলেমেয়ের শিক্ষা, স্ত্রীর শখ আহ্লাদ, সামাজিক মান সম্মান, দায় দায়িত্ব – সবকিছু নির্ভর করে আছে মাস মাইনের চাকরিটার কাছে। নিজের বিবেক অনুসারে চলতে গিয়ে বাকরি হারানোর ঝুঁকি শুধু আমি কেন অনেকেই নিতে পারে না। তারাও বিবেকের গলা টিপে রেখে মালিকের ইচ্ছানুসারে কলম চালাতে বাধ্য হয়।"

ছড়া লেখক নীলাদ্রি শেখর বলেন- "অনুতাপ কোরো না, অনুশোচনা কোরো না। শুধু সাংবাদিকরা নয়, সবাই আজকাল কম্প্রোমাইজ করে চলছে। রাজনৈতিক দলগুলোর দিকে তাকিয়ে দেখো, একটা গরীব মানুষকে চোদ্দ চোদ্দটা বছর জেলে পচিয়ে তারপর ফাঁসিতে ঝুলিয়ে দিল সরকার পক্ষ, কিন্তু যারা পান থেকে চুন খসলে হরতাল মিটিং মিছিল করে, কেউ টুঁ-শব্দ পর্যন্ত করল না। কী না বিচার ব্যবস্থার বিরুদ্ধে কিছু বলা মানে সংবিধানের অবমাননা। এটা আসলে সত্যের অপলাপ। সত্য হচ্ছে, যে কোন রাজনৈতিক দল অর্জুনের জন্য যদি কিছু করত তার কিছু না কিছু ভোট হারাবার সম্ভাবনা ছিল। তাই সবাই বোবা বধির হয়ে বসে রইল। মুখ খুলল না।"

"ভোট মানে ক্ষমতা। ক্ষমতা মানে যা ইচ্ছা তা করার অধিকার। সুরক্ষিত ভবিষ্যৎ-। চুলোয় যাক প্রতিবাদ। অক্ষয় থাকুক ভোট ব্যাঙ্ক।" টিপ্পনি কাটে ব্যঙ্গ লেখক হরিশংকর।

"সে তো বুঝলাম, কিন্তু আমাদের অনির্বাণটার এরকম একটা বিশ্রী অবস্থা হয়ে গেল। মানসিক ভারসাম্য হারিয়ে ঘুরে ঘুরে বেড়াচ্ছে, ভাবতে ভীষণ কষ্ট হচ্ছে।" বলেন সাধন দত্ত।

কবি শান্তনু রায় আত্মসমালোচনার মত বলেন- "আমরা যে এখনও ধীর স্থির হয়ে সুস্থ মাথায় কফি খেয়ে যাচ্ছি, সাহিত্যের আড্ডা দিতে পারছি সেটাও কম

আশ্চর্যের নয়। একটা নির্মম রাষ্ট্রীয় হত্যা হয়ে গেল। কিন্তু সমাজের সচেতন অংশ- কবি সাহিত্যিকরা কিছু করলেন না। কোথাও কোন প্রতিবাদ হল না। আমাদের এই প্রতিবাদহীনতা রাষ্ট্র পরিচালকদের আগামী দিনে আরও বড় কোন অন্যায় করতে যে উৎসাহিত করবে না তার নিশ্চয়তা কোথায় ! তারা বুঝে গেছে মানুষ এক মেরুদণ্ডহীন সরীসৃপ প্রাণিতে পরিণত হয়ে গেছে। আর মানুষ রুখে দাঁড়াতে পারবে না। এটাই দেশের পক্ষে আগামী দিনে অশুভ হয়ে দেখা দেবে।"

শান্তনু নীলাদ্রি শেখর রায়ের সাথে সহমত হয়ে বলে- "মানুষকে সচেতন, প্রতিবাদী করে তোলার জন্য সত্যি আমাদের কবি লেখক শিল্পীদের এগিয়ে আসা দরকার ছিল। কিন্তু তাঁরা তাদের সামাজিক ও মানবিক দায়িত্ব পালন করেননি। তাঁদের যা কিছু সাহিত্যকর্ম শিল্পকর্ম সবই এখন সস্তা গতানুগতিক আপোষ নীতির পথ বেয়ে চলেছে। সেই আগুন ক্ষোভ ক্রোধ আক্রমণ আর নেই যা দিয়ে মানুষ উদ্দীপ্ত সাহসী বা সংগ্রামমুখী হয়ে ওঠে। আজকালকার সাহিত্য পলায়নবাদী সাহিত্য। সময়ের অপচয় ছাড়া এসব দিয়ে মানুষের আর কোন উপকার করে না।"

হরিশংকর আবার টিপ্পনি কাটে- এইজন্য মানুষ এখন আর বই পড়তে চায় না। নষ্ট করার মত সময় আর কার আছে ! যদি বইতে অনুপ্রাণিত হওয়ার উপাদান পেত, মানুষ বই বিমুখ হত না।"

আবার আর একপ্রস্থ কফি পরিবেশিত হয়। কফিপানের পর সবার চোখ দেওয়াল ঘড়ির দিকে ধাওয়া করে। ওঠার সময় হয়ে গেছে। আর তখনই প্রায় ঝড়ের বেগে এসে পৌঁছায় অনির্বাণ। তার সারা শরীরে ঘাম আর অসুস্থতা। ঢকঢক করে জল খেয়ে গেলাস নামিয়ে রাখে সে। বলে-

-"দুঃখিত। সময় মত এসে না পৌঁছাতে পারার জন্য খুবই দুঃখিত আমি। কিচ্ছু করার ছিল না।"

-"সে যাক তুমি করেছ কী! তোমার কোন সন্ধান পাওয়া যাচ্ছে না।" বলেন সাধন দত্ত।

-"অপরাধের প্রায়শ্চিত্ত করছি। অপরাধ যে করে আর যে সহে দুজনে সমান অপরাধী।" একটা চেয়ার টেনে নিয়ে বসে অনির্বাণ বলে-

-"একটা অপরাধী সমাজ ব্যবস্থার মধ্যে অপরাধকে প্রবৃত্তির লোকেদের দ্বারা অপরাধক প্রণালীতে – অন্য একজনকে অপরাধী প্রমাণিত করার প্রচলিত পদ্ধতিতে দোষী সাব্যস্ত করে চরম সাজা দেওয়া হল। আর আমরা, যারা নিজেদের সচেতন বলি, প্রগতিশীল বলি- তাড়িয়ে তাড়িয়ে সেই হত্যাকে উপভোগ করলাম।

আর আমাদের সহৃদয় সংবেদনশীল শিল্পের মানুষ বলার কোন অধিকার থাকা উচিৎ নয়। কফি খাচ্ছি, সাহিত্য করছি, নাম যশ হচ্ছে, অর্থ প্রাপ্তি ঘটছে। এর বাইরে আর কিছু নিয়ে ভাবতে চাই না। এটা আমাদের একটা পাপ, অন্যায়, অপরাধ। চেষ্টা করছি যদি সেই অপরাধের কিছু স্খালন করা যায়।"

কেউ কোন কথা বলে না। কারন কথাগুলো কোন ব্যক্তি বিশেষকে উদ্দেশ্য করে বলা হয়নি। অনেকটা যেন আকাশ হাওয়া আলো অন্ধকার লক্ষ্য করে ছোঁড়া কাগজের এরোপ্লেন। সেই শিশু খেলনা তুল্য আক্রোশী শব্দ, টেবিল, খালি কফির পেয়ালা, সিগারেটের ধোঁয়ার উপর এলোমেলো আছাড় খায়।

আবার বলে অনির্বাণ- "আর সময় নেই। আজ আমাদের সবাইকে দ্বর্থহীন ভাষায় ঘোষণা করতে হবে- আমি মৃত্যুর পক্ষে না জীবনের পক্ষে? দণ্ডের নামে এই দেশে রাষ্ট্রীয় হত্যার সমর্থক না বিরোধী? নিরপেক্ষতার আর কোন স্থান নেই। নিরপেক্ষতা আসলে হত্যা বিলাসীদের পরোক্ষ সমর্থন।"

-"তাহলে তুমি বলতে চাইছ যে যত জঘন্য অপরাধী হোক তবু তার মৃত্যুদণ্ড হওয়া উচিৎ নয়?" সলিল দে জানতে চায়-

-বলে অনির্বাণ- "ধরা যাক আমিই সেই অপরাধী। খুন ধর্ষণ বা তার চেয়েও কোন মারাত্মক অপরাধে অভিযুক্ত। আমার বিচার হল। আইন বিশেষজ্ঞরা আমার বিরুদ্ধে আনীত অভিযোগের বিচার বিশ্লেষণ করলেন এবং তারপর আমার প্রাণদণ্ড দিলেন। যদি গভীরভাবে চিন্তা করা যায়। তাহলে কী এটা সত্য বলে মনে হয় না যে এটাও সেই বিচারের দোহাই দিয়ে খুনের বদলে খুনের জিঘাংসু পথ। তফাৎ এই যে আমি যা করে ফেলেছি লোভে ক্রোধে হিতাহিত জ্ঞান হারিয়ে, বিচারপতি তা করলেন ধীর স্থির সুস্থ মাথায় অনেক সময় ধরে। তাহলে আমি যে অপরাধ করে সাজা পেলাম সেই একই অপরাধ করে রাষ্ট্র অপরাধী কেন হল না!"

মাথা নাড়েন সাধন দত্ত- তুমি ঠিক বলেছ অনির্বাণ। অনির্বাণ উত্তেজিত। হাতের তালু দিয়ে কপালের ঘাম মুছে ফের বলে সে, হত্যা করার বর্বর যুগের স্বাভাবিক নিয়ম ছিল। ব্যক্তি বা গোষ্ঠীর স্বার্থের প্রয়োজনে বিরুদ্ধ গোষ্ঠীর বা ব্যক্তির উপর আক্রমণ বা হত্যা করার এতে কোন অন্যায় ছিল না। কিন্তু ইতিহাসের ক্রমবিবর্তনের সঙ্গে সঙ্গে সমাজ জীবনেও অনেক পরিবর্তন ঘটে গেল। আর তারই ফলে কারও সাথে বিরোধ বাঁধলে বা কাউকে অপরাধী মনে করলেই তাকে আক্রমণ বা হত্যা করার অধিকার কারও রইল না। সভ্যতার বিকাশে এটা হয়ে রইল একটা অন্যতম বৈশিষ্ট্য। মানব সমাজের প্রধান বাণী হয়ে উঠল- নিজে

বাঁচো, অপরকে বাঁচতে দাও। অথচ এরপরেও- দেশে হিংস্র প্রবৃত্তির মানুষের দ্বারা সংগঠিত পদ্ধতিতে আইন কানুন নামক রক্ষা কবচের আড়ালে- দণ্ডের নামে মানুষ মারার খেলা চলে বেড়াচ্ছে। আজকে সারা বিশ্বের নিষ্ঠুর মানুষের এই মৃত্যুখেলা যখন অমানবিক বলে নিন্দিত হচ্ছে, তখন আমরা সেই যুক্তি বুদ্ধি বিবেক দংশন থেকে নিজেকে বিমুক্ত করে রেখেছি। সবার সাথে গলা মিলিয়ে বলছি না, রাষ্ট্র তোমার হত্যা বাসনাকে সংযত কর। বলুন এটা কি শিক্ষা সংস্কৃতি সভ্যতার অবমাননা নয়?"

আফিক খান বিচলিত হয়ে জিজ্ঞাসা করেন- "অনির্বাণ তুমি যখন মৃত্যুদণ্ড বিলোপের কথা বলছ তাহলে যে ধরণের অপরাধে অর্জুনের দণ্ড হয়েছে সেই ধরণের অপরাধীর অন্য কী ধরণের সাজার অনুমোদন দেবে? এমন অপরাধীকে ছেড়ে দেওয়া কি সমাজের পক্ষে, বিশেষ করে যে মানুষ ক্ষতিগ্রস্ত হল তাদের প্রতি অন্যায় করা হয়ে যায় না?"

-"ছেড়ে দেওয়া?" একটু উষ্মার সাথে বলে অনির্বাণ।

-"ছেড়ে দেওয়া শব্দটা কী ভীষণভাবে সবার মন মস্তিষ্ককে আচ্ছন্ন করে ফেলেছে! আমরা যখন অর্জুন চ্যাটার্জীর কেসটা সামনে রেখে মৃত্যুদণ্ড বিলোপের আন্দোলন করছিলাম তখন এক পক্ষ এই রকম প্রশ্ন রেখেছিল- ফাঁসি না দিয়ে ওকে কি ছেড়ে দেওয়া হবে? আমরা কিন্তু কখনোই অপরাধীকে ছেড়ে দেওয়ার কথা বলছি না। বলছি, মেরে না ফেলতে। বলছি যে একজন খুনি যা করে তা রাষ্ট্রের পক্ষে করা অনুচিত। বলছি দেশের কোন মানুষের প্রাণ কেড়ে নেওয়ার অধিকার তার হাতে থাকা উচিৎ নয়। কেন না কেড়ে নেওয়া প্রাণ সে কোন অবস্থাতে ফেরত দিতে পারে না। যে ক্ষতি পূরণ করার সামর্থ নেই, সে ক্ষতি করার ক্ষমতাও তাকে দেওয়া সঠিক নয়।"

-"সে ঠিক আছে কিন্তু সাজা কী হবে?"

-"যাবজ্জীবন সাজা হতে পারে।"

-"যাবজ্জীবন মানে তো চোদ্দ বছর। চোদ্দ বছরে রেহাই পেয়ে যাবে।"

রাগত গলায় বলে অনির্বাণ- "এটাও তোমার নিজের বক্তব্য নয়, ও পক্ষ থেকে ইনজেক্ট করা। আমরা যখন প্রাণদণ্ডের বদলে যাবজ্জীবন সাজার কথা বলেছিলাম ও পক্ষ প্রচার তুঙ্গে তুলেছিল- এত বড় অপরাধ করে মাত্র চোদ্দ বছর পরে ছাড়া পেয়ে যাবে? লোককে ভুল বোঝানো হয়েছিল। যাবজ্জীবন মানে চোদ্দ বছর নয়। যাবজ্জীবন মানে আমৃত্যু কারাবাস। তবে হ্যাঁ কাউকে কাউকে চোদ্দ বা

ষোল বছর জেল বাসের কালের চাল চলন আচার ব্যবহার বা কোন উল্লেখযোগ্য কাজের জন্য জেল কর্তৃপক্ষ তার সাজার মেয়াদ কিছু কমিয়ে দিতে পারে এবং তার মুক্তির জন্য উপর মহলে সুপারিশ করতে পারে৷ যদি অপরাধীর কোন পরিবর্তন বা সংশোধন না হয়ে থাকে জেল কর্তৃপক্ষ তেমন সুপারিশ নাও করতে পারে৷ তাহলে তার শেষ নিঃশ্বাস না পড়ার আগে আর ছাড়া পাওয়া হবে না৷"

একটু থেমে আবার বলে অনির্বাণ- "এই প্রসঙ্গে আর একটা কথা উঠেছিল যে কেন একজন ঘৃণিত লোককে বাঁচিয়ে রেখে গরীব দেশের গরীব জনগণের ট্যাক্সের টাকায় সারাজীবন বসিয়ে খাওয়ানো হবে ! যারা জেলে গেছে একমাত্র তারাই জানে যে জেলখানার বন্দিদের যে খাদ্য দেওয়া হয় তার পরিমাণ কতটুকু আর মান কত নিম্নস্তরের৷ তা সে যাই হোক সে নিয়ে এখন কিছু বলতে চাই না৷ ওটা আলাদা একটা মানবাধিকারের বিষয় হতে পারে৷ আমি বলতে চাইছি যে খুব কম খরচায়, এক পশুতুল্য জীবন যাপনে বাধ্য করা হয় বন্দিদের৷ কিন্তু তাদের দিয়ে পিঠে বেত মেরে জেলখানার ওয়ার্কশপে – যেমন ধরো তেলঘানি, ছাপাখানা, কম্বল, থালা তৈরির কারখানায় যে সব কাজ করিয়ে নেওয়া হয় তার পারিশ্রমিক অনেক গুণ বেশি৷ কাজেই কোন আসামিকে মেরে না ফেলে যদি বাঁচিয়ে রাখা হয়, তার শ্রমশক্তি দহন করে দেশ লাভবানই হয়!"

-"যদি ধরো জয়ন্তী পাণ্ডে তোমার নিকট আত্মীয়- অর্থাৎ বোন বা মেয়ে হত তখনও কি তুমি অপরাধীর প্রাণদণ্ডের বিরুদ্ধে কথা বলতে?"

-"হয়তো বলতাম না৷ আত্মীয় বেদনা আমাকে বুদ্ধি বিবেচনা ইতি করিয়ে জিঘাংসু দানব বানিয়ে দিত৷ হয়তো নাগালে পেলে লোকটাকে আমি টেনে ছিঁড়ে ফেলতাম৷ কিন্তু আমার সে ক্রোধ দুঃখ বেদনা প্রতিহিংসা সবটাই ব্যক্তিগত বিষয়৷ কে না জানে ক্রোধ অন্ধ৷ তাহলে একটা অন্ধ ব্যক্তি মানুষের ক্রোধের শরিক একদল সচেতন সমাজ মনস্ক পরিণত বুদ্ধির মানুষ! এটা কী করে সমর্থন জানানো যায়!"

এতক্ষণ পর বলেন সাধন দত্ত- "কোন ব্যক্তি যদি তার ব্যক্তিগত ক্রোধের বশবর্তী হয়ে আর এক ব্যক্তিকে হত্যা করে দেয় ব্যাপারটা সেখানেই সমাপ্ত হয়ে গেল এটা ভাবার কারণ নেই৷ হতে পারে তখন আবার নিহতের কোন নিকটজন বদলা নিতে আসতে পারে৷ এমন হয়ে গেলে সারা দেশটা চম্বলের বিহোড় হয়ে যাবে৷"

-"তাহলে কী হবে? অপরাধীর জন্য কোন ব্যবস্থা উত্তম বলে আপনি মনে করেন?" জানতে চায় সলিল দে৷

বলেন সাধন দত্ত- "আজকের বিজ্ঞান অনেক উন্নত। বিজ্ঞান দ্বারা প্রমাণিত হয়েছে যে যারা ক্রাইম করে তারা যে শখ করে করে, তেমন নয়। এর পিছনে পরিবেশগত এবং জিনগত অনেকগুলো কার্যকারণ থাকে। যা মনোবিজ্ঞানের দ্বারা আশিভাগ অপরাধীর অপরাধ প্রবণতা নির্মূল বা সংশোধন করে দিতে সক্ষম। যদি সত্যিই দেশটাকে অপরাধ মুক্ত করতে হয় তাহলে অপরাধীর মানসিক গঠন এবং অন্যান্য বিষয়ে পুঙ্খানুপুঙ্খ অনুসন্ধান করে তার চিকিৎসা করা দরকার। এক দুজনকে ফাঁসি দিয়ে বা যাবজ্জীবন জেলে রেখে সমাজকে অপরাধ মুক্ত করার কথা ভাবা বাতুলতা মাত্র।" আবার ঘড়ি দেখেন নীলাদ্রি শেখর। বলেন- "রাত অনেক হল।"

-"হ্যাঁ, এবার ওঠা দরকার। কিন্তু তোমার পত্রিকার কী হবে সে তো কিছু শোনা হল না।"

বলে অনির্বাণ- "আমি আমার পত্রিকার শারদ সংখ্যা করতে চাই মৃত্যু বিরোধী বিশেষ সংখ্যা। যারা জীবনের পক্ষে আর মৃত্যুর বিরুদ্ধে- সব রকম মৃত্যু, বুদ্ধি দিয়ে নয়, হৃদয় দিয়ে লিখবে- সবার কাছেই লেখা চাইব। পেশাদার লেখক শুধু নয়, সর্বস্তরের সংবেদনশীল মানুষকে দিয়ে লেখাব-।"

কথা শেষ হয় না অনির্বাণের। চারজন দীর্ঘদেহী মানুষ এসে ঘিরে দাঁড়িয়ে প্রশ্ন করে- "আপনার নাম অনির্বাণ চ্যাটার্জী?"

-"হ্যাঁ। কী ব্যাপার!"

-"আপনি আমাদের সাথে থানায় চলুন। আপনাকে এ্যারেস্ট করা হল।"

-"কী অভিযোগ আমার বিরুদ্ধে?"

-"আপনি আমাদের মহান দেশের মহামান্য বিচার ব্যবস্থার বিরুদ্ধে অশ্রদ্ধা প্রকাশ করে জনে জনে কুৎসা মূলক অপপ্রচার করে বেড়াচ্ছেন। এটা গুরুতর অপরাধ। এর ফলে বিচার ব্যবস্থার উপর মানুষের মনে হীন ভাবনার সৃষ্টি হচ্ছে। আর একটা অপরাধ হচ্ছে আপনি দেশের কিছু সম্মানীয় নাগরিককে অযথা উত্যক্ত করেছেন। কেউ কেউ আপনার আচরণে নিরাপত্তাহীনতায় ভুগছে।"

আর কোন কথা জানার নেই। অনির্বাণ উঠে চলতে শুরু করে। চারজন সাদা পোষাকের পুলিশ তাকে নিয়ে আলো ঝলমল মহানগরের রাজপথ ধরে, কম কোলাহল মুখর, কলেজ স্ট্রিট কফি হাউস ছাড়িয়ে কোথায় কোন অন্ধকার গুহার দিকে নিয়ে চলে যায় তা কেউ জানে না।